教育部人文社科一般项目青年基金项目资助(11YJC751004)

中国现代作家评价机制的生成及演变

蔡长青◎著

南京大学出版社

图书在版编目(CIP)数据

中国现代作家评价机制的生成及演变 / 蔡长青著.
—南京:南京大学出版社,2017.6
ISBN 978 - 7 - 305 - 18942 - 5

Ⅰ.①中… Ⅱ.①蔡… Ⅲ.①中国作家—现代作家—
作家评论—研究 Ⅳ.①I206.6

中国版本图书馆 CIP 数据核字(2017)第 139211 号

出版发行 南京大学出版社
社 址 南京市汉口路 22 号 邮 编 210093
出 版 人 金鑫荣
书 名 中国现代作家评价机制的生成及演变
著 者 蔡长青
责任编辑 顾舜若 芮逸敏
照 排 南京紫藤制版印务中心
印 刷 南京玉河印刷厂
开 本 880×1230 1/32 印张 8.75 字数 225 千
版 次 2017 年 6 月第 1 版 2017 年 6 月第 1 次印刷
IBSN 978 - 7 - 305 - 18942 - 5
定 价 35.00 元

网 址 http://www.njupco.com
官方微博 http://weibo.com/njupco
官方微信 njupress
销售咨询 025 - 83594756

目　录

序

众所周知,序是一本书不可或缺的一部分。按照常理,序是要请名人作的,因为它有助于提高作者和书的知名度。

这是本人的第一本学术性作品,我却选择了自序。

为何?

其一,尽管本人在中国现代作家研究上摸索了十几年之久,勉强忝列于所谓学者之列,但就这个研究领域,我很难说真正摸上门径。若冒然将拙著呈献于他人,恐见笑于大方之家。

其二,在文学日益边缘化的今天,文学研究恐怕更是边缘中的边缘。当下能静下心来看看书的人恐怕微乎其微,更不要说那些研究性的学术作品了。况且吾辈既不能名重一时,又不具备填补学术空白之才华,怎能苛求他人给予关注和理解?因此不如敝帚自珍。

其三,请人作序也不是不行,但可能牵涉太多瓜葛。想找名人吧,我愿意可名人就不一定了,因为他们常常很忙。另外,接人待物又非我辈所长,而欠人情更非我所愿。

因此,对于我来说,自序也许是最好的选择。

既然是自序,有必要交待一下写这本书的缘由。

恕我直言,完成此书的直接缘由具有很大的功利性,它是我必须完成的教育部项目的结项成果。2011 年 9 月,我有幸获批教育部人文社科基金项目。① 按照原来的计划安排，我必须在三年内完成这个项目，其中包括系列论文和一本专著。其中系列论文已于 2013 年前全部完成，一共包括三篇。② 但专著因为各种原因一再被耽搁，直到 2015 年 10 月才算初步完成。实在有愧于教育部人文社科项目基金的大力资助，既然花了纳税人的钱，就应该做出一些努力。

当然，还有更为深层的缘由。

我从 2000 年在南京大学攻读硕士学位始，就对中国现代作家研究产生了浓厚的兴趣。其中，中文系倪婷婷教授的"中国现代作家的文化心理研究"课程给我留下了深刻的印象，并影响了我后来的研究方向。在这一段时间，我有意识研读了不少有关中国现代作家的传记、回忆录、年谱、评传等。顺理成章，在做硕士论文时，我选择了现代作家周作人作为我的主攻方向，并顺利完成了硕士毕业论文《论周作人的生活之艺术》。毕业后我进了安徽的一所高校从事中国现代文学的教学和研究。在很长一段时间内，我仍然致力于周作人研究，也写了一些相关论文，申报了一些相关科研项目。但让我意想不到的是，申报科研项目和投稿时，我常常被好心人告知，最好不要研究周作人。一开始，我依然我行我素，但在屡遭碰壁和失败后，我才发现，那些好心人说得没错，研究作家也是有选择的，不能单凭兴趣，要看这个作家的文学地位和评价。我在申请开设专业选修课时也遭遇同样的尴尬。我本以为凭着我在周作人研究方面的积累，申报《周作人研究》专业选修课应不成问题，但这个申请在系里面就被卡了。系领导建议我开设《鲁迅研究》，这样才能名正言顺。我想也好，顺便也能把周作人与鲁迅对照研究，但心里依然不是滋味。就这样，在万般无奈之际，我的周作人研究只维持到 2010 年，

---

① 项目名称：中国现代作家评价机制的生成及演变；项目号：11YJC751004。
② 三篇论文分别是：《影响中国现代作家评价机制的主导因素及其演变》，《江淮论坛》，2013 年第 2 期；《中国新文学大系与五四作家的文学定位》，《合肥师范学院学报》，2013 年第 2 期；《对冰心文学地位的重新思考》，《阜阳师范学院学报》，2013 年第 3 期。

我记得我写的最后一篇有关周作人的论文是《周作人日本民俗研究管窥》。① 此后,我不得不考虑重新选择研究方向。但问题是,不研究周作人,我还能研究谁? 经历这些事后,我逐渐明白,即使是研究一个中国现代作家,也存在事实上的不平等。有的可以名正言顺,有的却要谨小慎微,有的更是如履薄冰。我也常常百思不得其解,是什么导致了这种差异,为什么一向较为客观的学术研究有如此大的反差。经过一段时间的思考,我开始发现,对一个作家的评价,历来是存在差异的,而这种评价的差异不仅会影响作家的评价和地位,还会直接导致作家研究的冷与热,由此影响了研究者的选择以及相关部门的支持与态度。相比较而言,中国古代作家的研究差别不是很大,大概是事过境迁或已盖棺定论,不大可能存在较大的差异。而越是到现代时期,这种差异就越明显。这可能与现代文学的积淀时间过于短暂,对作家的评价还不能完全确定有关。也许时间是最好的法官,拉不开距离,又怎能做到客观公正呢?

平时的教学更使我加深了对这一问题的思考,我也越来越相信,这种对作家的评价体系是存在的。我在教授"中国现代文学"这门课时,常常面临教学内容的选择。这一方面是因为学校应用性办学的定位要求,文学课的教学时数一再被压缩,教师不得不对教学内容做出选择与安排。那么问题就来了,在教授现代文学时,哪些作家应该保留? 哪些作家要详讲? 哪些作家可以略讲? 教师必须做出取舍,那么取舍的标准又是什么?

首先参照的当然是主流的现代文学史教材。作为教材,其权威性是不言而喻的。而这种权威性就体现在对教学内容的安排上,其中包括对作家的介绍与评价。打开任何一部现代文学史,其中包含的评价性因素是相当明显的,也许这就是许多学者所谈的文学史的霸权。文学史的评价在形式上主要体现为章节的安排和篇幅的长短。对于任何一部文学史,章节安排、篇幅长短、字数多少、次序先后都是大有深意的。对于一

---

① 拙文发表在《合肥师范学院学报》,2010 年第 4 期。

个作家来说，能作为专章来介绍就是一种高度的认可，而在现代文学史上能享受这种待遇的作家也是凤毛麟角。他们往往是现代文学史上的佼佼者，像鲁迅、茅盾、巴金、老舍、曹禺等作家，常在文学史中占据显要位置，享受专章待遇和很高的评价。作为现代文学的宗师，鲁迅在有些文学史中常常占据两章的篇幅，地位之显赫、评价之高可见一斑。篇幅长短、字数多少也包含着对作家的无声评价。一般来说，评价较高的作家在文学史中占据更长的篇幅，因而介绍的字数也相应较多。而专章介绍的篇幅往往长于专节介绍。有的作家就不那么幸运了，有时连专节的待遇都没有，只能一笔带过。在文学史中，先后次序的安排也是一种重要评价。一般来说，同一时期的作家，排在前面的作家其评价一般高于排在后面的作家，同一社团和流派的作家也是如此。在主流的现代文学史中，许多作家的先后次序是比较固定的。例如，文学研究会的冰心和朱自清、新月派的闻一多和徐志摩、东北作家群的萧军和萧红、解放区的赵树理和孙犁等，这些作家常常并称，在文学史中一般一并被介绍，但先后次序很少变化，这实际上代表了主流文学史对他们评价的差异。

在中国现代文学史上，也有很多作家注定没有这般幸运。甚至一些颇有成就的作家也因种种因素被忽略。就拿我曾经研究的周作人来说，作为现代小品文大师，其创作成就是有目共睹的，在中国现代文学史上，其所受到的待遇却非常尴尬。在主流文学史中，周作人最多作为专节作家来介绍，有时甚至连专节的资格都没有。这与其兄鲁迅的待遇简直是天壤之别。这种差别显然源于一种作家评价机制的影响，尤其是一种以政治权威为主导的作家评价机制的影响。当然，作为一名教师，我也有一定的自主权。除了教学大纲和课程标准的规定，我可以对教学内容做适当的补充和修正。为了充分展现现代文学发展的原生态，在兼顾主流文学史教学的要求外，我还增补了一些被主流所忽视的作家，如以鸳鸯蝴蝶派为代表的现代通俗作家，以张爱玲、苏青、徐訏为代表的"海派"作家。并且在授课时，对一些教学内容进行了适当的调整。例如在文学研究会作家中，增加了朱自清的分量；在新月派诗人中，突出了徐志摩、朱湘、林徽因的创作；在东北作家群中，把萧红和端木蕻良作为重点介绍；在解放区作家中，强调孙犁的意义。这只是个人的一点努力，显然很难改变这些作家在主流文学史上的评价和地位。我只是想让学生们知道，一个作家的评价和地位并不是固定不变的，往往受制于多种因素。

促使我关注现代作家评价还有另外一个因素。

2007 年 12 月 27 日，我的中国现代文学馆（以下除引文外均简称文学馆）之游好像是冥冥注定。不得不惊叹网络时代的便捷，一番百度搜索，我这个外地人居然轻松搞定去文学馆的路线。到达文学馆已是下午时分，深冬时节的文学馆格外冷清，除了服务人员，好像只有我一个人。可以理解，市场大潮冲击下的中国，这所文学馆又能以何种面目呈现呢？

文学馆的门口有一块巨石影壁，上有巴金先生的题词。众所周知，巴金最早提议建立文学馆，正是凭借他在文学界的威望和多方呼吁，这个提议才最终成为现实。文学馆挂牌于 1985 年，原址在西三环路万寿寺，1999 年新建于朝阳区芍药居。和每一个步入文学馆的人一样，我抚摸着门把手上巴金先生的手模。我似乎感觉到巴老的余温，那是对文学的一腔挚爱。

文学馆的第一层有一个近 500 平方米的展厅，展厅的门口赫然标出："二十世纪文学大师风采展"。一进展厅，就看见鲁迅先生的蜡像，他正坐在书房里，眼光依然深邃。书房里的灯还亮着，四周的书架上摆放着他所有作品。整个大厅呈半圆状，鲁迅的书房正好位于中心，其他大师都围绕这个中心呈环状分布。众星拱月的布局显然证明鲁迅作为现代文学宗师的地位不可动摇。大厅内一共展示了七位文学大师写作和生活环境的模拟实景。除鲁迅外，从入口的右手开始，依次是老舍、曹禺、冰心、郭沫若、茅盾、巴金。老舍的展台面积较大，陈列的物件也很丰富，老舍作品中的人物剧照（改编成影视）均贴在墙壁上，老舍生前用过的物品如眼镜、手杖、衣服等均陈列在玻璃橱柜中。最引人注目的是老舍习武用的十八般兵器架。老舍的隔壁是曹禺，但与老舍的展台相比显然相形见绌。展台面积小且无多少物品，几乎可以用简陋来形容。一台过时的彩电正在播放曹禺的代表作《雷雨》，墙上贴了不少曹禺剧作中的照片。曹禺的隔壁是冰心，冰心的展台布置得很有个性，摆放的物品很丰富，其中有她用过的书桌、书橱、座椅。特别是那个红色的真皮转椅，极富女性的精致与华美。一个巨大的玻璃箱子格外引人注目，里面装满了冰心与小读者的通信。还有冰心丈夫吴文藻的一幅字画挂在一个玻璃橱子里。冰心的隔壁是郭沫若，作为新诗奠基人的郭沫若，其展台却相对狭小。一幅郭老的照片立在门口向我微笑，给人以单薄之感。展台中并没有摆放什么物品，展台的墙壁上则抄写了郭老的一篇散文《银杏颂》。紧挨着郭老的是茅盾，茅盾的展台面积要大于郭老，主要放了一张书桌、一把椅子和一组沙发。书桌上放着《子夜》（原名《夕阳》）原稿影印件。最后一个是巴金的展台，展台摆放了巴金生前获得的许多奖章（巴老应该是现代作家中受到奖励最多的），他和萧珊的骨灰盒，还有一件巴老生前穿过的红色条格衬衫，依然鲜艳。

此外，文学馆还有一个很有特色的庭院，主要是按朱自清的《荷塘月色》设计的。在绿地和草丛中，十三位现代作家的塑像姿态各异，他们分别是鲁迅、郭沫若、茅盾、巴金、老舍、曹禺、冰心、叶圣陶、朱自清、丁玲、艾青、沈从文、赵树理。文学泰斗巴金老人正在低头沉思；作家赵树理背手前行，《小二黑结婚》中的人物小芹骑着毛驴，像走在回家的路上；白色大理石制作的冰心雕塑，就像她的作品那样纯洁、美丽，洋溢着青春的气息。

这种安排似乎在情理之中，"鲁郭茅巴老曹"早已被现代文学界所熟识，其文学地位也被建国后的几部主流文学史①所公认。冰心出现在大

① 建国后最有代表性的主流文学史有：王瑶的《中国新文学史稿》，上海：上海文艺出版社1982年版；唐弢主编的《中国现代文学史》，北京：人民文学出版社1979年版。

师的行列多少有点出乎意外。作为现代最富盛名的女作家之一,冰心在小说、诗歌和散文方面均成就斐然。对于这位跨越近一个世纪的文学祖母,我们理应表示足够的尊敬,但这种尊敬恐怕不能代替一种客观的评价。

中国现代文学馆的建立更多是体现了一种官方意志,其布局与设计体现了某种隐性的评价机制。如此看来,每位大师展台的位置、面积大小和物品多少就具有了不可忽视的意义。

文学馆从表面看只是一座纪念性建筑,但其设计与构造潜在地体现了某种权威的评价机制。它一方面是以巴金为代表的文化权威运作的结果,另一方面也与政治权威的支持分不开。它是文化权威与政治权威合作的结果。从某种意义上说,它就是一部立体的现代文学史。众所周知,在权威的文学史中,作家的章节安排、编写次序、篇幅长短都是大有深意的,它们都能体现某种权威的评价机制。如同权威的现代文学史,文学馆的设计也体现了这一特征。稍有不同的是,在建国后的主流文学史中,"鲁郭茅巴老曹"地位相对稳定,大多专章介绍(鲁迅甚至独占两章)。冰心的文学地位并不引人注目,一般都把她作为"文学研究会"代表作家,没有专章介绍。从主流的文学史来看,冰心与文学大师还存在一定的距离。但在文学馆,这种距离已不复存在。在这部立体的文学史中,冰心显然是不能忽视的。她不仅能进入文学大师行列,而且还占据着十分耀眼的位置。

冰心的这种殊遇不仅仅来自以巴金为代表的文化权威的支持,同时也与政治权威的认可息息相关。建国后的选择只有一个:改造自我,适应新社会。同其他作家一样,冰心也是通过否定旧我来获得新生。为此,她对自己的文学实践进行了检讨:

> 我所写的头几篇小说,描写了也暴露了当时社会的黑暗方面,但是我只暴露了黑暗,并没有找到光明,原因是我没有去找

光明的勇气！结果我就退缩逃避到狭仄的家庭圈子里，去描写
歌颂那些在阶级社会里不可能实行的"人类之爱"。同时我的
对象和我的兴趣，主要放在少数小资产阶级知识分子上面，我
没有"到工农兵群众中去，到火热的斗争中去，到唯一的最广大
最丰富的源泉中去"。脱离群众，生活空虚，因此我写出来的东
西，就越来越贫乏，越空洞，越勉强，终于写不下去！①

  通过这种自我批判，冰心开始在新社会找到自己的位置。并由此得
到政治权威的初步认可。此外，作为文化界名人，冰心的交际圈相当广
泛，其中就不乏政治权威人物。周恩来、邓颖超夫妇就与冰心一直保持
亲密的交往。正是有周恩来夫妇的关心，冰心在新中国成立后虽遭受了
不公正对待，但基本上都是有惊无险。② 也是周恩来总理的安排，冰心
在建国后常常作为文化友好的使者出访欧亚非，赢得了较大反响和知名
度。③ 而尼克松访华前，还是周恩来总理的建议，让冰心参与访问前的
相关准备工作。④ 除了周恩来夫妇，冰心与宋庆龄（时任中华人民共和
国名誉主席）也保持着密切的交往。与政治权威的交往对冰心文学地位
的影响是不言而喻的。在现代文学史上，政治权威人物对作家的评价往
往有着重要影响。从冰心在文学馆所享受的待遇来看，这种影响得到了
证明。

  文学馆的建立有其重要的历史价值。它实现了巴金等老一代作家
建构中国现代文学宝库的梦想。但文学馆的功能不仅限于此，它同时也
体现了政治权威和文化权威对现代文学特定阶段的历史化处理。由于
各种非文学因素的介入，这种历史化处理往往过于草率。

---

① 陈恕：《冰心全传》，北京：中国青年出版社 2011 年版，第 272 页。
② 陈恕：《冰心全传》，北京：中国青年出版社 2011 年版，第 307 页。
③ 陈恕：《冰心全传》，北京：中国青年出版社 2011 年版，第 284 页。
④ 陈恕：《冰心全传》，北京：中国青年出版社 2011 年版，第 354 页。

有了这些前期的思考和积累,我开始动手做一些准备工作,为研究现代作家的评价机制提供支撑。2009 年我写了一篇论文,题目是《另一种辩解——舒芜的周作人研究探微》①,这是我学术研究转向的一篇文章,近似于承上启下。我开始由原来的周作人研究转向现代作家评价。文章从舒芜的周作人研究入手,主要挖掘其背后的深层动因。对于晚年的舒芜来说,周作人研究已不仅仅是学术研究,更是一种特殊的言说方式。以这种特殊方式,舒芜实现了为自己辩解的目的。这篇文章表面上与周作人有关,但重点是在舒芜身上,并对舒芜的为人进行了一定的评价。论文发表后,曾得到有关学者的好评。北大教授孔庆东在其博客中对这篇文章进行了较高的评价,同时也委婉地指出了我的不足。孔教授一方面对这篇文章的写作角度做了充分的肯定,另一方面对舒芜上交书信的具体情况做了详细的分析,并提到了胡风曾以书信形式状告舒芜在先的重要证据。孔教授的批评的确指出了我研究中的不足,我往往在做科研时只顾一点,不及其余,甚至不顾事实而自圆其说。事实上,占有的材料越多越好,越真实越好。从这篇文章,我也得到一个启示:科研的角度固然重要,但如果你占有的材料不够丰富,视野不够开阔,也很难有什么真正的突破。尤其在研究现代作家时,占有大量的真实材料尤为重要,这是我们客观全面评价一个作家的前提,否则只能是空中楼阁。从这以后,我开始有意识地注重搜集现代作家的有关史料。可问题又出现了,哪些才是真正的史料? 对于现代作家来说,能保存下来的完整史料并不多,它们大多散见于传记(含评传)、回忆录、日记、年谱、访谈等。而从这些零散的材料中建立对作家的总体评价又是相当困难的,因为这些材料所反映的内容有时并不一致,甚至存在较大争议。如果一个研究者仅靠一点不太全的材料去研究作家的评价问题,其得出的结果是很难令人信服的。我越来越相信:尽可能地占有相关材料,才有可能真正走近

① 拙文发表于《学术界》,2009 年第 6 期。

一个作家。也就是说,一个研究者不仅不能拒绝材料,而且要尽可能占有材料,并加以综合分析,得出自己的判断,任何偏信或轻信都无益于研究。

经过几年的思考和准备,关于中国现代作家评价机制的研究设想初步形成。2011年,我以"中国现代作家评价机制的生成及演变"为题申报了教育部人文社科项目,当年9月顺利获批。为了便于读者进一步了解这个项目的思路,我感觉有必要对论证过程进行一下梳理。

一、 课题的创新性及理论价值

中国现代文学在其发展过程中逐渐形成了自身的文学制度。作家的评价机制与文学的生产、流通、消费有着紧密联系。以期刊、报纸、出版为代表的现代传媒、作家的名望和社会资源以及文学批评、文学论争、文学审查和文学奖励的参与,这一切共同促成了中国现代作家评价机制的生成与演变。本课题把管理学和社会学理论引入中国现代文学研究,主要探讨中国现代作家评价机制的生成及演变。而从评价机制的角度来研究中国现代文学,可以说是一种独特的创造与开拓。中国现代作家的评价机制与中国现代作家的创作之间既有相互依存的一面,又有相互制约的一面。文学创作在本质上是反制度的,它最大限度地追求精神自由与创造个性;而评价机制则是一种约束性和规范性的力量。文学的发展离不开制度营造的广阔空间,同时又需超越制度的局限,在反抗制度规范的过程中体现自由创造的活力。因此,中国现代作家的评价机制与中国现代作家的创作常常保持一定的张力。作家的评价机制是文学制度的重要组成部分,它直接关系到一个作家的名望、地位以及在文学史上的排名。它不仅影响同时代读者对作家的评价,还影响着后来的读者对作家的接受。

二、 应用价值

本研究旨在探讨中国现代作家评价机制的生成及演变,主要考察影响中国现代作家评价的各种因素。中国现代文学史的跨度不长,再加上现代中国的特殊情境,各种复杂的因素常常左右着评价作家的标准。尤其是各种非文学性因素直接或间接影响了我们对现代作家的评价。这就使我们对现代作家的评价不够客观公正。因此,我们致力于改变这一状况,为现代作家的评价标准"立法",让中国现代作家的评价机制真正回归公正合理的轨道,摆脱惯性思维的束缚,厘清原有的模糊甚至是错误的认识,给现代作家以恰如其分的评价和定位。同时,这对于现代文学教学以及文学史的编写将起着重要的指导作用。本研究不同于一般的作家研究,它跳出了传统研究的老套,另辟蹊径,有利于拓展现代文学研究的新视野,希望能引起学术界的注意,提高对现代作家评价机制的研究兴趣,将这一问题的研究推向深入。

三、 目前国内外研究的现状和趋势

中国现代作家的评价机制是一个理应得到关注的研究对象。但遗憾的是,从本人所能查阅到的资料来看,学界几乎无人涉及这一研究。不仅专著空缺,就连单篇论文也鲜有涉及。就查阅的资料来看,有几篇论文主要集中于对个案作家和某一个作家群体的评价研究。此外,对现代作家的评价还常常散落在大量的传记、文学史和回忆录中。这些成果为本研究打下了一定的基础,但在总体上与本研究仍存在较大的距离。主要体现为:这些研究往往只是从某一个标准去研究和评价某一个作家和作家群,没有对作家的评价体系做宏观的把握。现代作家的评价机制涉及多种因素,且常常处于变化之中,从某种意义上说,它就是一个动态的系统工程,泛泛的研究远远解决不了问题。因此,无论从广度还是从深度上看,中国现代作家评价机制的研究几乎是一片空白。总的来说:多个案研究,缺少宏观把握;多现象分析,缺少理性概括。因此,从大的方面讲,本研究具有某种填补空白的意义;从小的方面讲,它至少能引起研究者的注意,并将这一研究推向更深的层次。

四、 主要研究内容

本课题主要探讨中国现代作家评价机制的生成及演变以及导致这种生成及演变的主要因素。本课题既面向现代文学,同时又超越现代文学,对影响中国现代作家评价的多种因素加以考察。在中国现代文学史上,由于各个时期主导因素的不同,中国现代作家的评价机制经历了一个演变的过程。首先,由知识分子参加并发动的新文化运动对后来的新文学作家评价机制的建立有着至关重要的影响。而由此产生的文化权威在"五四"乃至"五四"后的一段时间内成为影响中国现代作家评价机制的主导因素。其次,由于现代中国的特殊情境,再加上政治对文学的不断介入,现代文学大约发展到 20 世纪 20 年代末,原来的文化权威逐渐被政治权威所替代。一种新的以政治权威为主导的评价机制随之开始形成。这种政治权威主导的评价机制被毛泽东的《在延安文艺座谈会上的讲话》(以下简称《讲话》)进一步加强,直到 20 世纪 80 年代才有所松动。这种机制具有超强的稳定性,它整整跨越了半个世纪。到了 20 世纪 90 年代,随着市场大潮冲击中国,文人阶层发生了前所未有的分化。一种新的以市场为导向的评价机制开始替代政治权威而成为主导。当然,这三种因素并非简单的线性演变,而往往体现为一种因素为主导、其他因素为辅的现象,情况复杂。我的研究采用从宏观到微观、一般到个别的逻辑论证结构。本书的第一部分是导论,主要论述影响中国现代作家评价体制的多重因素;接着是分述部分,分别从文化权威、政治权威和市场权威三个方面来探讨中国现代作家评价机制的生成及演变；最后是个案分析，从具体作家的评价和文学地位的变迁来探讨现代作家评价机制的运行。

五、 课题的重点与难点

本研究的重点是探讨中国现代作家评价机制是如何生成和演变的，以及影响这种机制生成和演变的各种因素。自现代文学诞生以来，围绕对作家的评价，先后形成了三种评价机制，而影响这三种评价机制的主要因素分别是文化权威、政治权威和市场权威。

本研究的难点体现在两个方面：

一是材料的繁杂性。

不同于一般的文本研究，本研究需要大量材料来支撑。我已经做好了相关研究资料的收集与准备。材料主要包括以下五类：（一）中国现代作家传记（包括自传）；（二）中国现代文学史（搜集自现代文学诞生以来的经典文学史，力求全面）；（三）有关中国现代作家的回忆录和访谈；（四）中国现代文学发展过程中有关作家及创作的各种政策和文件；（五）中国现代文学史上相关的期刊报纸。这些材料收集与整理的工作相当艰巨，但又非常重要，直接关系到这项课题的顺利开展。

这些材料不仅零散繁琐，而且有些材料因特殊原因（如保密、丢失等）不易找到。这都将不利于本课题的开展和研究。因此，有关材料的搜集与整理将成为最大的难点。

二是评价的客观性和全面性。

此研究需要在占有大量材料的基础上做出客观而全面的评价。这显然具有较大的难度。研究者不仅要占有丰富准确的材料，还要通过这些材料做出准确而客观的分析。

六、 研究方法

在研究方法上本研究注重"两结合":即宏观考察与微观分析相结合,文学研究与其他学科研究相结合。

其一,注意将宏观考察和微观分析相结合,二者缺一不可。宏观考察往往高屋建瓴,总揽全局,但若没有具体的材料来支撑,就会成为无根游谈。微观分析注重个案和具体材料,如果缺乏系统的概括与理论高度,就会流于琐碎,无法上升到应有的高度。

其二,本研究是从管理学和社会学角度介入中国现代作家研究。本课题既是现代文学研究,又要采用管理学和社会学的有关理论。它不仅仅属于文学研究,也涉及非文学研究。因此在研究中将二者相结合,才能达到预期的研究目的。

以上是我写作这本书的一点思路和想法。在此后具体的研究阶段,本人基本上按照这个思路做了一些力所能及的研究,但由于多种因素的限制,实际上中国现代作家评价机制的研究还有很大的空间。在研究过程中,我常常有一种力有不逮之感。我深知,学术研究的角度固然重要,但扎实的工作态度和科学的方法是必不可少的,它们是学术研究质量的重要保证。一个好的选题应该引起更多人的注意,从而使这个选题得到更深入更全面的研究。如果我的研究能实现这个目的,那将是我最大的收获。

是为序。

2015 年 10 月 13 日于合肥南园新村

导　论

一、　中国现代作家研究的新视野

进行学术研究时,问题意识应该成为一个学者必须具备的核心素质。缺乏问题意识的研究,哪怕论证完美,形式规范,角度新颖,其价值也是值得怀疑的。

一项研究要具备问题意识,学者的研究视野就尤为重要。大凡搞现代文学研究的人都深知,现代作家研究是现代文学研究不可或缺的组成部分。这方面的成果也较为显著,可以说是汗牛充栋。这不仅体现在对单个现代作家的研究上,更体现在对中国现代作家的整体研究上。因此,这方面要想有新的突破显然是难上加难。但搞学术研究的人也许都有这样的愿望,他们往往想用一种一以贯之的东西来统摄研究对象,这就是我们常常说的研究角度或方法。的确,一个新的角度或视野往往会带来一连串意想不到的效果,甚至会使研究产生井喷现象,从而促进该研究的突破和发展。

评价机制本来是管理学中的一个重要概念。它是指政府行政许可审批前,对待批项目的前置许可的可行性评价,一般由法定的中介机构进行科学、客观的评价,政府部门评价机构出具的评价决定批准或者不予批准。评价机制包括评价的内容、评价的标准、评价的方法,等等。

从评价机制来研究中国现代作家,应该说是一种较为新颖的角度。研究中国现代作家的成果很多,在现代学术界,我们所能看到的现代作家研究多体现为作家的传记类、评传类、年谱类、回忆访谈类等,但真正有独创性的并不多。对于中国现代作家来说,评价机制的存在是一个不容忽视的事实,它客观上对现代作家的评价和地位产生了深刻的影响。

中国现代作家的评价机制涉及诸多因素,显然不仅仅局限于文学创作领域。它不仅与文学的生产、流通、消费有着紧密联系,同时还与现代传媒的运作、时代的变迁、文学批评与论争以及国家的相关政策紧密相关。多种因素共同促成了中国现代作家评价机制的生成与演变。研究中国现代作家评价机制的生成及演变有利于对现代作家进行客观评价,有可能剔除不利于正确评价作家的各种因素,厘清原有的模糊甚至是错误的认识,摆脱惯性思维的束缚,给现代作家以恰如其分的评价和定位。也许,这就是本研究的最大价值。

在学界,此领域的研究相对缺乏。中国现代作家的评价机制理应得到关注,但从笔者所能查阅的各种资料来看,现代文学学术界几乎无人涉及这一研究。不仅专著空缺,就连单篇论文也鲜有涉及。就查阅的资料来看,有几篇论文主要集中于对个案作家和某一个作家群体的评价。① 在有关中国现代作家的日记、书信、传记、评传、文学史和回忆录中,并不缺乏有关现代作家评价的内容。不可否认,这些零散的内容为本课题的研究打下了一定的基础,但在总体上与本研究仍存在较大的距离。中国现代作家评价机制的研究显然不能仅仅满足于从一个标准去研究和评价某一个作家和作家群,而应强调对作家的评价体系做宏观的把握。这种评价机制涉及多种因素,这些因素的组合并非一成不变,而

---

① 如李井发:《略论作家作品的评价标准》,《内蒙古民族师院学报》,1994年第2期;袁良骏:《关于鲁迅的历史评价》,《鲁迅研究月刊》,1999年第6期;张泉:《关于沦陷区作家的评价问题——张爱玲个案分析》,《江苏行政学院学报》,2001年第2期;邓政:《政治理性和审美意识的共生和失衡——湖南左翼作家群创作的整体透视和评价》,《湖南工业大学学报》,2008年第4期。

是常常处于变化之中。从某种意义上说,这种评价机制是一个复杂的动态系统,简单的泛泛研究远远解决不了问题。因此,无论从广度还是深度上看,中国现代作家评价机制的研究几乎是一片空白。从大的方面来说,本研究具有某种填补空白的意义;从小的方面讲,它能引起更多研究者的关注,最终将这一研究推向更深的层次。

二、　中国现代作家与古典作家的评价机制比较论

作家的评价机制显然并非现代所独有,中国古典文学在其漫长的发展过程中也形成了独具特色的作家评价机制。但在评价内容、评价标准和评价方法上,中国古典作家评价机制与现代作家评价机制有着较大的区别。

首先在关注的对象上,中国古典作家评价机制以评价诗人为主,中国现代作家评价机制多关注小说家。

中国古典文学历来强调以诗文为代表的抒情文学。尽管我们也有叙事类文学的灵光一闪(如唐传奇、宋元话本和明清小说),但在漫长的中国古典文学史上,诗文的正宗地位几乎没有被撼动过。与此相应,中国古典文论所关注的作家也主要是诗人。由此产生的相关诗话、诗论可谓洋洋大观。而到了 20 世纪初的现代文学转型期,这一传统发生了变化。梁启超首倡“小说界革命”,并极力推崇“小说为文学之最上乘”。①他那篇《论小说与群治之关系》更是将小说推上了无以复加的崇高地位。几千年来占据中心地位的诗歌遭到前所未有的挑战,而曾被古人所不屑的叙事类文学小说堂而皇之走进了现代文学的殿堂,并最终占据主导地位。与此相应,现代小说家成为现代批评家关注的焦点。

其次在评价标准上,中国古典作家评价机制强调人品与文品的结

---

① 　梁启超:《论小说与群治之关系》,《新小说》,1902 年第 1 期。

合,中国现代作家评价机制更强调功利性因素。

中国古代历来都重视人的德行,讲究品行修养的重要作用。"文如其人"就是强调文人的道德品质,是中国传统的人文观。因为文字所承载的是思想,而思想决定着一个人的品质,身为文人,首先要做到品行端正。要写出好的文章,首先要做一个好人,德之不立,无以立言,有了超人之品德,方有超人之文章。人品的高下,直接决定着文章品位的高低。在古代评论家看来,所有意境优美、清秀隽永的文章都是由人一字一句用心去写出来的,读者要品文章所阐发的人文精神和内涵,品作者当时的心境、思想意境乃至为人之道。

孟子说:"吾善养吾浩然之气"①,其文章充满雄辩色彩,的确能使人感受到一种充塞于天地之间的浩然正气。这不是单靠执笔学写文章就能做到的,这是因为他维护天理正义、公道良心的社会责任感充于内心而溢露到外貌,发于言语而表现为文章。他"富贵不能淫,贫贱不能移,威武不能屈"的名言对于塑造中国历代优秀知识分子的精神性格起了重要的作用。

宋代的陆游说过:"汝果欲学诗,功夫在诗外"②,认为对真理的不懈追求应该是人生和文学的永恒主题,心系百姓,不辱使命,品德高尚,才能写出有感染力的文章。他一生以梅花的品格自勉,"高标逸韵君知否,正是层冰积雪时","雪虐风号愈凛然,花中气节最高坚"。③流传千古的名篇的作者几乎都具有梅花一样的品格:人们从《归去来兮辞》中读出了陶渊明"不为五斗米折腰"的操守;从《满江红》中读出了岳飞"待从头、收拾旧山河"的正气;从《岳阳楼记》中读出了范仲淹"先天下之忧而忧,后天下之乐而乐"的胸怀。他们的文章传承至今,无不表现其高风亮节、不谋一己之私的崇高形象,其崇高的文学地位与其高尚的人格交相辉映,

---

① 《孟子·公孙丑》。

② 陆游:《示子遹》。

③ 陆游:《梅花绝句》之二、之三。

崇高的信仰是其成就的关键。而对于那些人品不好或大节有亏的人，其文亦受其人品影响，往往被遗忘，泯灭不传。

中国的传统文化，以道德标准衡量一切事物，引导人们以正确的是非观面对"善"与"恶"、"正"与"邪"这些原则性问题。而知识分子作为社会的良知，千百年来一直具有追求真理、维护道义的传统，他们以强烈的社会责任感和捍卫道德、真理的勇气而备受人们的尊重，使人们在学习、研究其作品时学到很多做人、做事的道理，追求光明和美好，把德操作为人处世立身的准则。

但这一传统的评价机制在进入现代社会后就开始面临严峻的挑战。由于现代中国的特殊情境与文学的现代化转型，中国现代作家的评价机制发生变化。这种变化主要体现为各种功利性因素越来越明显地介入作家的评价机制，其结果是这些因素先后主导了现代作家的评价机制，并在很大程度上压抑了审美因素的生成，从而制约了中国现代作家的创作方向和空间。中国古典作家的评价机制也不缺乏政治等功利性因素，但总体来看，除特殊时期外，中国古典作家在创作时仍然拥有较自由的空间，尤其是作品中的审美因素依然得到较好的继承与发展。因此，在中国古典文学史上，仅靠审美之外的因素来评价作家是很少见的。而在现代文学发展史上，这种现象却不足为奇。文学之外的权威常常主宰中国现代作家的评价机制，甚至出现了交错主宰的现象。

在现代文学诞生初期，最早介入作家评价机制的是市场因素。由于现代市民阶层的壮大，再加上现代传媒的推波助澜，市场因素开始介入现代作家的评价机制，尤其是早期市民阶层的通俗文学，更是与市场紧密相关，如早期的鸳鸯蝴蝶派小说、侦探小说等。但这种市场因素在现代文学发展初期并没有占据主导地位。

第一个对现代作家评价机制产生主导影响的是文化权威。现代文学的诞生伴随着新文化运动的出现，一大批知识权威利用自己掌握的文化资源占据了重要的位置，他们不仅纷纷为新文学立法，同时也以高度的热情关注新文学甚至参与新文学的创作。一种以文化权威为主导的评价机制由此产生。

但从 20 世纪 30 年代开始，由于特定的时代氛围，政治因素开始强有力地介入现代作家的评价机制，并随着中国革命的进程而日趋明显。到 1942 年的《讲话》，这种以政治权威为主导的作家评价机制更是得到不容置疑的确定。政治权威对作家评价的介入具有超强的稳定性，从 20 世纪 30 年代到 80 年代，政治权威对作家评价的主导作用几乎是毋庸置疑的。

从 20 世纪 90 年代开始，市场权威开始代替政治权威而成为作家评价的主导因素。市场权威的出现并非突然，它显然与当时的大环境有关。20 世纪 90 年代，市场大潮开始冲击中国，随着邓小平"南方讲话"和"十四大"的召开，市场经济体制在中国开始建立，知识权威式微，政治权威相对淡化。在这种大环境下，当代作家的创作及其评价与市场息息相关。纵观现代作家评价机制中各种主导因素的变化，我们发现，这些因素虽有不同，有一点却是相同的，那就是功利性：或为启蒙，或为救亡，或为炒作。它们都是从文学创作之外来确立评价作家的标准，审美因素作为评价文学创作的重要标准却没有得到足够的重视，这也是研究中国现代作家评价机制时必须注意的一个方面。

三、 影响中国现代作家评价机制的主导因素

在中国现代文学史上，我们常常会发现这样的现象：对一个作家的评价往往会随着时代的变迁而发生较大的变化，有时甚至是天壤之别。从某种意义上说，现代文学史就是现代作家的沉浮史。这就意味着在很多情况下我们很难对一个作家进行全面而准确的评价。这种现象从表面看是因为时代的变迁，实际上，其背后还隐藏着更为深层的原因。

对一个作家的评价离不开一定的评价机制。作家的评价机制是文

学制度的重要组成部分,它往往决定着一个作家的名望和文学地位。一般来说,作家的评价机制应当具有一定的稳定性,这样才能真正发挥评价的作用。但由于现代中国的特殊情境,现代作家的评价机制常常处于演变之中。既然评价机制发生了演变,那么对一个作家的评价出现变化也在情理之中了。在中国现代文学史上,影响中国现代作家评价机制的因素是复杂多变的,但真正对评价机制产生决定性影响的主导因素只有三种:文化权威、政治权威和市场权威。由于这三种主导因素的变迁,中国现代作家的评价机制也随之经历了演变。

由知识分子参与并发动的新文化运动对后来新文学作家的评价机制的建构起到了至关重要的作用。而由此产生的文化权威在"五四"乃至"五四"后的一段时间内成为影响中国现代作家评价的主导因素。

毋庸置疑,"五四"是现代文人的黄金岁月。这场由文人发动并领导的新文化运动直接造就了一大批文化权威。何谓权威? 詹姆斯·科尔曼有过非常精辟的论断:"具有权威地位的人通常拥有大量资源,他寄极大的期待于使用这些资源,因此,如果不服从这种权威,后果将极其严重。"①科尔曼指出了权威的基本特征:一是拥有大量资源且处于核心位置;二是要主动使用这些资源。由此看来,"五四"时期,陈独秀、胡适、周氏兄弟、郭沫若、李大钊、茅盾等人曾先后成为文化权威。他们指点江山,激扬文字。他们往往站在社会制高点,振臂一呼,响者云集。这些文化权威毫无例外地关注和指导过新文学的发展:胡适的《文学改良刍议》、陈独秀的《文学革命论》、周作人的《人的文学》、李大钊的《什么是新文学》……尽管文化权威们对新文学的把握各异,甚至存在外行指导内行的嫌疑,但有一点是公认的,那就是权威性。

文化权威们的巨大影响力不仅仅来自他们的核心位置,更来自他们手中的文化资源。"五四"时期的文化权威们往往借助自己掌控的现代

---

① 葛兰西:《社会理论的基础·上》,葆煦译,北京:社会科学文献出版社1999年版,第85页。

期刊来扩大影响力,如陈独秀之于《新青年》,鲁迅、周作人之于《语丝》。新文化权威与现代媒体的相互结合对"五四"作家评价机制的生成产生了重要影响。"五四"作家的出道与成名大都与这些媒体的推介有关,如《新青年》对于鲁迅,《晨报》对于冰心,《小说月报》对于丁玲,《创造》等创造社刊物对于郭沫若、郁达夫。此外,现代出版机构也加强了与文化权威们的合作,在推介新文学作家及其作品方面也是不遗余力,如商务印书馆、北新书局、泰东图书局、亚东图书馆、开明书店、良友图书印刷公司等。说到新文化权威与现代媒体的结合,茅盾具有较强的代表性。茅盾1916年进入商务印书馆工作,1920年受命改革大型文学刊物《小说月报》,并把它变成文学研究会作家的主要阵地。他不仅是文学研究会的发起人之一,也是文学研究会的首席评论家。1927年,茅盾在《小说月报》上发表了长篇论文《鲁迅论》,第一次对鲁迅及其作品做了全面评价。这也是现代文学史上第一篇真正有分量的作家论。由于论文作者和论述对象均为"五四"时期的文化名人,其权威性和影响力不言而喻。茅盾还对"五四"时期的其他重要作家如冰心、庐隐、许地山、徐志摩等专门做了评论。作为"五四"时期重要的文学评论家,茅盾的作家论对这些作家的评价产生了深远的影响。

"五四"时期形成的这种以文化权威为主导的作家评价机制并未随着"五四"的结束而结束,在以后相当长的时期内,它仍然对现代作家的评价有着潜在的影响。

1935年至1936年由良友图书印刷公司出版的《中国新文学大系(1917—1927)》显然是对新文学第一个十年的全面检阅。为了扩大这套丛书的影响,赵家璧精心策划运作,特意邀请了当时文化界权威参与编写,蔡元培作总序。全书共十卷,分别由胡适、郑振铎、茅盾、鲁迅、郑伯奇、周作人、郁达夫、朱自清、洪深、阿英编写。这一串名字的权威性是不言而喻的。除蔡元培应景式的总序外,其他十位文化权威直接参与了《中国新文学大系》的编写工作。按照统一的编写体例和要求,每位编写者各负责一种文体,在编选具体作品之前,每人须完成一篇导言。无论是导言的撰写,还是具体作家作品的编选,都不可避免地涉及对作家的评价。例如,鲁迅在《小说二集·导言》中就对弥洒社作家、狂飙社作家、新潮作家、莽原社作家、乡土文学作家等进行了凝练而准确的评价。①作品的编选数目也能体现编选者对作家的评价高低。郁达夫在《散文二集》中总共选取 16 位作家的 131 篇作品,其中鲁迅 24 篇,周作人 57篇。② 周氏兄弟占了一半以上,这也反映了当时文化界对周氏兄弟的推重。而郁达夫对鲁迅、周作人、冰心、朱自清诸作家的独到点评已成为经典。事实上,由文化权威们参与编写的《中国新文学大系》已不仅仅是一部作品选集,同时也具备了文学史的初步特征。其中关于"五四"作家的评价和定位对后来的文学史产生了重要影响。

不同于文化权威的形成,政治权威所依赖的不是文化资源,而是政治资源。以政治权威为主导的作家评价机制是指借助政治权威的力量来决定或影响作家的评价标准。在现代中国,由于特殊的情境,政治对文学的介入已是不争之事实。实际上,中国现代文学的发展曾经历了一个政治化不断加强的过程。大革命失败后,在经历短暂的低潮后,无产阶级文艺开始兴起并最终成为 20 世纪 30 年代最有影响力的文学思潮。"五四"时期的文化权威们不得不面临严峻的考验并随之发生分化:或转向革命阵营,或转向自由主义阵营,或投向反动阵营。其实这种分化早在"五四"退潮时就初现端倪。随着政治权威的彰显,一种以政治权威为主导的作家评价机制逐渐形成。这种评价机制在"左联"时期起到了令人瞩目的作用,当然其弊端也是显而易见的。20 世纪 40 年代毛泽东的《讲话》进一步确定了这种评价机制,"政治标准第一,文学标准第二"进一步使之合法化、经典化。有了这个评价机制,我们就不难理解,同是解

---

① 赵家璧:《中国新文学大系·小说二集》,上海:上海人民出版社 1980 年影印版,第 2—12 页。

② 徐鹏绪、李广:《〈中国新文学大系〉研究》,北京:社会科学文献出版社 2007 年版,第 66 页。

放区成名的作家,赵树理和孙犁却在评价上有着明显的区别;虽是同一个作家的作品,丁玲前后期的小说却有天壤之别;而王实味的悲剧命运更值得深思。这种评价机制轻则影响作家的文学地位,重则影响作家的前途及命运。

　　说到中国现代文学中的政治权威,最有代表性的莫过于周扬。无论从政治还是文学角度看,周扬出道都不算早。"左联"成立时,他还在日本参加左翼运动。1933年前他一直未能进入"左联"的领导层。当他成为"左联"领导后,仍然遭到鲁迅、胡风等人强有力的挑战,并因鲁迅那篇《答徐懋庸并关于抗日统一战线问题》而遭受重创,使其在文艺界的权威大大降低。应该说周扬是在非常失意的情况下奔赴延安的,但很快得到毛主席的信赖并被委以重任。这种知遇之恩使周扬没齿难忘。他编译《马克思主义与文艺》时,把毛主席放在马恩列斯之后,对于毛主席的《讲话》更是推崇备至,毫不怀疑地接受,不折不扣地宣传贯彻,并成为权威的解释者、捍卫者。应该说此时的周扬已具备政治权威的身份。这种权威在1949年后进一步得到强化,第一次文代会期间他与郭沫若、茅盾一起成为大会引人注目的三巨头。由于来自延安解放区,再加上有毛主席的信任,周扬实际上是文艺政策的权威执行者。在20世纪50年代至60年代的重要文学事件(如丁玲、陈企霞反党集团案和胡风反革命集团案)中,我们都能看到他的身影。应该说此时的周扬并不是一个真正的文学家,他是代表政治家在行使"文艺总管"的职能。而作为党的最高领导人,毛泽东对这个"文艺总管"还是较为满意的。1942年整风期间,毛泽东有一次与丁玲交谈时说:周扬还是懂一点逻辑的,他的长处是跟党走。① 周扬也说自己最大的优点就是紧跟党走。正是这种优势使周扬能够长期在文艺界担任权威的角色。从20世纪30年代到60年代,他是中共文艺政策尤其是毛泽东文艺思想的忠实执行者。他向文艺界发

---

① 孙国林:《毛泽东与"党的文艺总管"周扬》,《党史博采》,2006年第6期。

号施令,甚至决定作家的地位和命运。① 总之,这种以政治权威为主导的评价机制曾深深地影响了现代作家的命运。

市场因素对作家评价的影响由来已久。特别是进入现代社会以后,随着现代传媒的发展和市民阶层的壮大,市场对文学的介入愈加明显。但这种影响在现代文学诞生之初以及相当长的时间内是有限的。由于现代中国发展进程中的特殊性,在很长一段时间内,市场因素在中国现代作家评价机制中难以成为主导因素。市场权威真正主导中国现代作家评价机制是在 20 世纪 90 年代。20 世纪 90 年代初,中国在经济领域内发生了前所未有的变革,市场经济大潮开始冲击中国。这场变革的影响并非局限于经济领域,其对中国社会的影响是全方位的。随着市场经济体制在中国的确立,代表商品经济和市民阶层需求的大众文化开始崛起。伴随着大众文化的勃兴,政治权威相对淡化,传统的精英文化日渐式微,市场权威开始彰显。这种以市场为导向的权威所带来的冲击几乎横扫一切,它对人们的人生观及价值观的影响已成为无须争辩的事实。与文化权威和政治权威不同,市场权威并不体现为特定的人或力量,它主要体现为一种价值取向,即以市场为主导,以赢利为目的。市场权威评价一个作家的主要依据就是市场的认可度,具体一点就是其作品的销量(网络文学就看点击量)。市场权威一旦成为作家评价机制的主导因素,就有可能挑战甚至颠覆传统的文化权威和政治权威,从而对作家的评价产生影响。

说到市场权威对作家评价的影响,金庸显然具有较强的代表性。金庸创作武侠小说始于 20 世纪 50 年代,到 70 年代初他已完成其代表作品,但其作品真正被内地接受在 80 年代后。内地出版的第一部金庸小

---

① 就笔者目前所掌握的材料来看,周扬作为政治权威代表影响现代作家的地位和命运是在 1949 年后到 20 世纪 60 年代初。在此期间,周扬几乎参与了全部较大的文学运动和文学批判,直接或间接涉及的著名作家有胡风、丁玲、冯雪峰、艾青等。

说是《书剑恩仇录》,1984 年由科学普及出版社广州分社出版。不久,内地数十家出版社相继出版了金庸的武侠小说,其中《射雕英雄传》出现了七个版本。金庸的作品虽受读者认可,但当时的文学评论界几乎保持沉默。内地最权威的官方媒体中央电视台《新闻联播》专门就金庸的小说痛斥武侠小说的"泛滥"。进入 20 世纪 90 年代后,市场对金庸的追捧开始势不可挡。北京三联书店看中其作品的巨大销售市场和盈利空间,于 1994 年以极其精美的形式,将金庸作品汇编成集进行捆绑销售,一经上市,便成为畅销书。2000 年,三联书店再次根据市场需要,推出了金庸全集"口袋本",在短短半年时间里,印数达到 56000 套。随着市场对金庸作品的认可,以严家炎、冯其庸、孔庆东、陈墨等为代表的专家学者开始关注并研究金庸及其武侠小说,并出版了相关学术成果,"金学"的研究蔚为大观,各类高校开设的相关选修课也是丰富多样。金庸的代表作品《天龙八部》的部分章节还进入了人教版的高中语文课本。

20 世纪 90 年代,金庸开始成为文化热点人物,其文学地位也出现上升之势。1994 年,王一川等著名教授在为 20 世纪文学大师排座次时,金庸被排在第四位,仅次于鲁迅、沈从文和巴金。同年,金庸被聘为北大教授。2004 年,第三届全国国民阅读与购买倾向抽样调查显示,金庸取代老舍成为北京读者心目中的最爱。凤凰卫视"2008 影响世界华人盛典"在北大举行,金庸获得"影响世界华人终身成就奖"①。

从金庸文学地位的上升来看,市场因素显然起了主导作用,尽管其中少不了文化权威(以专家学者为代表)和政治权威的认可。由此观之,市场权威与文化权威、政治权威的关系有时是相当微妙的,它们既有对立的一面,也有合作的一面。

但并非所有作家都像金庸这般幸运,贾平凹在出版《废都》后就遭受

---

① 舒坦:《金庸获 2008 影响世界华人终身成就奖》,《文学教育》,2009 年第 5 期。

了无处容身的痛苦。① 在出版《废都》前,贾平凹的创作一直得到较高的肯定,但在《废都》出版后这一切都发生了变化。这部作品的出版出现了一种奇怪的现象:一方面,它的出版激起了知识界的众怒,贾平凹和《废都》几乎遭到了不容置疑的讨伐②;另一方面,《废都》出版后一再畅销并被盗版,大有洛阳纸贵之势。据有关资料统计,《废都》公开出版应在150万册以上,而盗版却有1200万册左右。③ 批评界的讨伐与大众的认可形成了奇特的文化景观。"《废都》现象"的背后实际上是知识文化权威与市场权威的交锋。而结果却是日益强大的市场权威借助传媒的力量占据了主导地位,从而影响了对这一现象的冷静思考。当然,市场评价机制是否能够发挥其应有的作用,客观公正地对待每位作家,已引起当今学者深深的忧虑。"通过贾平凹《废都》被大量盗版侵权的事实,可以看出90年代以后的许多作家、文化人,在充分享受媒体时代、文化市场所带来的种种特权的同时,随时也都可能成为市场经济的受害者。"④今天看来,此言不谬。由于市场权威的运作,有关《废都》的批判及评价从一开始就偏离了正常的轨道,从而难以对作家形成客观公正的评价。

　　作为作家评价机制的重要组成部分,文学批评理应对作家的创作及文学地位做出客观公正的评价,并保证文学创作朝着健康和良性的方向发展。但事实并非如此,我们发现市场权威同样以不可阻挡的力量冲击

---

① 据贾平凹多年后的倾诉:"《废都》弄到那个地步","我在西安没法呆下去","一夜之间我成了流氓作家、反动作家、颓废作家,帽子戴得特别大。这期间好多人、好多事,给我写作和生活造成极大的困难"。参见贾平凹、谢有顺:《贾平凹、谢有顺对话录》,苏州大学出版社2003年版,第215页。

② 陈晓明:《废墟上的狂欢节——评〈废都〉及其他》,《天津社会科学》,1994年第2期。栾保俊:《不值得评价的评价——〈废都〉读后感》,《文艺理论与批评》,1994年第2期。户晓辉:《裸体的〈废都〉》,《新疆艺术》,1994年第2期。另外,李书磊、戴锦华、张颐武、李洁非、孟繁华、韩毓海、余世存等也都对小说进行了"严厉批评"。

③ 孟繁华、程光炜:《中国当代文学发展史》(修订版),北京:北京大学出版社2011年版,第550页。

④ 孟繁华、程光炜:《中国当代文学发展史》(修订版),北京:北京大学出版社2011年版,第551—552页。

着为文学"立法"的文学批评。不可否认,仍有一些敢于坚守、敢于探索的批评家在默默耕耘,但这并不能从整体上改变市场权威裹挟文学批评这一客观现实。在市场权威的诱惑和紧逼下,文学批评很难保持独立品格。从 20 世纪 90 年代后的文学批评来看,文学批评的商业化、媚俗化倾向日趋明显,有的甚至沦为商业炒作的工具。尽管政治权威和文化权威仍潜在地影响着作家的评价机制,但市场权威的主导作用已不容置疑。在这种评价机制下,作家的创作及地位往往由市场来确定。一方面,作家要靠市场来生存;另一方面,市场也需要打造自己的品牌作家和作品。作品是否畅销已成为作家、出版方和读者共同关注的焦点。在其影响下,作家们很难成为"局外人"。他们不得不关注自己的作品能否适应当下市场,能否创造不错的销售业绩,乃至能否成为畅销书而进入各种各样的排行榜。市场经济在当下中国方兴未艾,人们对市场权威的负面作用也缺乏足够的清醒认识。由此可以预见,市场权威对现代作家评价机制的影响将更为深远。

中国现代作家的评价机制是一个动态的复杂系统,并非体现为简单的直线进程。实际上,它常常体现为以一种因素为主导并与其他因素相互交织。在不同时期,这几种因素总是不同程度地进行排列组合,此消彼长。这种复杂性在客观上造成了对中国现代作家评价的艰难。一般来说,作家的评价机制往往涉及多种因素,既有文学创作本身的因素,也有文学创作之外的因素。文学创作理应是其中最值得关注的因素。可是从中国现代文学的发展来看,文学之外的因素受到了过分的强调。无论是文化权威、政治权威,还是市场权威,它们都不可能对一个作家进行恰如其分的评价和定位。在中国现代文学史上,评价一个作家的重要因素如审美标准却没有得到应有的重视(除了一些小圈子,如"京派"),以审美权威为主导的作家评价机制在现代文学史上从未被确立。也许,这正是值得我们反思的地方。因为这不仅是对作家负责,也是对作品和读者负责。

第一编

文化权威主导下的中国现代作家评价机制

不可否认,自中国现代文学诞生以来,文化权威一直是影响中国现代作家评价机制的重要因素,但这种影响并非一成不变,而是经历了一定的沉浮和变化。具体来说,它有时起主导作用,体现为一种显性的存在;有时所起的作用则不太明显,体现为一种隐性的存在。文化权威开始成为现代作家评价机制的主导因素是在"五四"时期,这与"五四"时期特定的时代和文化背景息息相关。

　　从晚清到"五四",中国文学经历了从古典到现代的深刻转型,这已得到现代学界的公认。[①] 伴随着文学的转型,中国作家的身份、使命及评价标准也发生了深刻的变化。清帝的退位,不仅标志着两千多年封建制度的结束,同时也标志着两千年来封建文人赖以安身立命的封建道统和学统的结束。而科举的废除又将一大批读书人抛入进退两难的境地。在此情形下,相当一部分传统的读书人成为现代最早的一批自由撰稿人,甚至成为现代文学的拓荒者。作家的创作使命也由原来的"文以载道"转为"新民"或启蒙。现代报刊传媒的出现也是现代文学诞生的重要前提,大量现代杂志期刊、报纸以及出版机构的出现为现代作家们的创作提供了广阔的空间和更多可能。同时,聚集在城市的广大现代市民阶

---

① 参见陈平原:《中国小说叙事模式的转变》,北京:北京大学出版社 2010 年版;郭延礼:《中国前现代文学的转型》,济南:山东大学出版社 2011 年版;朱栋霖、丁帆、朱晓进主编:《中国现代文学史(1917—1997)》,北京:高等教育出版社 2009 年版。

层由于受到维新、立宪和革命的洗礼而日益成熟，这为新文学的广泛接受提供了可能。

在此基础上，一种不同于古典传统的现代作家评价机制开始形成。中国古典作家的评价机制中并不否定文学的功利性，但更强调作家的人品和其作品的审美功能。因此，一个作家的文学地位主要取决于人品和文品。而中国现代作家的评价机制更强调文学之外的因素，这与现代文学诞生的背景密切相关。鸦片战争后，几代知识分子为寻求救国救民之路筚路蓝缕，前仆后继。正如梁启超在《五十年中国进化概论》中所说的，从"器物上感觉不足"到"制度上感觉不足"再到"文化根本上感觉不足"。① 正是这种情境下，一大批知识分子开始关注文学，寄希望于文学。也正因此，我们就不难理解梁启超对小说功能的极度抬高，也不难理解留日时期的鲁迅弃医从文的选择。而这一切都决定了评价现代作家的标准不可能仅仅来自文学创作本身。

经过早期的准备，现代文学到"五四"时期已规模初具。"五四"是现代文人的黄金时期，它直接造就了一大批文化权威。这些文化权威毫无例外地关注或从事新文学的创作，并以自己的权威地位深深地影响了现代作家的创作及评价，从而形成了一种以文化权威为主导的现代作家评价机制，它不仅对"五四"，也对后来的作家评价及创作产生了深远的影响。

---

① 梁启超：《五十年中国进化概论》，《最近之五十年（1872—1922）申报馆五十周年纪念》，上海：上海书店 2015 年版。

第一章　文化权威出现的背景考察

　　文化权威的形成离不开适宜的土壤。从晚清到民国,既是极为混乱的动荡时期,也是一个"王纲解纽"的时代。封建王权已不复存在,人们的思想得到了空前的解放,个性解放成为时代的最强音,这是文化权威产生的重要前提。同时,法律也为文化权威登上历史舞台提供了一定的保障。虽然腐朽的清王朝在新政措施上左右摇摆,但表面上还是在1908年的《钦定宪法大纲》里规定给予臣民言论、著书和出版的自由。辛亥革命后的《中华民国临时约法》也明确规定:"人民有言论著作刊行之自由。"

　　外来文化的烛照也是文化权威出现的重要因素。"五四"前后的文化权威们都把目光投向外来文化,并从中汲取营养,完善自我。"五四"时期的陈独秀尤为激进,他极力主张以西方文化来铲除中国传统文化。这尤其体现为他与杜亚泉之间关于东西文化的论争。[①] 胡适在留美期间深受英美自由主义思想的影响,更是希望东方的"睡美人"在"西风"的吹拂下醒来。[②] 当然,他对待传统文化并非像陈独秀那样激进。李大钊

---

① 杜亚泉发表的文章有:《迷乱的现代人心》,《东方杂志》,1918年4月;《答〈新青年〉杂志记者之质问》,《东方杂志》,1918年12月;《新旧思想之折衷》,《东方杂志》,1918年4月。陈独秀发表的文章有:《今日中国之政治问题》,《新青年》,1918年7月;《质问〈东方杂志〉记者》,《新青年》,1918年9月;《再质问〈东方杂志〉记者》,《新青年》,1919年2月。
② 胡适:《睡美人歌》。

从苏俄革命中找到了自己的信仰。而周氏兄弟则在南京和日本求学期间接受了外来文化的洗礼。

文化权威的形成还与他们的社会地位和手中掌握的文化资源有关。"五四"文人之所以成为时代的主角,一方面是因为他们摆脱了传统的依附,另一方面是因为他们拥有相对独立的社会地位和资源。正如陶行知所说的"滴自己的汗,吃自己的饭,自己的事自己干"①,这也是真正具备现代意识的知识分子的特征。"五四"文化精英们一方面得益于时代的馈赠,另一方面充分发挥自己的聪明才智,从而占据了时代的制高点。梁启超、陈独秀、胡适、李大钊、沈雁冰、鲁迅、周作人等先后成为"五四"前后最为耀眼的文化权威。他们往往站在时代的最高点,引领时代潮流,具有巨大的号召力,在当时的思想界和文化界均产生了重要影响。文化权威的地位也决定他们往往会掌握一定的文化资源。反之,掌握一定的文化资源又能强化他们的权威地位。例如,梁启超自己创办的刊物有《时务报》《新民丛报》《清议报》《新小说》等,这些都成为梁启超发表政论的重要阵地。陈独秀先后创办和参与的刊物有《国民日报》《安徽俗话报》《甲寅杂志》《新青年》《每周评论》等,其中《新青年》是新文化运动的主要阵地。胡适、鲁迅、周作人等都是《新青年》的编委,胡适后来还是新月书店的董事长。沈雁冰来自老牌出版机构——商务印书馆,其主编的《小说月报》成为新文学的第一份纯文学刊物,也是文学研究会的重要刊物。鲁迅创办的刊物有《语丝》《新生》《莽原》《未名》《朝花》等,这里还不包括他参与和支持的刊物。正是由于这些文化资源的存在,再加上他们所处的位置,文化权威们才可能以启蒙者的身份,登高一呼,应者云集。

---

① 陶行知:《自立歌》。

第二章 文化权威如何介入现代作家的评价机制

作家的评价机制是一个极为复杂的体系,需要对多种因素进行考量,如文化因素、政治因素、市场因素、审美因素等。就"五四"时期的文学创作来说,文化权威的影响是主导性的。文化权威对这种评价机制的影响主要通过以下途径:文化权威本身的示范创作、组建文学社团、掌握期刊报纸和出版机构、权威的文学批评,等等。

一、 示范创作

"五四"前后的文化权威们都极为关注新文学的发展。他们大多还率先垂范,亲自参与新文学的创作,以实际的创作业绩来影响当时作家的创作,从而影响了现代作家的评价机制。胡适文学创作的成就相当有限,但这并不意味他对新文学创作没有影响力。相反,在早期的白话诗创作上,胡适身体力行,敢"第一个吃螃蟹",以自己勇敢的尝试影响了一代诗风。其"作诗如作文"和"诗体大解放"的主张甚至一度成为新诗的"金科玉律",对早期白话诗的创作产生过重要的影响。当然,这种影响是利弊共存的,既是解放,又是束缚,不利于新诗的发展。文化权威中真正以创作对新文学产生重大影响的当数鲁迅。鲁迅以其天才的创造力,在现代小说、杂文和散文诗创作方面取得了常人难以企及的成就,同时也成为现代作家纷纷仿效又难以超越的榜样,以至于现代文学史上出现许多作家模仿鲁迅创作而形成的"鲁迅风",著名的"乡土文学"小说流派和"鲁迅风"散文流派的出现就是明证。周作人的小品文创作不仅起到了示范作用,更是奠定了艺术性散文在现代文学中的地位,同时影响并造就了一大批美文作家。作为新诗的奠基性作品,郭沫若的《女神》真正体现了"五四"时代精神。它不仅从思想上引领了现代诗歌的创作,更从艺术和表达形式上展现了独创性,对现代新诗的发展以及作家的创作都产生了重要影响。郁达夫的自传体小说《沉沦》一出版,立即在中国文坛引起了轩然大波,受"五四"运动洗礼的青年一代,从他的小说中找到了与自己心灵相撞的东西,那些恪守封建道德的文人,也把矛头直接指向了郁达夫。这种自传体小说以下层知识分子为主人公,充满了失意和颓伤的情感,小说人物的心理描写大胆直率,以散文手法进行小说创作。这种散文化的小说对当时乃至以后的作家创作产生了很大的影响,20世纪二三十年代的中国文坛就兴起了一股浪漫派创作潮流,它还直接影响了现代抒情小说的诞生。

二、 文学社团的运作

我们知道,文化权威常常掌握一定的文化资源。依靠这种资源他们才能对作家的创作及评价产生影响。在这些文化资源中,除了期刊、报纸和出版机构外,还有一种不太被注意的资源:文学社团。文学社团的蜂起也是"五四"文学的一个重要特征。这种多元共生现象的出现显然与特定的时代背景息息相关。专制权力的衰落、自由空间的拓展、启蒙的洗礼,共同促成了"五四"时期文学社团的繁荣。在这一点上,它与文化权威出现的背景是一致的。但随着"五四"的退潮,政治对文学的介入加深,文学社团的黄金期结束,并逐渐衰落。"五四"时期的文化权威们常常会组建文学社团,并通过自己的威望和地位对作家施加影响。在现代中国文学社团的运作中,文化权威、政治权威和市场权威等都参与其中,但文化权威是其根本的支撑。在中国现代文学史上,绝大多数文学社团都是因为文化权威的作用而形成并顺利运作的。有些较为复杂的文学社团的形成是政治权威、市场权威和文化权威共同作用的结果,不过起决定作用的还是文化权威。据说现代评论派曾接受过官方的津贴,这在当时的文学社团看来是非常没面子的事情,于是语丝社就提出"用自己的钱,说自己的话",这显然是对现代评论派的暗讽。①

　　在社团运作方面,文学研究会和创造社有一定的代表性。文学研究会的核心人物是茅盾、周作人和郑振铎。文学研究会的文学主张也主要是通过这三人来表述的,其中茅盾最有代表性和权威性。在《现在文学家的责任是什么》一文中,茅盾首倡文学为人生的主张:"文学是为表现人生而作的。文学家所欲表现的人生,决不是一人一家的人生,乃是一社会一民族的人生。……从这里研究得普遍的弱点,用文字描写出来,这才是表现人生。"②接着,他又提出"写实主义"的主张,并号召文学研究会的作家努力实践。他说:"写实主义的文学,最近已见衰退之象,就新世界观只立点而言之,似已不应多为介绍,然就国内文学界情形而言,则写实主义之真精神与写实主义之真杰作未尝有其一二,故同人以为写实主义在今尚有切实介绍之必要。"③周作人为文学研究会写了著名的成立宣言:"将文艺当作高兴时的游戏或失意时的消遣的时候,现在已经过去了。我们相信文学是一种工作,而且又是于人生很切要的一种工作;治文学的人也当以这事为他终身的职业,正同劳农一样。"④郑振铎则认为文学是人生的反映、感情的产品:"我们所需要的是血的文学、泪的文学,不是'雍容尔雅''吟风啸月'的冷血的产品。"⑤此外,文学研究

___

①　周作人:《〈语丝〉的回忆》,《鲁迅研究资料》第3辑,北京:文物出版社1979年版。

②　沈雁冰:《现在文学家的责任是什么》,《东方杂志》17卷1期,1920年1月10日。

③　沈雁冰:《小说月报·改革宣言》,《小说月报》12卷1号,1921年1月20日。

④　周作人:《文学研究会成立宣言》,《小说月报》12卷1号,1921年1月10日。

⑤　郑振铎:《血与泪的文学》,《文学旬刊》6号,1921年6月30日。

会对会员的入会有明确的规定。其《简章》第二条规定："本会以研究介绍世界文学整理中国旧文学创造新文学为宗旨。"第三条规定："凡赞成本会宗旨有会员二人以上之介绍经多数会员之承认者得为本会会员。"①由此可见，文学研究会不仅对作家的加入有严格的规定，对创作也有明确的要求。

创造社的核心人物主要是郭沫若和郁达夫。创造社虽是"五四"时期异军突起的文学社团，其主要人物却并不强调集团意识。尤其在前期，这种倾向更为明显。在创造社作家的眼中，新文化运动后的文坛，只是"为一二偶像所垄断"，因此自己要做的便是冲破这"垄断"。② 这里既有对充斥文坛的鸳鸯蝴蝶派小说的不满，也有对"五四"前后新文化权威的某种警惕。与文学研究会不同，创造社的成立没有明确的宣言和主张，也没有章程规则可循。但其创作倾向还是经历了从唯美求真到为革命的转变。组织的松散并不意味着创造社没有共同的倾向。实际上，创造社的集团意识有一个明显增强的过程，尤其反映在后期。其社团运作的力度不亚于文学研究会，从其在"五四"的影响来看，创造社作为一个文学社团，其运作还是相当成功的。

除文学研究会和创造社外，语丝社也是"五四"时期极有影响力的文学社团，它的灵魂人物是周氏兄弟。虽然《语丝》的撰稿者态度并不相同，但其办刊宗旨是相当明确的。周作人代拟的《发刊辞》就有这样的表述："我们个人的思想尽自不同，但对于一切专断与卑劣之反抗则没有差异。我们这个周刊的主张是提倡自由思想，独立判断，和美的生活。"③文化权威通过对文学社团的掌控和运作，一方面巩固和扩大了自己的影响力，另一方面也对其他作家的创作进行了间接的指导，从而实现了对作家评价机制的成功介入。

---

① 《文学研究会简章》，《小说月报》12 卷 1 号，1921 年 1 月 10 日。

② 《纯文学季刊〈创造〉出版预告》，《时事新报》，1921 年 9 月 29 日、30 日。

③ 周作人：《〈语丝〉发刊词》，《语丝》第 1 期，1924 年 11 月 17 日。

三、 期刊、报纸和出版

从晚清开始,中国文学的现代化进程已艰难起步。这当中,现代传媒的作用不可小觑。早在维新变法时期,报刊传媒就发挥了巨大的作用。到了清末民初,这方面的发展更是突飞猛进。梁启超早在 1901 年就称:"自报章兴,吾国之文体,为之一变……"到 1921 年的二十年里,报刊杂志的数量增加了十倍左右。1902 年至 1907 年间,以小说命名的杂志就有 27 种(含报纸 1 种)。[①] 据有关资料记载,从 1895 年至 1898 年,全国出版中文报刊 120 种,其中 80% 是中国人自办。[②] 而 1896 年到 1911 年间,全国出版中文报刊多达 1600 种(包括海外华文报刊)。[③]

总之,从晚清到"五四"前夕,各种报纸期刊的创办明显呈递增趋势。

现代报刊业的迅猛发展对民众的启蒙作用是不能忽视的,正如梁启超所说的"广民智振民气"[④]。同时,现代报刊对"五四"文化权威的早期成长的影响也是相当明显的。留日时期的鲁迅就是新报刊的爱好者。周作人对此做过介绍:"鲁迅更广泛的与新书报接触,乃是壬寅(1902)年二月到了日本以后的事情……1903 年三月鲁迅寄给我一包书,内中便有'清议报汇编'八大册,'新民丛报'及'新小说'各三册。"[⑤]

与报刊同时发展的是现代出版业。最早出现在中国的现代出版机构是 1843 年由外国传教士在上海创办的墨海书馆。中国人自己创办出版机构是从洋务派开始,如同文馆印刷局、江南制造局翻译馆等,但都具有很强的官办性质,注重实用性,不太关注社会科学。直到 1897 年创办

---

① 　陈平原:《中国小说叙事模式的转变》,上海:上海人民出版社 1988 年版,第 273 页。

② 　吴廷俊:《中国新闻传播史稿》,武汉:华中理工大学出版社 1999 年版,第 75 页。

③ 　袁进:《中国文学观念的近代变革》,上海:上海社会科学出版社 1996 年版,第 43 页。

④ 　梁启超:《本馆第一百册祝辞并论报馆之责任及本馆之经历》,《清议报》,1901 年 12 月 21 日。

⑤ 　周启明(周作人):《鲁迅的青年时代》,北京:中国青年出版社 1957 年版,第 77 页。

商务印书馆,现代民营出版业才开始崛起。不久,文明书局、中华书局等民营出版机构纷纷出现,西方文化殖民主义者和官方把持中国传媒出版的局面被彻底改变。据有关资料记载,从 1904 年起,出版业的重心开始向民营转移。① 这些民营出版机构带有鲜明的平民立场和启蒙意识。从此,中国文人的言说方式发生了根本的变化,知识分子获得了更广阔的自由空间,传统的上书策论变成报刊上的自由论述,而现代出版业的发展使传统文人的孤芳自赏变为广泛的读者接受。

"五四"时期是报刊出版发行的黄金期。据《五四时期期刊介绍》②一书介绍,"五四"前后至少出现 150 种以上的刊物。现代传媒的发展往往呈多元交叉的特点。现代报刊常常与现代出版业相关,如商务印书馆出版的重要报刊有《小说月报》《东方杂志》《妇女杂志》《学生杂志》《教育杂志》等,中华书局出版的著名刊物有《学衡》等。现代报刊和出版业的发展为文化权威的产生提供了可能,同时也为他们的活动提供了广阔的"公共空间"。

"五四"文化权威们掌握的文化资源一般都与现代传媒有关。陈独秀之所以成为"五四"时期风行一时的人物,显然与其主编的《新青年》息息相关。胡适是《新青年》的核心成员,后来又成为《新月》的主要成员,同时还担任新月书店的董事长。周氏兄弟不仅是《新青年》的编委,同时又是《语丝》的代表人物。茅盾早年进入老牌出版机构商务印书馆,颇受器重,后主编《小说月报》。这种权威的两栖身份是不多见的,其对茅盾文化权威地位的形成是不言而喻的。作为老牌的编辑和评论家,郑振铎一直与出版机构和刊物打交道,先后担任《小说月报》和《文学季刊》的主编。巴金是"五四"的后起之秀,他最初的理想并不是当作家,实际上,巴金长期的真正职业是文化生活出版社的文学编辑。创造社的作家们不仅先后创办了大量刊物,也在出版方面做出了很多努力。

四、 权威评价

"五四"文化权威们不仅通过手中掌控的文化资源来影响作家的创作和评价,也积极主动地参与文学批评,以权威的身份为新文学"立法",直接对作家及其作品进行权威的评价和指导。这些文化权威不仅参与文学批评,也直接参与新文学的创作,并且在创作上获得了很高的声誉。因此,"五四"时期的文化权威们常常具有多种权威身份,他们常常集文化资源、文学创作和文学批评于一体,从而确立了毫无争议的权威地位。

在这方面代表性的人物主要有茅盾、鲁迅、周作人和郁达夫。

(一)茅盾的作家论

真正成为作家之前,茅盾主要是以文学编辑和评论家的身份为人所熟知。其文学评论的第一个活跃期是"五四"时期。这一时期他发表了大量有关"为人生"和提倡"写实"的文章[1],成为文学研究会最有影响的文学评论家。20 世纪 20 年代末到 30 年代前期是茅盾文学评论的第二个活跃期,尽管这一时期他吸收了马克思主义文论的滋养,同时也开始适应那个激进的时代。茅盾这一时期所写的主要是作家论。在中国现代文学史上,茅盾首开作家论。茅盾的作家论共有 8 篇,分别涉及鲁迅、叶圣陶、王鲁彦、徐志摩、丁玲、庐隐、冰心和落华生(许地山)。最早的一篇是《鲁迅论》,写于 1927 年 11 月,最后一篇是《落华生论》,写于 1934 年 10 月。8 篇作家论是茅盾对"五四"时期文学创作的总结。

也许出于对鲁迅的景仰,茅盾在《鲁迅论》中并未直接对鲁迅进行过

---

[1]　主要文章有:《现在文学家的责任是什么》,《东方杂志》17 卷 1 期,1920 年 1 月 10 日;《新旧文学之评议》,《小说月报》11 卷 1 号,1920 年 1 月 25 日;《小说月报·改革宣言》,《小说月报》12 卷 1 号,1921 年 1 月 20 日;《自然主义与中国现代小说》,《小说月报》13 卷 7 号,1922 年 7 月 10 日。

多的评价,而是大量引用别人的评论和鲁迅的作品,使整篇文章更像随感。正如茅盾自己所说:

> 鲁迅的小说对于我的印象,拉杂地写下来,就是如此。我当然不是文艺批评家,所以"批评"我是不在行的,我只顾写我的印象感想,惭愧的是太会抄书,未免见笑于大雅,并且我自以为感想者,当然也是"舐评论胥"而已。①

对于冰心的创作,茅盾好像找到了足够的自信。茅盾的《冰心论》是一篇较为成功的作家论。这篇作家论不仅抓住了冰心创作的主旨及发展轨迹,还探讨了冰心创作风格形成的家庭和教育背景。茅盾并没有因为冰心的成就而掩饰其创作上的不足:

> 世间也有专一讴歌"理想的"底作家,他们那"乐观",我们也佩服,然而他们也有毛病:只遥想着天边的彩霞,忘记了身旁的棘刺。所谓"理想",结果将成为"空想"。譬犹对饥饿的人夸说山珍海味之腴美,在你是一片好心的慰安,而在他,饿肚子的人,只更增加了痛苦。这原是非常浅显的事理,然而肚子饱的"理想主义者"却不大弄得明白。我们的"现实世界"充满了矛盾和丑恶,可是也胚胎着合理的和美的光明的幼芽;真正的"乐观",真正的慰安,乃在昭示那矛盾和丑恶之必不可免的末日,以及那合理的美的光明的幼芽之必然成长。真正的"理想"是从"现实"升华,从"现实"出发。撇开了"现实"而侈谈"理想",则所谓"讴歌"将只是欺诳,所谓"慰安"将只是揶揄了!②

---

① 茅盾:《鲁迅论》,《小说月报》,1927年第11期。
② 茅盾:《冰心论》,《文学》,1934年第2期。

　　1935年,茅盾参与了《中国新文学大系》的编选,并为其中的《小说一集》写了导言。他延续了他早期擅长的作家论,不过范围有所限定,主要评论的是文学研究会作家。应该说到了20世纪30年代,茅盾已摆脱了"幻灭"和"动摇"的情绪,正以积极努力的心态向组织靠拢。尽管茅盾在30年代为配合政治写了大量作品,甚至产生了较大影响,但这并不意味着他已成为政治权威。实际上从1927年后,其政治身份就相当尴尬。这种尴尬长期困扰着他,虽然他在1949年后走上中国作家组织的领导岗位,但仍无法改变这种长期困扰着他的尴尬。因此,我们不难理解茅盾在遗嘱中请求党中央追认他党籍的做法。茅盾虽没有成为政治权威,但其文化权威的身份是确定无疑的。茅盾作家论的水平并不均衡,也缺乏一定的系统性。对于茅盾的作家论,学界一直给予较高的评价,但近年来也有学者撰文指出其中的不足。[①]　不管是褒是贬,有一点是不能否定的:茅盾作为"五四"时期文化权威的身份不容置疑。正因为这种权威性,茅盾的作家论在客观上对"五四"时期这些重要作家的创作及评价产生了重要影响。在之后的主流文学史中,茅盾的权威评价仍然随处可见。

　　(二)鲁迅对"五四"作家的点评

　　作为新文学的奠基人,鲁迅文化权威的身份也是无可非议的。鲁迅在文学批评上并没有太多的成果,更没有茅盾那样的作家论。但在其作品(包括书信和日记)中,对现代作家的点评比比皆是。鲁迅对"五四"作家的评价最集中地体现在他1935年为《中国新文学大系·小说二集》写的导言中。在这篇近万言的导言中,鲁迅以文学社团的流变为线索,结合创作主体的文化心理,知人论世,简明扼要地勾勒出"五四"时期小说创作的概貌。鲁迅评价作家主要是以社团为单位,往往三言两语,就能把握作家的创作特点。对于新青年社的作家,他主要谈的是自己。其评

---

① 　周兴华:《茅盾作家论的盲视之域》,《南方文坛》,2005年第1期。

价公正，态度公允，既不夸大，也不过分自谦。他这样评价自己的小说创作：

> 在这里发表了创作的短篇小说的，是鲁迅。从一九一八年五月起，《狂人日记》《孔乙己》《药》等，陆续的出现了，算是显示了"文学革命"的实绩。又因那时的认为"表现的深切和格式的特别"，颇激动了一部分青年读者的心。①

对于自己的小说创作，鲁迅给予了恰如其分的评价。对于自己的文学地位，鲁迅显然较为自信。他认为"从《新青年》上，此外也没有养成什么小说作家"。

而对于"新潮作家""弥洒社"作家、"狂飙社"作家，鲁迅的评价不是太高。对"新潮作家"的小说创作，鲁迅显然是不满意的：

> 自然，技术是幼稚的，往往留存着旧小说上的写法和语调；而且平铺直叙，一泻无余；或者过于巧合，在一刹时中，在一个人上，会聚集了一切难堪的不幸。②

在这个作家群体中，鲁迅还对每个作家进行了中肯的点评。例如，罗家伦的作品"虽然稍显浅露，但正是当时许多智识青年们的公意"；汪敬熙"装着笑容，揭露了好学生的秘密和苦人的灾难"；杨振声"用人工来制作理想的人物"从而导致创作的衰竭。鲁迅对叶绍钧极为推崇，认为他"却

---

① 鲁迅：《小说二集·导言》，赵家璧主编《中国新文学大系》，上海：上海人民出版社 1980 年影印本，第 1 页。

② 鲁迅：《小说二集·导言》，赵家璧主编《中国新文学大系》，上海：上海人民出版社 1980 年影印本，第 2 页。

有更远大的发展"①。

对于"弥洒社"作家的创作,他是这样评价的:"然而所感觉的范围却颇为狭窄,不免咀嚼着身边的小小的悲欢,而且就看这小悲欢为全世界。"②在这个作家群体中,鲁迅最认可的是胡山源:"从中最特出的是胡山源,他的一篇《睡》,是实践宣言,笼罩全群的佳作。"③

对于"狂飙社"作家,鲁迅总体评价不高。这固然与其创作成就有关,但也与个人恩怨有一定的关系。尤其对领军人物高长虹,鲁迅很有看法:

> 但不久为莽原社内部冲突了,长虹一流,便在上海设立了狂飙社。所谓"狂飙运动",那草案其实是早藏在长虹的衣袋里面的,常要乘机而出……④

鲁迅较为欣赏的主要有"浅草沉钟社"作家、乡土作家和"未名社"作家。对于"浅草社"作家,鲁迅是极为欣赏的:

> 一九二四年中发祥于上海的浅草社,其实也是"为艺术而艺术"的作家团体,但他们的季刊,每一期都显示着努力:向外,在摄取异域的营养,向内,在挖掘自己的魂灵,要发见心灵的眼

---

① 鲁迅:《小说二集·导言》,赵家璧主编《中国新文学大系》,上海:上海人民出版社 1980 年影印本,第 2 页。

② 鲁迅:《小说二集·导言》,赵家璧主编《中国新文学大系》,上海:上海人民出版社 1980 年影印本,第 5 页。

③ 鲁迅:《小说二集·导言》,赵家璧主编《中国新文学大系》,上海:上海人民出版社 1980 年影印本,第 5 页。

④ 鲁迅:《小说二集·导言》,赵家璧主编《中国新文学大系》,上海:上海人民出版社 1980 年影印本,第 12 页。

晴和喉舌,来凝视这世界,将真和美歌唱给寂寞的人们。①

在这个群体中,鲁迅最推崇的作家是冯至。鲁迅称他为"中国最为杰出的抒情诗人"。此外,他还提到了冯文炳(废名)和冯沅君的创作。对于20世纪30年代已蜚声文坛的作家废名,鲁迅认为其创作并不成功:

> 后来以"废名"而出名的冯文炳,也是在《浅草》中略见一斑的作者,但并未显出他的特长来。在一九二五年出版的《竹林的故事》里,才见以冲淡为衣,而如著者所说,仍能"从他们当中理出我的哀愁"的作品。可惜的是大约作者过于珍惜他有限的"哀愁",不久就更加不欲像先前一般的闪露,于是从率直的读者看来,就只见其有意低徊,顾影自怜之态了。②

至于冯沅君,鲁迅对其《旅行》较为看重,认为其创作"虽嫌过于说理,却还未伤其自然"③。

"未名社"是鲁迅支持并很看重的文学社团。对于其中的主要作家,鲁迅评价甚高:韦素园"是宁愿作为无名的泥土,来栽植奇花和乔木的人";李霁野"以敏锐的感觉创伤,有时深而细,真如数着每一片叶的叶脉"。④ 对于台静农,他更是毫不吝惜自己的赞美:"能将乡间的死生,泥

---

① 鲁迅:《小说二集·导言》,赵家璧主编《中国新文学大系》,上海:上海人民出版社1980年影印本,第5页。

② 鲁迅:《小说二集·导言》,赵家璧主编《中国新文学大系》,上海:上海人民出版社1980年影印本,第6—7页。

③ 鲁迅:《小说二集·导言》,赵家璧主编《中国新文学大系》,上海:上海人民出版社1980年影印本,第7页。

④ 鲁迅:《小说二集·导言》,赵家璧主编《中国新文学大系》,上海:上海人民出版社1980年影印本,第15—16页。

土的气息，移在纸上的，也没有更多、更勤于这作者的了。"①

（三）周作人与郁达夫的《沉沦》

《沉沦》是我国现代著名作家郁达夫的第一部小说集，包括《沉沦》《南迁》和《银灰色的死》。它虽只包括三篇小说，却是我国现代文学史上第一部小说集（比鲁迅的《呐喊》早一年），它的出版正式确立了郁达夫在现代文学史上的地位。但是鲜为人知的是，郁达夫及其《沉沦》真正被接受与现代作家周作人有很大的关系。

1921 年 10 月，郁达夫的《沉沦》出版以后引起了国内文坛的强烈震动，它别具一格的取材、浪漫主义的表现手法以及大胆真实的人性描写受到许多读者，特别是青年们的欢迎。当时，全国各地都掀起了一股"郁达夫热"。与此同时，社会上对这部书的抨击和讥嘲也如冰雹一般从四面八方袭来，人们称郁达夫是颓废派的肉欲描写者，骂他是"海淫"，诬他的作品是不道德的小说。不少批评家都认为《沉沦》的出版是一件大逆不道的事情，是文学史上的耻辱。可周作人却写文章公开支持郁达夫："我是十分尊重他，觉得他是中国新文学界唯一的作者。"②周作人写的有关《沉沦》的评论文章表现了对郁达夫其人其文相当深刻的理解。他在写给《晨报副刊》的一篇文章中说：

> 《沉沦》是一件艺术作品，但他是受戒者的文学，而非一般人的读物。在已经受过人生的密戒，有他的光与影的性的生活的人，自能从这些书里得到希有的力，但是对于正需要性的教育的儿童们却是极不适合的。还有那些不知道人生的严肃的人们也没有诵读的资格。他们会把鸦片去当饭吃的。③

---

① 鲁迅：《小说二集·导言》，赵家璧主编《中国新文学大系》，上海：上海人民出版社 1980 年影印本，第 16 页。

② 周作人：《论并非文人相轻》，《京报副刊》，1926 年 4 月 10 日。

③ 周作人：《自己的园地》，长沙：岳麓书社 1987 年版，第 59 页。

周作人对《沉沦》的态度，一方面表现了他对文学艺术作品有一种宽容的评判标准，另一方面也表现出这位"五四"文化权威的真知灼见和慧眼。由于周作人的地位和影响，当时的文坛很快就接受了郁达夫，并给予他客观公正的评价。

对于周作人公允而中肯的评价，郁达夫当然心怀感激。在后来出版的《达夫代表作》一书的扉页上，他写下了这样的一段题辞："此书是献给周作人先生的，因为他是对我幼稚的作品表示好意的中国第一个批评家。"①

（四）郁达夫对"五四"作家的点评

作为创造社的代表作家，郁达夫在"五四"时期获得了很高的声誉，其权威地位也是不容置疑的。文学批评虽然不是郁达夫的强项，但这并不影响他对"五四"作家评价的权威性。不同于茅盾等人的作家论，郁达夫对"五四"作家的评价主要采用点评的方式。这些点评主要收在《中国新文学大系·散文二集》的导言中。《中国新文学大系》的策划者和组织者赵家璧在编选人员的安排上可谓煞费苦心。从编选人员的名单来看，他们均为"五四"时期在文化界产生重要影响的人物。郁达夫能入选这个名单，显然说明了当时文化界对其权威地位的认可。由于深受中国古典文学的浸染，郁达夫的点评简练传神，往往三言两语就能概括一个作家的整体风格。在点评的作家中，他最为看重的是周氏兄弟和冰心。郁达夫与周氏兄弟都保持着良好的私下关系，同时自己也是成就颇高的散文家，因此，由他来评价周氏兄弟的散文最适合不过了。对于二人的散文，他并不做全面介绍，而是将二者的独特风格进行比较：

鲁迅的文体简炼得像一把匕首，能以寸铁杀人，一刀见血。
重要之点，抓住了之后，只消三言两语就可以把主题道破——

---

① 郁达夫：《达夫代表作》，上海：现代书局 1932 年版，扉页。

> 这是鲁迅作文的秘诀。……与此相反,周作人的文体,又来得
> 舒徐自在,信笔所至,初看似乎散漫支离,过于繁琐!但仔细一
> 读,却觉得他的漫谈,句句含有分量,一篇之中,少一句就不对,
> 一句之中,易一字也不可,读完之后,还想翻转来从头再读的。
> 当然这是指他从前的散文而说,近几年来,一变而为枯涩苍老,
> 炉火纯青,归入古雅道劲的一途了。①

应该说,对周氏兄弟散文风格概括之准确、评价之高,郁达夫堪称第一
人。这段评点已成为文学史上的定评,不断被后来的文学史家和评论家
所借鉴。

除周氏兄弟外,郁达夫最为看重的就是冰心女士了。作为"五四"时
期著名的女作家,冰心在小说、散文和诗歌方面均成就斐然。正因此,冰
心得到了那个时代的高度认可,尽管也不乏批评之音。② 同时期的作家
茅盾与朱自清都给予冰心较高的评价,但都是褒中有贬。而郁达夫对冰
心几乎是毫不吝啬地赞美:

> 冰心女士散文的清丽,文字的典雅,思想的纯洁,在中国好
> 算是独一无二的作家了。……我以为读了冰心女士的作品,就
> 能够了解中国一切历史上的才女的心情;意在言外,文必己出,
> 哀而不伤,动中法度,是女士的生平,亦即是女士的文章之
> 极致。③

---

① 郁达夫:《散文二集·导言》,赵家璧主编《中国新文学大系》,上海:上海人民出版社 1980 年影印
本,第 14 页。
② 梁实秋:《〈繁星〉与〈春水〉》,《创造周报》第 12 号,1923 年 7 月 29 日。蒋光慈:《现代中国社会与
革命文学》,《民国日报副刊》,1925 年 1 月 1 日。
③ 郁达夫:《散文二集·导言》,赵家璧主编《中国新文学大系》,上海:上海人民出版社 1980 年影印
本,第 16 页。

可以肯定,冰心在现代散文界的地位之高与郁达夫的高度评价是分不开的。而对于同是文学研究会的散文家朱自清,他只是一笔带过:

> 朱自清虽则是一个诗人,可是他的散文,仍能够满贮着那一种诗意,文学研究会的散文作家中,除冰心女士外,文字之美,要算他了。以江北人的坚忍的头脑,能写出江南风景似的秀丽的文章来者,大约是因为他在浙江各地住久了的缘故。①

从此,文学研究会的两大散文家的文学地位基本确定。受此影响,后来的现代文学史也常常把冰心和朱自清并称,对二位作家的评价也往往借鉴了郁达夫的观点。

---

① 郁达夫:《散文二集·导言》,赵家璧主编《中国新文学大系》,上海:上海人民出版社 1980 年影印本,第 18 页。

第三章　《中国新文学大系》与"五四"作家的文学定位

　　毫无疑问,赵家璧主编、上海良友图书公司 1935 年至 1936 年出版的《中国新文学大系(1917—1927)》(以下简称《大系》)是对新文学第一个十年[①]的检阅。《大系》不仅是一部作品选集,同时还具备了文学史的特征。无论是在整体的构架上,还是在观点的权威性上,《大系》都对后来的文学史写作产生了深远的影响。作为一部"五四"时期的权威文学史料,《大系》的编选与出版曾深深影响了"五四"作家的文学定位。这种影响主要有三种途径:一是通过编选人员的组成直接造就"五四"文学权威,充当新文学的"立法者";二是通过导言评价"五四"作家及其作品;三是通过编选作品的数目来体现对"五四"作家的评价高低。

一

　　为扩大影响,提高权威性,《大系》的策划者在编选人员的组成上煞费苦心。蔡元培作总序,全书共十卷,分别由胡适、郑振铎、茅盾、鲁迅、郑伯奇、周作人、郁达夫、朱自清、洪深、阿英编写。不难看出,《大系》的编选阵容是超强的,编选者的权威性不容置疑。他们既是"五四"文学的直接参与者,又是"五四"文学的"立法者"。实际上,这些编选者的权威

[①]　新文学第一个十年即现代文学史所说的"五四"时期。

地位在《大系》出版前已大多得到公认，而编选《大系》使他们的这种权威性进一步得到确认和强化。

由蔡元培作总序当是众望所归。作为"五四"时期的北大校长，其倡导的"兼容并包"方针使北大成为新文化运动的摇篮，从而孕育了新文学。说他是新文学的保姆当不算错。在谈到新文学的产生背景时，蔡元培的确是一个绕不过去的人物。

胡适对于新文学之初的理论建设功不可没，因此编选《建设理论集》非他莫属。后来的文学史在谈到新文学的理论贡献时，对胡适也是大力肯定，尤其肯定他对白话文的倡导，对胡适在新诗、话剧等方面的首创之功也给予了高度评价（新中国成立后的一段时期除外）。

作为文学研究会的资深编辑和著名文学评论家，郑振铎编选《文学论争集》当然没有多大疑问。郑振铎不仅参与了《大系》的编选工作，还为《大系》的编写出谋划策。他建议把理论部分分为《建设理论集》和《文学论争集》，并建议由胡适担任《建设理论集》的编写者。另外，郑振铎还帮助赵家璧邀请朱自清、周作人等参与《大系》的编写。后来的文学史对郑振铎的定位主要也是在编辑、文学评论和社会活动方面，变化不大。

茅盾负责编选《小说一集》。作为文学研究会的首席评论家，茅盾的权威性是不容置疑的。他对《大系》的贡献是多方面的，如确定《大系》的选稿年限，建议小说部分按社团分为三集，建议散文由郁达夫和周作人来编选，等等。作为"五四"时期的权威文学评论家，茅盾的文学定位在《大系》编选前已经确定。

鲁迅负责编选《小说二集》。作为"五四"时期的文学权威，鲁迅的加入是一个亮点。《大系》的策划者也认为，要想组建强大的阵营不能少了鲁迅。无论从创作成就，还是从当时的威望来看，鲁迅入选《大系》编选阵营是理所当然的。实际上，从《大系》编选之后的文学史来看，鲁迅的文学地位有逐渐上升之势。

郑伯奇负责编选《小说三集》。郑伯奇对《大系》功不可没，除编选工作外,他还参与了大量的事务性工作。从《大系》的酝酿策划到编者的安排邀请,他都付出了许多心血,尤其是帮助赵家璧成功说服鲁迅参与《大系》的编写。后来的文学史主要将郑伯奇定位为创造社作家,而对他的上述贡献提的不多。

周作人负责编选《散文一集》。作为"五四"散文大家,周作人编选《大系》也是无可非议的。他对新文学尤其是对小品文创作及理论的贡献有目共睹。在"五四"时期,周作人的声望不亚于鲁迅。可惜的是,这位权威由于后来的附逆而失去了原有的光芒。

郁达夫负责编选《散文二集》。作为"五四"时期创造社的代表作家,郁达夫的小说和散文都获得了巨大的成功,其"五四"大家的文学地位已基本确定。但在后来的很多文学史中,郁达夫的文学地位有所下降。这主要是因为学界对郁达夫身上不符合主流的方面颇多批判。直到20世纪80年代,郁达夫的文学地位才逐渐回升。

朱自清负责编选《诗集》。应当说,朱自清的加入有点意外。无论是从资历、人脉和交际圈,还是从当时的文学声望来看,朱自清都不大可能参与《大系》的编选。《诗集》的编选者原定郭沫若,但由于国民党的审查干预,只好临时换人,后由郑振铎推荐,决定由朱自清担任。因此,受到郑振铎邀请时,朱自清深感意外:"这回《新文学大系》的《诗选》会轮到我,实在出乎意外。"①朱自清虽是郭沫若的替补,但其散文创作在当时已获得很大成功。在后来的文学史中,朱自清的文学地位(尤其在散文创作方面)一直得到较高的肯定。

洪深负责编选《戏剧集》。作为现代话剧的早期奠基人之一、哈佛大学戏剧专业毕业生,洪深参与《大系》的编选也是很自然的。洪深的理论功底相当深厚,但在创作方面略为逊色。"五四"时期的话剧创作在总体

---

① 朱自清:《诗集·选诗杂记》,赵家璧主编《中国新文学大系》,上海:上海人民出版社1980年影印本,第16页。

上不够景气，虽然曹禺、夏衍在 20 世纪 30 年代中期创作势头强劲，但其作品不在编选范围内。

阿英负责编选《史料·索引》。阿英是著名的"五四"文学史料收藏家和研究家。他为《大系》各卷的编选提供了丰富的史料文献，因此也理所当然入选。

即使在今天看来，这一串名字的权威性仍相当明显。除了蔡元培应景式的总序外，其他编选者都直接参与了《大系》的具体工作。可以肯定，《大系》的成功是新文学权威与现代传媒共同作用的结果。《大系》的编写人员安排实际是对"五四"文学荣誉权的一次分配。借此，《大系》的编选者们不仅掌握了解释"五四"文学的话语权，也获得了文学上的权威地位。

二

《大系》对"五四"作家及其作品的评价主要是通过导言来完成的。《大系》的导言因宏观的视野、独到的点评和分析而备受学界关注。它不仅具有一般的导读功能，而且具有学术价值。编选者们个性迥异，他们对作家及其作品的评价各有千秋，有些甚至成为经典。在这方面最具代表性的是鲁迅、郁达夫和朱自清。

鲁迅是按社团来评价作家或作品的。其用语精当，三言两语就能概括总貌。某些精辟之见更是不断被后来者所引用。在《小说二集·导言》中，鲁迅先后对新青年社作家、"新潮作家""弥洒社"作家、"浅草社"作家、乡土作家、"莽原社"作家进行了中肯而独到的点评。[①]

不同于鲁迅的点评，郁达夫在《散文二集·导言》中更侧重对名家的点评，主要是周氏兄弟、冰心和朱自清。郁达夫用其生花妙笔对以上作

---

① 参见本书第一编第二章《文化权威如何介入现代作家的评价机制》。

家——进行点评,其用语之精辟、文笔之微妙少有人能比。①

朱自清对诗人的评价很有特色,喜欢引用别人的话来加以评点。对于胡适的白话诗,他颇有微辞,但他引用别人的话来间接评价:"照周启明氏看法,这是古典主义的影响,却太晶莹透澈了,缺少了一种余香与回味。"②对于"五四"时期风行一时的冰心小诗,朱自清不以为然,他仍然借他人的话来说:"梁实秋氏说在这些诗里'只能遇到一位冷若冰霜的教训者'。他称赞'她的字句选择的谨严美丽',只还嫌'句法太近于散文的'。"③而对于新月诗派的闻一多,他的评价就较为直接了:"《诗镌》里闻一多氏影响最大。徐志摩氏虽在努力于'体制的输入与试验',却只顾了自家,没有想到用理论来领导别人。闻氏才是'最有兴味探讨诗的理论和艺术的';徐氏说他们几个写诗的朋友多少都受到《死水》作者的影响。"④对于徐志摩,他是肯定中有所保留:"他没有闻氏那样精密,但也没有他那样冷静。他是跳着溅着不舍昼夜的一道生命水。"⑤朱自清对闻一多和徐志摩的评价直接影响了二人的文学定位。在很长一段时期内,文学史中对新月派诗人的定位都沿袭了这一评价。

此外,朱自清还有很多独到而简短的点评。他评周作人的《小河》"是新诗中第一首杰作"⑥;谈到郭沫若的诗歌时说"泛神论和自我主义

---

① 参见本书第一编第二章《文化权威如何介入现代作家的评价机制》。

② 朱自清:《诗集·导言》,赵家璧主编《中国新文学大系》,上海:上海人民出版社1980年影印本,第2页。

③ 朱自清:《诗集·诗话》,赵家璧主编《中国新文学大系》,上海:上海人民出版社1980年影印本,第27页。

④ 朱自清:《诗集·导言》,赵家璧主编《中国新文学大系》,上海:上海人民出版社1980年影印本,第6页。

⑤ 朱自清:《诗集·导言》,赵家璧主编《中国新文学大系》,上海:上海人民出版社1980年影印本,第7页。

⑥ 朱自清:《诗集·诗话》,赵家璧主编《中国新文学大系》,上海:上海人民出版社,1980年影印本,第24页。

并存于郭君的诗中"①;评价冯至的叙事诗是"堪称独步"②。

三

《大系》主要以作品选集的方式出现,因此常常被研究者当作客观公正的权威史料。但事实并非如此,正如罗岗所说:"《新文学大系》因为以选本的面貌出现,反而可能掩饰掉部分主观性和策略性。"③《大系》的这种"主观性和策略性"不仅体现在编选人员的组成和导言中,还体现在对作家作品的选择上。对于"五四"作家来说,自己的作品能入选《大系》是荣幸的。而作品是否入选以及多少篇入选主要取决于编选者的判断。从某种意义上说,"五四"作家入选《大系》的作品数量代表了编选者对其评价的高低。

胡适在《建设理论集》中主要选了 1917 年至 1920 年间有关"文学革命"的理论文章 51 篇。胡适一向较为谦和,在选自己的文章时却没有太多的推辞。他自己的文章就占了近一半的篇幅。钱玄同、傅斯年各 7 篇;周作人 4 篇;陈独秀、刘半农各 2 篇;其余各 1 篇。郑振铎编选的《文学论争集》跨越时间为整个十年,因此关注的作家作品比胡适更多,共选文 107 篇。其中胡适、钱玄同各 8 篇(含合著);沈雁冰、郑振铎各 6 篇;刘半农、成仿吾各 5 篇;傅斯年、徐志摩各 3 篇;陈独秀、周作人各 2 篇。

现代文学的诞生是以理论为先导的,新文学的先驱们往往在理论上颇有建树。从胡适和郑振铎的选文来看,二人的观点基本一致。他们公

---

① 朱自清:《诗集·诗话》,赵家璧主编《中国新文学大系》,上海:上海人民出版社 1980 年影印本,第 26 页。

② 朱自清:《诗集·诗话》,赵家璧主编《中国新文学大系》,上海:上海人民出版社 1980 年影印本,第 28 页。

③ 罗岗:《解释历史的力量——现代"文学"的确立与〈中国新文学大系(1917—1927)〉的出版》,《开放时代》,2001 年第 5 期。

认的理论权威主要为胡适、钱玄同、周作人等。在新文学诞生之初,胡适的理论贡献的确无人能比,但这并不代表他在编选作品时就能做到客观公正。除了自己的文章偏多外,其弟子傅斯年的文章数目也远远多于周作人、刘半农等人,而对曾经并肩作战的另一个新文学理论权威陈独秀显然关注不够。这不免让人猜测是出于私情。相比而言,郑振铎的选文较为客观,能兼顾各方(甚至包括被批判一方的文章),所选篇目也较为合理。

茅盾的《小说一集》共选取 29 位作家的 58 篇作品,其中,冰心和叶绍钧各 5 篇,王统照 4 篇。鲁迅的《小说二集》共选取 33 位作家的 59 篇作品,其中鲁迅、陈炜谟和台静农各 4 篇,冯文炳、许钦文、黎锦明、向培良各 3 篇。郑伯奇的《小说三集》共选取 19 位作家的 37 篇作品,其中郁达夫、张资平各 5 篇,郭沫若 4 篇。

新文学第一个十年的小说创作以鲁迅的成就为最高。鲁迅在《小说二集》的导言中当仁不让,认为自己的小说最早显示了"文学革命"的实绩。因此选了自己的 4 篇,其他作家没有超过这个数目。应该说,鲁迅的选文和自我评价是相当中肯的。除鲁迅外,"五四"时期最耀眼的小说家当数冰心了。茅盾在《小说一集》中也给予冰心格外的重视,不仅所选作品的数量最多,还把她放在选集的第一位,从而奠定了冰心在现代小说史上的地位。实际上,小说并非冰心的强项,但第一个十年的小说整体不景气,而冰心的"问题小说"契合了"五四"的时代氛围,其"爱的哲学"又给"五四"时期迷茫的青年人以慰藉。也有学者认为,冰心的女性身份是她蜚声文坛的原因。[①] 文学研究会推出了冰心,而创造社推出了郁达夫。郁达夫以《沉沦》震动"五四"文坛,其小说中鲜明的叛逆性和浓重的感伤色彩无疑是那个时代的最强音。

---

① 乔以钢、刘堃:《试析〈中国新文学大系〉中的性别策略——以冰心早期创作为中心》,《南开学报》
(哲学社会科学版),2005 年第 2 期。

周作人在《散文一集》中编选了 17 位作家的 71 篇文章,徐志摩、郁达夫各 8 篇,郭沫若、刘大白各 7 篇,刘半农、废名各 6 篇,俞平伯、陈西滢、徐祖正各 5 篇。郁达夫在《散文二集》中选取了 16 位作家的 131 篇作品,其中周作人 57 篇,鲁迅 24 篇,冰心 22 篇,朱自清 7 篇,林语堂、丰子恺、许地山、叶绍钧各 5 篇,钟敬文 4 篇。

散文是新文学中最早成熟的文学体裁。正如 1928 年朱自清在《背影》自序中回顾"五四"以来现代散文的发展时所说的,"这三、四年确是绚烂极了"①。周作人和郁达夫同为"五四"散文大家,由他们二人来编选散文集当在情理之中。从选文数量来看,周作人更推重徐志摩和郁达夫,郁达夫则更看重周氏兄弟和冰心。周作人和郁达夫编选作品都不以团体和派别为划分标准,而是以人为标准。同时在时间上也不是以十年为限,具有较大的随意性和主观性。尤其是郁达夫,出于自己的偏爱和喜好,他并不均衡考虑,竟让周氏兄弟的散文占编选总数的一半以上。当然,这也在客观上反映了周氏兄弟的散文成就的确达到了相当的高度。总之,从周作人和郁达夫二人的选文来看,"五四"散文大家已基本确定,这也被后来的文学史所确认。

洪深在《戏剧集》中选了 18 位作家的 18 篇作品,每人只选一篇,比较平均。洪深之所以这样安排,估计是考虑到两个因素:一方面由于戏剧篇幅较长,不太好全文收录;另一方面,作为一种舶来品,话剧在现代中国的发展略显滞后。新文学第一个十年在戏剧领域没有诞生大师级作品。在这 18 篇作品中,洪深强调较多的有胡适的《终身大事》、田汉的《获虎之夜》、洪深的《赵阎王》、郭沫若的《卓文君》等。

朱自清的《诗集》共收 33 家 51 种,以抒情诗为主,也选叙事诗,没有选模仿民间歌谣的新诗创作。其中闻一多 29 首,徐志摩 26 首,郭沫若

---

① 朱自清:《背影·序》,《荷塘月色——朱自清散文全集》,贵阳:贵州人民出版社 2002 年,第 28 页。

25 首,李金发 19 首,冰心 18 首,俞平伯 17 首,汪静之 14 首,朱自清 12 首,潘漠华、冯至各 11 首,朱湘 10 首,胡适、周作人各 9 首,戴望舒 7 首。从所选篇目来看,作为文学研究会的作家,朱自清并没有偏袒本社团的同仁,也没有盲目推崇对白话诗有开拓之功的胡适,而是更看重新月诗派的闻一多和徐志摩。从新文学第一个十年的新诗发展来看,朱自清的眼光是相当准确的。新月诗派抛弃了早期白话诗的极端做法,把新诗与传统再次相接,同时又汲取外来营养,走出了早期白话诗的困境,为新诗的健康发展铺平了道路。此外,朱自清较为推崇的诗人还有郭沫若、李金发和冰心。应该说,朱自清的选择还是较为公正客观的,"五四"代表性诗人由此也基本确定。

不同于导言对作家作品的直接评价,《大系》以选本的方式潜在地影响了"五四"作家的文学定位。正如杨义所说,《大系》"在编辑学上的成功之处,就在于创造了一种独特的方式,把选家之学转变为文学史家之学"①。

《大系》的出版是新文学史上的重要事件,所产生的影响远远超出策划者和编写者的预料。通过上文分析,我们不难看出,以胡适、鲁迅、周作人、茅盾、郁达夫、冰心为代表的"五四"大家在各个领域的突出成就及地位已得到确认,"五四"作家的文学定位基本形成。但这种文学定位也并非完全公正。《大系》是对新文学第一个十年的"历史化处理"。编选《大系》的时间距离新文学的创作时间较近,因而这种"处理"显得过于仓促,在"处理"的过程中常常出现简单化和片面化。"五四"主流作家的文学地位虽得到了彰显,另外一些作家却被忽视,如以"鸳鸯蝴蝶派"为代表的通俗小说家、以"学衡派"为代表的保守派理论家及"旧体诗"诗人。同时,编选者在编选作品和评价作家作品时很难剔除个人因素,甚至有

---

① 杨义:《新文学开创史的自我证明》,《文艺研究》,1999 年第 5 期。

为争得"荣誉权"而导致的偏执。①《大系》对"五四"作家的文学定位体现了现代传媒与新文学权威的共同作用,其背后隐藏着"知识—权力"的关系以及通过这种关系所建构的权威评价机制。因此,《大系》对"五四"作家的文学定位既有正面的引导作用,又存在一定的负面影响。随着时间的推移,这种文学定位将不断接受新的检验和挑战。

---

① 温儒敏:《论〈中国新文学大系〉的学科史价值》,《文学评论》,2001 年第 3 期。

第四章 审美权威的昙花一现：论"京派"作家的审美建构

在 20 世纪 30 年代,曾经有这样一个独特的文学流派。他们聚集于京津地区,以手中掌控的刊物①为阵地,关注人生,但与政治保持距离,对文学的商业化极为反感。他们主张文学的独立和自由,追求古典的审美境界和淳朴的文风。这就是"京派",它在红色的 30 年代甚至在整个现代文学史上都显得特立独行。由于这个文学流派的松散,不少人曾经怀疑这个流派是否存在。这也是"京派"不同于其他文学社团的明显特征。过去,人们认为它的存在是因为这些作家在创作上有相似的追求和特征。这种解释未尝不可,但很难令人信服。"京派"命运坎坷,但影响相当深远,对当代文学也有影响。因此,笔者以为,"京派"虽只是一个文学小圈子,但其创作的背后有一种一以贯之的东西在起主导作用,这种一以贯之的东西就是审美权威。"京派"不同于一般的文学社团和流派,因为它本身并不崇尚各种人为的权威,它所崇尚的权威更多来自文学本身。正如一位学者所说:"的确,从某种意义上讲,与其说'京派'文学是一种文学的流派和规范,还不如说是一种精神趣味,一种注重艺术的文化趣味,一种以精神生活为安身立命根基的信念和向往。"②"京派"是一个长期被淡忘的文学流派,被称为"京派"作家的这一群体也经历了相似

---

① "京派"的主要刊物有:《文学杂志》《文学季刊》《大公报》文艺副刊、《骆驼草》《水星》等。

② 李振声:《京派文学的世界》,《读书》,1995 年第 7 期。

的命运。如果按照一般的作家评价机制，他们很难被主流的文学史所承认，往往只能是"局外人"。但是，"京派"作家曾经有过自己的评价标准，他们的评价标准更多不是来自创作之外的所谓权威，而是来自对创作本身的理解和感悟。这就是"京派"作家自己建构的以审美权威为主导的现代作家评价机制。

"京派"作家的审美权威主要通过"京派"作家的文学创作和文学批评来建构。"京派"作家崇尚审美，并把审美作为文学创作的最高要求和品评作家的重要尺度和标准。20 世纪 30 年代的文坛已出现浓重的政治化和商业化倾向，这正是"京派"进行文学创作和批评的重要背景。实际上，由"京派"作家建构的审美权威实现了对政治和市场权威的超越。"京派"作家的审美权威是从以下几个方面来建构的。

一、 追求真诚

"真"是"京派"审美权威的重要内涵："它贯穿、渗透于'京派'批评家对文学创作的主体、本体及文学批评等各个环节的论述之中，并形成了'京派'文艺批评理论中一种潜在的价值取向。"[1]在"京派"代表作家那里，"真"是一个常常被谈及的话题。

首先，"真"是"京派"批评对创作主体的最高要求。朱光潜认为陶潜在各方面都"有最率真的表现"，因而"'真'字是渊明的唯一恰当的评语"。[2] 李长之赞赏鲁迅所表现出来的"真"："他的为人极真，在文字中表现的尤觉诚实无伪"，"就他整个的作品看，我认为他是赤裸裸地，与读者相见以诚的"[3]。

其次，"京派"批评所谈论的"真"，还包括批评家应具备的真诚态度。

---

① 钱少武：《创作和评价之"真"——论京派批评的潜在价值取向》，《江汉论坛》，2010 年第 4 期。
② 朱光潜：《朱光潜全集》第 3 卷，合肥：安徽教育出版社 1987 年版，第 266 页。
③ 李长之：《鲁迅批判》，北京：北京出版社 2003 年版，第 151 页。

沈从文在生活中是一个非常坦诚的人，这种坦诚、率真的天性也体现在他的文学批评活动中。在《〈现代中国作家评论选〉题记》中，沈从文说："我的文章没有什么惊人的地方，但每一句话必求其合理且比较接近事实。文章若毫无可取之处，至少还不缺少'诚实'。"他认为，诚实的批评就是"对一个人的作品不武断，不护短，不牵强附会，不以爱憎为作品估价，评论不在阿谀作者，不能苛刻作品，只是就与人与时代作品加以综合，给他一个说明，一种解释"①。在沈从文看来，这种诚实的批评态度体现在恰如其分的批评和超然的评判者两方面。

另外，这种真诚还体现为追求文学创作的真实。"京派"批评家梁宗岱认为"真"是"诗底唯一深固的始基"，诗是"真"的"最高与最终的实现"②。因此，"京派"批评所推崇的"真"，是人文一体、创作与批评于一体的相互融合、交相辉映的"真"。"京派"批评视文学创作为主体人生和艺术理想的自然寄托和载体，认为"艺术的根植是人生，决定它的是真诚"③。"京派"批评主张创作主体秉持真诚的创作原则，通过创作表现自我真实自然的内在个性、情趣和梦想。

"京派"的"真"一方面继承了中国古典文论的精髓，另一方面也是对西方美学的借鉴。"真"曾是中国古典文论中的重要范畴之一。它强调文如其人，推崇创作主体人格的真率，要求文学家的创作直接对应于创作主体，主张"为情而造文"。古典文论中无论是"诗言志"还是"诗缘情"都是强调创作要表达主体的真实思想和情感。"京派"作家在吸收古典"真"的重要内涵时又拓宽和深化了其意义范畴。他们在强调表现真的人格、个性、情感的同时，也强调主体的情感体验之真、艺术想象之真、文学虚构之真，甚至理性认识之真和复杂深层意识的表现之真，主张用简约传神的象征性语言，真实而艺术地传达主体情感之真。梁宗岱认

① 沈从文：《沈从文文集》(第 11 集)，广州：花城出版社 1984 年版，第 35 页。
② 梁宗岱：《梁宗岱文集》第 2 卷，北京：中央编译出版社 2003 年版，第 5 页。
③ 李健吾：《李健吾文学评论选》，银川：宁夏人民出版社 1983 年版，第 205 页。

为,"象征""所赋形的、蕴藏的,不是兴味索然的抽象观念,而是丰富、复杂、深邃、真实的灵境"①。可见,"京派"批评对艺术之"真"的理解同样受到西方文论的影响。

"京派"作家一再强调的"真"是一种超凡脱俗的"真"。这在中国现代文学批评中极为罕见。"京派"批评家把这种"真"看作艺术之所以成为艺术的重要美学品质。但由于个性差异,"京派"作家所推崇的"真"又不尽相同。"京派"大多数批评家所欣赏的是发自心灵深处的天真、温馨而又甜美的人间真趣。他们特别看重创作主体心灵的真纯。沈从文的创作(包括文学批评)常常被后人所称道的就是具有一颗赤子之心。李长之认为鲁迅的《社戏》写的是"有趣的童心","亲切、调和、真实,使人纵然勾起逝去的童心的怅惘,然而却是舒服的"②。而"用一双儿童的眼睛来看人事"的萧乾,其《篱下集》就是为守护童年和童心发出的动人的呼吁。我们一般不把周作人看作单纯意义上的"京派"作家,但其文学创作和理论对"京派"作家的影响是不言而喻的,说他是"京派"的精神领袖不算错。周作人不仅是现代文学中最早提倡儿童文学的理论家之一,还特别喜爱晚明散文,尤其推崇以"童心"著文的晚明小品文作家。

二、 重视趣味

"京派"作家对趣味的重视离不开周作人的影响。无论在理论倡导中,还是在创作中,周作人一直强调趣味。周作人的这种趣味言说主要是在"五四"退潮后,相对于当时的主流作家,这是一种孤寂落寞的坚守。周作人的趣味主要包括雅趣和谐趣,前者强调精致,带有明显的贵族情调,后者则有平民化倾向。这两种趣味都对"京派"作家产生了深远的影

---

① 梁宗岱:《梁宗岱文集》第 2 卷,北京:中央编译出版社 2003 年版,第 66 页。
② 李长之:《鲁迅批判》,北京:北京出版社 2003 年版,第 92 页。

响。总体而言，周作人的平民化趣味对"京派"作家的影响更为明显。这种追求在"京派"小说创作中体现较为明显。"京派"作家普遍有一种对民间趣味的热爱。废名对于禅宗，汪曾祺对于民间工艺，沈从文对于湘西的民俗均情有独钟。在"京派"作家中，废名深刻地受到周作人的影响（二人是师生关系），废名作品流露出的"禅趣""理趣"和"涩味"也深得周作人欣赏。周作人曾这样评价废名的文章："简洁而有力的写法，虽然有时候会被人说是晦涩。这种文体于小说描写是否唯一适宜我也不能说，但在我的喜含蓄的古典趣味（又是趣味！）上觉得这是一种很有意味的文章。"①而废名一向视自己的诗歌"是写得好玩的"，"很有趣"②。他的批评观在追求有趣这一点上和他的创作观完全一致。废名喜好参禅，作为批评者的他如同一个不染尘俗、内心激荡着无尽生命快乐的诗人，常常把恬静温馨的禅悦心境同其艺术的分析眼光结合起来。他特别注重挖掘文本中的情趣，为此总是以轻松愉快、悠闲自在的欣赏心态去把玩他的品评对象，寻找着诗中切合他口味的趣味点，并与之产生共鸣，然后有滋有味地加以品析。朱光潜欣赏的趣味则带有一定的高雅性。他更欣赏艺术文本中"纯正的趣味"。这是一种需要经过培养才能形成的可以超越"一切门户派别者"的纯净、高雅的艺术趣味。它不是"原始的童稚的好奇心"，也不是个人浅薄的爱好，而是创作主体透过不为尘世习惯所遮蔽的眼睛，从人生世相中发现并融会于作品之中的生命趣味。这种趣味既是对生命的彻悟和留恋，又是对生命的超然与执着。

三、　文体的抒情特色

"京派"作家的审美建构不仅体现在他们的文学批评中，还体现在他

---

① 　周作人：《〈桃园〉跋》，《周作人文类编》第 3 卷，长沙：湖南文艺出版社 1998 年版，第 629 页。
② 　废名：《论新诗及其他》，沈阳：辽宁教育出版社 1998 年版，第 203 页。

们对抒情文体的实践中。在"京派"作家中,废名是最早把小说散文化的作家。周作人在参编《中国新文学大系》时主要负责编选散文,却把废名的小说《桥》的若干章节编了进去。对于《莫须有先生传》,周作人则认为是"从新的散文中间变化出来的一种新的格式"①。沈从文小说的抒情化也极为明显。在其小说中,散文笔法随处可见,如烘托、造境、民俗和风景的大段描写等。正如他自己所说:"照一般说法,短篇小说的必需条件,所谓'事物的中心','人物的中心','提高'或'拉紧',我全没有顾全到。也象是有意这样作,我只平平的写去,到要完了就止 。"②沈从文并不讳言自己小说创作中的这种倾向:"我还没有写过一篇一般人所谓小说的小说。是因为我愿意在章法外接受失败,不想在章法内得到成功。"③与沈从文相似,废名也有这种热衷于自己的趣味追求而无视别人的观点:"笑骂由你笑骂,好文章我自为之,不好亦知其丑,如斯而已。"④"京派"作家的这种抒情化倾向并不仅仅局限于小说创作,同样也体现在其文学批评中。读"京派"的文学批评常常有这样一种感觉:不仅是批评,更是美文。李健吾认为:"(文学批评)不仅要说出见解,进而企图完成批评的使命。因为它本身也正是一种艺术。"⑤朱自清曾称赞朱光潜的文论象散文一样行云流水。而梁宗岱、沈从文、李长之等人的文学批评也写得如同美文。诚如周作人所说,文学批评"写得好时也可以成为一篇美文,别有一种价值"⑥。

---

① 周作人:《〈莫须有先生传〉序》,《周作人文类编》第 3 卷,长沙:湖南文艺出版社 1998 年版,第 654 页。

② 沈从文:《〈石子船〉后记》,《二十世纪中国小说理论资料》第 3 卷,北京:北京大学出版社 1997 年版,第 115 页。

③ 沈从文:《〈石子船〉后记》,《二十世纪中国小说理论资料》第 3 卷,北京:北京大学出版社 1997 年版,第 115 页。

④ 周作人:《〈骆驼草〉发刊词》,1930 年第 1 期。

⑤ 李健吾:《李健吾文学评论选》,银川:宁夏人民出版社 1983 年版,第 1 页。

⑥ 周作人:《文艺批评杂话》,《周作人文类编》第 3 卷,长沙:湖南文艺出版社 1998 年版,第 579 页。

四、"印象式"的文学批评

"京派"文学批评的另一个重要特征是所谓的"印象式"批评。我们知道,通常意义上的文学批评是对文学作品或作者的一种理性判断,它更强调逻辑思维和理论分析。批评文本一般以理论的系统性、论证的严密性、分析的深刻性见长。读"京派"作家的文学批评却是另外一种感觉。这是一种纯粹的审美批评,它既与中国古典文论中以序跋、点评为代表的感悟式批评一脉相承,又与西方的印象主义批评息息相通。"京派"作家尝试以现代的批评眼光来激活中国古典的批评资源,努力建构一种中西交融的文学批评范式。

关于"印象式"批评,"京派"作家中沈从文和李健吾最有代表性。夏志清曾将沈从文看成"中国现代文学中最伟大的印象主义者,他能不着痕迹,在这一方面的功夫,直追中国的大诗人和大画家。现代文学作家中,没有一个人及得上他"①。这种评价不免有夸张之嫌,但的确抓住了沈从文文学批评的特征。沈从文的文学批评从表面上看是学习西方的批评方法,而实质上依然是对中国古代文论诗性言说方式的继承。这一点从他的《沫沫集》中可以看出。《沫沫集》中的评论文章,总是用富有诗意的文字,描绘批评家对批评对象的总体印象。以对周作人、落华生、朱湘、闻一多的评价为例:

> 从五四以来,以清淡朴讷的文字,原始的单纯,素描的美支配了一时代一些人的文学趣味,直到现在还有不可动摇的势力,且俨然成为一特殊风格的提倡者与拥护者,是周作人

---

① 夏志清:《中国现代小说史》,上海:复旦大学出版社 2005 年版,第 147 页。

先生。①

　　在中国，以异教特殊民族生活作为创作基本，以佛经中邃智明辨笔墨，显示散文的美与光，色香中不缺少诗，落华生为最本质的使散文发展到一个和谐的境界的作者之一。②

　　使诗的风度，显着平湖的微波那种小小的皱纹，然而却因这微皱，更见出寂静，是朱湘的诗歌。③

　　以清明的眼，对一切人生景物的凝眸，不为爱欲所眩目，不为污秽所恶心，同时，也不为尘俗卑猥的生活厌烦而有所逃遁；永远是那么看，那么透明的看，细小处、幽僻处，在诗人的眼中，皆闪耀一种光明。④

从以上四个例子可以看出，沈从文的文学批评文学性很强，充满诗性的文字，原汁原味地描绘出批评者对批评对象的体验和印象。

　　沈从文在《〈现代中国作家评论选〉题记》中强调："写评论的文章本身得像篇文章。"⑤这一要求在古代文学批评中是不言自明的，因为古代批评文体同时也是文学文体，如论诗诗、论文赋，还有用骈体文写成的《文心雕龙》，等等。而现代文学批评有了"文学"与"批评"的分工，所以沈从文要特别提出来加以强调。上面引述的四段文字，既是文学批评，又是典型的散文。"印象式"批评并不对作品做高下评判，也不是只向读者交待一个结论。沈从文在《论闻一多的〈死水〉》一文中指出："一首诗，告我们不是一个故事，一点感想，应当是一片霞，一园花，有各样的颜色

① 沈从文：《沈从文文集》第16卷，太原：北岳文艺出版社2002年版，第145页。
② 沈从文：《沈从文文集》第16卷，太原：北岳文艺出版社2002年版，第161页。
③ 沈从文：《沈从文文集》第16卷，太原：北岳文艺出版社2002年版，第130页。
④ 沈从文：《沈从文文集》第16卷，太原：北岳文艺出版社2002年版，第109页。
⑤ 沈从文：《沈从文全集》(第11集)，广州：花城出版社1984年版，第35页。

和姿态，具各样香味，作各种变化，是那么细碎又是那么整个的美……"①因此，沈从文所描述的印象既有集合的整体的，又有细碎的片断的。前面谈到沈从文对朱湘诗的整体印象，下面我们来看看沈从文对朱湘诗的片断印象。他指出朱湘"能以清明的无邪的眼观察一切，能以无渣滓的心领会一切"②。庄子说："其嗜欲深者其天机浅。"（《庄子·大宗师》）"清明的无邪的眼"是无嗜欲而有天机的，故能发现平常人所不能发现的美。于是，沈从文发现了朱湘《采莲曲》的东方之美："那种平静的愿望，诉之于平静的调子中"，"一切的东方的静的美丽"③。沈从文还发现了周氏兄弟的"中年人"之美以及这种中年人的共性与个性之美。他在《从周作人鲁迅作品学习抒情》一文中指出周氏兄弟的相同之处在于都是中年人对于人生的观照与感慨。周氏兄弟这种"中年人"的共性与年轻的徐志摩大不一样，徐志摩的创作体现的是一颗青春的心"对于现世光色的敏感，与对于文字性能的敏感"。另一方面，同为"中年人"的周氏兄弟又有着各自的个性特征："一个近于静静的独白；一个近于恨恨的诅咒。一个充满人情温暖的爱，理性明莹虚廓，如秋天，如秋水，与事不隔；一个充满对于人事的厌憎，情感有所蔽塞，多愤激，易恼怒，语言转见出异常天真。"④沈从文的这些批评文字虽然未做判断和推理，给予我们的理论信息却是既丰富生动又准确深刻的。

作为"京派"的专业批评家，李健吾似乎有更大的发言权。在评价萧乾的小说时，他是这样说的："他识绘。他会把叙述和语言绘成一片异样新绿的景象，他会把孩子的感受和他的描写织成一幅自然的锦霞。"⑤李健吾唯美地传达了自己对作品的直觉体悟。在论及沈从文的《边城》时，

① 沈从文：《沈从文全集》第16卷，太原：北岳文艺出版社2002年版，第114页。
② 沈从文：《沈从文全集》第16卷，太原：北岳文艺出版社2002年版，第130页。
③ 沈从文：《沈从文全集》第16卷，太原：北岳文艺出版社2002年版，第135、141页。
④ 沈从文：《沈从文全集》第16卷，太原：北岳文艺出版社2002年版，第259页。
⑤ 李健吾：《咀华集·咀华二集》，上海：复旦大学出版社2005年版，第48页。

他写道："当我们放下《边城》那样一部证明人性皆善的杰作，我们的情思是否坠着沉重的忧郁？我们不由问自己，何以和朝阳一样明亮温煦的书，偏偏染着夕阳西下的感觉？为什么一切良善的歌颂，最后总埋在一阵凄凉的幽噎？为什么一颗赤子之心，渐渐褪向一个孤独者淡淡的灰影？"[1]批评家准确入微的直觉体验，比一般抽象的理论分析更加复杂微妙。李健吾在批评中善于把思辨融进感性的体悟之中，他常常把自己的理论观念作为背景，通过隐喻和意象的逻辑组合，形成自然的批评结论。

作为一个较为松散的文学流派，"京派"并不缺乏核心人物，同时也不缺乏文化资源。"京派"作家掌控的知名刊物有《大公报》文艺副刊、《骆驼草》《文学杂志》《水星》等。但相对于其他文学社团，"京派"缺乏明显的运作意识，这是一个松散的集合体，没有正式的组织，更没有统一的目标和口号。它只是一个典型的以审美权威为主导的文学小圈子。这个小圈子主要通过"文人雅集"的方式存在。其中朱光潜举办的"读诗会"是最有影响的。朱光潜1933年与梁宗岱合住一园子，亲自组织发起该"读诗会"，每月一至两次，参与者以"京派"作家为主，同时也有朱自清、俞平伯、冰心等与"京派"关系较近的作家参与。他们在一起论诗、读诗，并直接促成了《大公报》文艺副刊"诗特刊"的出版，对塑造"京派"氛围、培养"京派"文风起了重要作用。另外，林徽因在自家组织的"客厅沙龙"、周作人在八道湾的"苦雨斋"、以《骆驼草》撰稿者为主的"骆驼同人"聚会、在北平中山公园来今雨轩由萧乾主持的每月一次的《大公报》文艺副刊约稿会，都是"京派"作家常见的聚集形式。

"京派"作家建构的审美权威不仅是其创作的法则，也是其评价的法则。这种以审美为主导的评价机制更关注创作主体的心灵感受，更关注作品本身的审美意义。不同于现代文学史上出现的那种建立在作品和

---

[1] 李健吾：《咀华集·咀华二集》，上海：复旦大学出版社2005年版，第37页。

作家之外的权威评价机制,"京派"作家这种审美权威的建构更接近文学本身,更接近作家的内在世界。因此,在现代文学史上,这种评价机制的出现就显得弥足珍贵。它曾经短暂地存在过,但后来随着时代的变迁而被无情地淹没。

第一节 沈从文文学批评的审美建构

莫洛亚在给英国女作家弗吉尼亚·伍尔夫写的评传里写道:"时间是唯一的批评家,它有着无可争辩的权威,它可以使当时看来是坚实牢靠的荣誉化为泡影,也可以使人们曾经觉得是脆弱的声望巩固下来。"①这句话的后半句也可以用来形容这群被称为"京派"的作家。他们的命运曾与新文学的发展联系在一起,也曾为新文学的创作和发展做出许多努力,但是由于种种一言难尽的原因,他们长期被漠视,甚至遭受过不公正的对待和曲解。这个流派的贡献不仅仅体现在卓越的创作上,也体现在他们独特的文学批评上。数十年来,时间给予了这些作家及其作品以最好的证明。曾经遭到漠视和误解的正在作为一种不争的事实而被今天的学界所接受,沈从文就是典型。

我们首先明确的是沈从文的作家身份,其次才能说他是一位批评家。他的文学作品也远远多于他的文学评论。不同于一般的文学批评家,沈从文把文学批评当作一种审美的再创造活动。沈从文留下了大量有关文学批评的文字,其中一部分集中在他的《沫沫集》中,还有一部分散见于他为自己或别人的作品写的题记、序等。这些作品都体现出沈从文文学批评的特点,具有很大的参考及研究价值。

---

① 安德烈·莫洛亚:《伍尔夫评传》,薛丽华、刘秉文译,瞿世镜编选《伍尔夫研究》,上海:上海文艺出版社1988年版,第93页。

一、 反对文学的政治化、商业化

在中国现代文学批评史上，沈从文的文学批评显示出很有个性的审美特征，可以说是一个非常独特的批评家。从整体上看，沈从文的文学批评一般是以作家而不是理论家的角度开展的。他的文学批评更多继承了中国传统文学批评中"以诗解诗"的基本批评方法，包含传统的审美标准和价值追求。他是将传统的批评理念带入现代文学批评的为数不多的中国批评家之一。

"京派"和"海派"的文学作品有着明显不同的风格，沈从文曾对"海派"文学有过非常严厉的批评，以至掀起了中国现代文学史上的一桩公案，也就是众所周知的"京海派"之争。这次争论的影响对于整个现代文学史来说是极其深远的。

沈从文对"海派"文学的作风是非常不满的，而"海派"的代表主要是上海文坛的一些作家。对于这种上海文坛的风气，沈从文是厌恶和警惕的。当时的"海派风气"主要表现出文学的商业化和文学的政治化两个方面的特征。而在沈从文看来，文学的商业化相较于文学的政治化更是有着决定性的作用。

沈从文认为，文学是有自己的社会地位和社会作用的。文学艺术是不被要求、束缚和限制的，它有自己独立的生命及自身存在的价值。但是，这种观点在现代中国被接受并不是一件容易的事。在沈从文从事文学创作的时代，很多作家常常将文学艺术的地位降低，忽视了作品本身的艺术价值，甚至主动承认它是商品，是政治宣传的工具。对于这些看法和做法，沈从文深表不满。他曾对 20 世纪 20 年代中期以后的新文学运动极其不满，并做出了如下的评价："第一是民国十五年后，这个运动同上海商业结了缘，作品成了大老板的商品之一种；第二是民国十八年后，这个运动又与国内政治不可分，成为在野工具之一部。因此一直以来若从表面观察,必以为活泼热闹,实在值得乐观。可是细加分析,也就看出一点堕落倾向。"①对声势浩荡的抗战文艺运动,他也做出同样的评价,认为这是一种在"政客调排下"②的文学运动,是不值得提倡的文学运动。文学的政治化可以说是对文学艺术的极其不尊重,是文学的一种"堕落",沈从文反对封建社会"文以载道"的思想,更不希望这种思想继续蔓延。文学作品不是政治运动的附属品或点缀品,而是独立存在并有灵魂的一门艺术。

对"五四"新文学运动,沈从文的态度是非常积极的。因为在"五四"新文学运动中,他发现了一种新的文学观念。这种新的文学观念给人以鼓舞和力量。大多数国民在这次运动所产生的作品中看到了中国文学的希望。所以他曾大声呼吁:"我们实在需要作家!"③沈从文当时的心情是可以理解的。在那个特定的年代,许多作家无法拿出纯正的文学作品,而是被那些浮躁的思想迷惑着,无法脱身。是的,我们实在需要作家,需要把创作文学作为独立使命的优秀作家。

沈从文对于文学商业化的批评不亚于他对文学政治化的批评,尤其对"海派"创作中的商业化色彩更是深恶痛绝。在《沫沫集》中,沈从文谈到了"礼拜六派",在当时的读者群中产生过重要影响。沈从文则认为他们是大众趣味的制造者,这种趣味是低级的,对社会的发展没有任何积极的影响。然而,在那个年代的上海,这种低级趣味却有很大的市场。张资平作为"海派"作家的代表,在当时已是一位非常有名的作家。沈从文却对张资平的创作十分鄙视,他是这样说的:"张资平是会给人趣味不会给人感动的,因为他的小说,差不多全是一些最适宜于安排在一个有

---

① 沈从文:《新的文学运动与新的文学观》,《沈从文批评文集》,珠海:珠海出版社1998年版,第6页。

② 沈从文:《新的文学运动与新的文学观》,《沈从文批评文集》,珠海:珠海出版社1998年版,第7页。

③ 沈从文:《沈从文文集》,广州:花城出版社1988年版,第332页。

美女照片的杂志上面的故事。"①对沈从文来说,文学的商业化同文学的政治化一样,都是文学创作面临的巨大敌人,他非常反感把文学当作游戏和赚钱工具的创作态度。在沈从文身上,我们看到了中国现代知识分子坦诚和正直的精神品格。沈从文有着一种非常崇高的理想:文学不能被政治左右,更不能成为金钱的奴隶,文学就是文学。他认为一个作家应该学会坚守,不被浮躁的文风所影响。尤其在商业繁荣的大都市,作家更不能失去自己的独立人格,不能将创作陷入低级趣味,写出所谓的"白相文学"。

总之,沈从文特别主张文学的独立性、严肃性,不希望文学被其他功利性的事业所利用,试图将文学从政治化和商业化的泥潭中拉出来,不让文学失去它本来的意义。

二、 审美追求

沈从文对艺术美和人性美有着执着的追求,这在他的文学创作中得到印证。沈从文的文学批评同他的文学作品一样,充满着诗一样的语言。在评价作家的创作时,沈从文有意避开了理性的指导,几乎用诗一样的语言来点评作家及其作品。他总能把自己独特的感受用优美的文字表达出来,再交由读者去领悟和体味。他的文学批评是用灵动的文字记录下自己的点滴感受,让文学批评远离理论说教的枯燥。

在评价施蛰存时,他认为其初期的小说《上元灯》"略近于纤细"和"清白而优美",这关键是作者那"自然诗人"的天性,而施蛰存后来的作品"写新时代的纠纷,各个人物的矛盾与冲突,野蛮的灵魂,单纯的概念,叫喊,流血……所以失败了"②。在评价冯文炳时,他也认为冯的小说文

---

① 沈从文:《沈从文全集》第16卷,太原:北岳文艺出版社2002年版,第193页。
② 沈从文:《沈从文全集》第16卷,太原:北岳文艺出版社2002年版,第173页。

白杂糅，"却离了'朴素的美'越远，而同时作品的地方性，因此一来亦已完全失去，代替这作者过去优美文体显示一新型的，只是畸形的姿态一事了"①。这些都充分说明他对描写艺术美和人性美的作品的喜爱。虽然《沫沫集》是一本评论集，但是从字里行间我们不难发现，沈从文依然把乡村、老人、孩子、姑娘作为作品中美的化身。沈从文希望创作的是一个充满爱与和谐的世界，这种和谐存在于心，表之于外。

《沫沫集》特别重视对作品整体的审美把握，它采用横向比较的批评方法，用诗化的语言对作品风格进行批评，其成就是有目共睹的。但在论述上还是存在一些不足的地方，比如它在形式上推崇自由，在内容上强调对唯美情绪的追求，这样就导致文章在整体上没有严密的规划和固定的格式，有时过于枝蔓。例如在《论中国创作小说》里，沈从文一口气论述了 46 个作家，并不讲究章法，《由冰心到废名》也有类似的毛病。但是瑕不掩瑜，作为一个有个性、有见地的优秀批评家，他坚守审美的批评原则，着重阐释作品内在的艺术品位和创作规律，并提出"以小说代经典"的美学思想，为中国现代文学批评的繁荣贡献了自己的一份力量。

沈从文文学批评中的审美追求与那个时代对于文学创作艺术品位的某种漠视紧密相关。尤其是 20 世纪 20 年代兴起的革命文学与 30 年代主导文坛的左翼文学。这些文学一定程度上偏离了文学本身应有的品质，过分强调文学的工具性，对艺术创造不加重视。沈从文指出，文学作品是文学艺术的体现，既然是艺术，就要有美的存在，而美是需要文学艺术的创作者去细心雕琢的。他说："一个精美砚石和一个优秀短篇小说，制作的心理状态（即如何去运用那点创造的心），情形应当约略不同。不同的如材料，一是石头，顽固而坚硬的石头，一是人生，复杂万状充满可塑性的人生。可是不拘石头还是人生，若缺少那点创造者的'匠心独

---

① 　沈从文：《沈从文全集》第 16 卷，太原：北岳文艺出版社 2002 年版，第 148 页。

造',是不会成为突出的艺术品的。"①这里包含着运用艺术技巧的问题,通过艺术技巧,才能够创造出艺术美。文学的艺术技巧和艺术美是沈从文所强调的。这种观点同当时一些"新月社"作家的观点是一样的。他说:"几年来有个趋向,多数人以为文字艺术是种不必在意的'小技巧'。这有道理。不过这些人似乎并不细细想想,没有文字,什么是文学?"②闻一多就是最好的例子:他因为努力追求新诗的艺术形式和艺术技巧,曾被歪曲为"技巧专家",事实证明,这种看法是不客观的,他对于技巧与形式的追求正是为了更好地表达诗的内容和情感。可见,许多人对于艺术技巧是忽视的。沈从文从不回避"技巧"的问题,因为技巧是实际存在的,且是有用的。为此,他还专门写了《论技巧》一文。在文中他明确指出,没有文学的技巧,何来文学的力量,甚至失去了文学本身,可见技巧对于文学创作来说多么重要。

三、 诚实的批评态度

一个人的生活态度往往影响着他的创作态度。在生活中,沈从文是一个非常真诚的人。他对文学充满了虔诚,这种可贵的品质和天性也体现在他的文学批评中。诚实二字,说起来很容易,真正做起来却很难。沈从文正是用真诚的心,以及实实在在的文字来表达自己的批评观点。这样的批评态度应是每一个评论家所必不可少的品质。沈从文曾这样说:"我的文章没有什么惊人的地方,但每一句话必求其合理且比较接近事实。文章若毫无可取之处,至少还不缺少'诚实'。"③沈从文认为,这种诚实的批评态度主要体现在恰如其分的批评和超然的评判

---

① 沈从文:《沈从文文集》,广州:花城出版社 1988 年版,第 321 页。

② 沈从文:《沈从文文集》,广州:花城出版社 1988 年版,第 332 页。

③ 沈从文:《现代中国作家评论选》,广州:花城出版社 1988 年版,第 5 页。

两个方面。

在沈从文看来，文学批评中的"诚实"主要意味着能对作家的创作做出客观公正的评价，不会因为个人喜好偏袒一方或厌恶一方。批评家应该"对一个人的作品不武断，不护短，不牵强附会，不以个人爱憎为作品估价"①。在谈到创造社的张资平时，沈从文指出，张资平的小说，文字无个性，叙述不厌繁冗，并"造了一个卑下的低级的趣味标准"②。但同时他也肯定了张资平写故事的勇敢与耐力："取恋爱小说内含，总可以希望写出一个好东西来，伟大的故事，自然不一定要排斥这人间男女的事情！我们现在应当承认张资平的小说！还是能影响到一般新兴的作者的。且在有意义的暗示中产生轮廓相近而精神不同的作品的。"③沈从文的评论没有任何虚夸，都是实话实说，是怎样就怎样。即使他评论的作家和他是同一时代的人，他也能坚持这种诚实的批评态度，不虚美，不隐恶。实际上在很多情况下，批评家是很难做到这点的。狄德罗曾把批评家说成是"对过路人喷射毒汁"的人，如果批评家只会说甜言蜜语，做好好先生，那么文学批评也失去了应有的品格。

沈从文还是一个"超然的评判者"。他不会因为与他人的个人恩怨而在评论中加入个人情绪，他要对自己所评论的对象负责。众所周知，郁达夫和沈从文的关系很好。在沈从文最艰难的那段时期，郁达夫给予了他不少帮助。这种帮助不仅仅是物质上的资助，更是写作上的提携。但沈从文在评论郁达夫的创作时，并不因私交而赞誉过度，而是据实而论，从而体现出批评家的超然。在《沫沫集》中，他一方面对郁达夫创作中的"缺少取巧、不作夸张"表示赞赏，另一方面又对他的缺少创新颇有微词，认为他面对生活时过于"腼腆了，消沉了"④。沈从文没有因为他

① 沈从文：《沈从文文集》，广州：花城出版社 1988 年版，第 35 页。
② 沈从文：《沈从文全集》第 16 卷，太原：北岳文艺出版社 2002 年版，第 190 页。
③ 沈从文：《沈从文全集》第 16 卷，太原：北岳文艺出版社 2002 年版，第 193—194 页。
④ 沈从文：《沈从文全集》第 16 卷，太原：北岳文艺出版社 2002 年版，第 188 页。

与郁达夫良好的私交就对他另眼相看,而是根据实际情况做出应有的评价。沈从文首先关注的是文学作品,而并不特别关注文学作品背后的人。这种"见文不见人"的态度可以说是避免主观情感和个人好恶介入文学批评的最好方法。

沈从文对鲁迅是有成见的,但这并没有影响沈从文对鲁迅文学创作的评价。在《沫沫集》中,沈从文对鲁迅及其创作做出了很高的评价,并表示了由衷的景仰。他赞扬鲁迅诚恳的工作态度,希望大家都能够向鲁迅学习,我们的国家,我们的文学,才会日益健康地发展。在 20 世纪 30 年代的环境下,沈从文这种超然的心态在文学批评中非常难得。

四、 印象主义的批评风格

印象主义批评是一种感悟式的批评。这种感悟式的批评是没有明确论证的,类似于中国古典文论中"以诗解诗"式的批评。它的特别之处就在于这种批评不是理性的科学分析,而是对评论家阅读文本时瞬间感受的记录。19 世纪末 20 世纪初,在欧美的一些国家,"印象式"的批评开始兴起,代表人物是法国的阿纳托尔·法朗士。"京派"批评家对其理论推崇备至:"法朗士告诉我们⋯⋯好批评家是这样一个人:叙述他的灵魂在杰作之间的奇遇。"①这是对文学作品创作过程的一种感受,批评家最多指出这种美丽的印象是如何产生的,是在怎样的条件下感知的。我们发现,沈从文的批评往往写成散文诗的形式,这种形式能更好地体现出印象主义的批评方式,更能体现出印象主义的朦胧美。而从事印象主义批评的批评家,往往本身就是作家。

从表面上看,沈从文的文学批评只是对印象主义批评的一种借鉴,但实际上,他的文学批评也是对中国传统文学批评的一种继承。有人

---

① 李健吾:《李健吾文学评论》,银川:宁夏人民出版社 1983 年版,第 214 页。

说,这样的批评方式颇得古典文学批评的神韵,像唐宋的诗话词话,以及明清时期的小说戏曲评点,其风格或俗或雅,文字或长或短,有着很独特的韵味。《沫沫集》中的大多数文章充满诗意,尤其是对周作人、落华生、闻一多、朱湘的评价。可以说,沈从文的文学批评从中西文学批评中得到了许多有益的启示。其批评文字非常优美,细细品来,会感觉韵味十足,不再是枯燥的理论文字。在中国现代文学批评中,这种文学批评是非常难得的。沈从文曾主张:"写评论的文章本身得像篇文章。"[①]这与古代文学批评的要求是一致的,因为古代批评文体本身就是文学文体,而现代文学批评将"文学"与"批评"分开了。在沈从文看来,文学批评也是文学作品。沈从文用文学性很强的文字来表达理论性较强的思想,实际上也在维护文学批评的艺术性。

"印象式"批评并不直接对作家作品做高低的评判,也不是只向读者交待一个结论,而是更强调给读者以感悟和思考。沈从文的"印象式"批评主要集中在其《沫沫集》中。在这部文学批评集中,沈从文以充满感性和灵动之美的笔触,为我们展示了中国现代文学史上的诸多名家,如鲁迅、周作人、徐志摩、闻一多、朱湘、许地山、冯文炳等,其文字之优美、批评之独到在当时的文学批评界少有人比。沈从文的这些文字虽未做出明确的理性判断,却更能让读者留下深刻的印象。

总之,沈从文文学批评的审美建构对"京派"审美权威的形成起了重要的示范作用。他具有诚实的批评态度,抒写自己内心最真实的感受;他追求艺术美,善于发现艺术作品美的意蕴和情调,重视艺术风格、艺术手法,有自己不俗的见解;他对文学商业化和政治化的清醒认识更显示出其独特的眼光和非凡的勇气。

---

① 　沈从文:《现代中国作家评论选》,广州:花城出版社1988年版,第7页。

第二节　朱光潜：“京派”文学的守望者

说到“京派”文学的领军人物，人们往往会想到周作人和沈从文，却很少提到朱光潜，这实在是有失公允。这里面当然不能排除创作的因素，但更多是因为没有充分认识到朱光潜对“京派”文学所做的各种努力和尝试。尤其对“京派”审美权威的建构，他更是起了不可替代的作用。相对于沈从文、废名等人在创作上的辉煌，朱光潜更像一个默默的守望者。

一、　创办“读诗会”

20世纪二三十年代，由于文化环境的宽松，北平文化和学术氛围相当活跃，出现了不少类似西方的文学沙龙。这些文学沙龙为知识分子议论时政、谈论文学艺术提供了一个理想的公共空间。这一时期著名的文学沙龙有徐志摩发起的“新月聚餐会”、林徽因家的“客厅沙龙”和朱光潜在自家举办的“读诗会”等。这些文学沙龙一方面为现代文人的交往和切磋思想文化提供了平台，另一方面也促进了文学艺术的繁荣。

朱光潜在欧洲留学多年，对西方的文学沙龙自然十分了解，他在英国时就有参加类似团体的经历。他在谈到举办“读诗会”的原因时说：“我在伦敦时，大英博物馆附近有个书店专门卖诗，这个书店的老板组织一个朗诵会，每逢周四为例会，当时听的人有四五十人。我也去听，觉得这种朗诵会好，诗要能朗诵才是好诗，有音节，有节奏，所以到北京也搞起了诗朗诵会。”[1]因此，朱光潜在潜意识中是想把这样的“读诗会”搞成

---

① 　商金林：《朱光潜与中国现代文学》，合肥：安徽教育出版社1995年版，第15—16页。

国外那种文学沙龙的形式。而事实上，他的确这样做了，而且做得非常成功。据说，这个"读诗会"开得非常成功，气氛也相当活跃，有时甚至还为见解不合而发生激烈的争吵。"京派"代表作家萧乾作为亲历者曾目睹这样的场景："一次我记得她（林徽因）当面对梁宗岱的一首诗数落了一通，梁诗人并不是那么容易服气的。于是，在'读诗会'的一角，他们抬起杠来。"①沈从文也曾给予"读诗会"很高的评价："北平地方又有了一群新诗人和几个好事者，产生了一个读诗会。这个集会在北平后门朱光潜先生家中按时举行，参加的人实在不少……这些人或曾在读诗会上作过关于诗的谈话，或者曾把新诗，旧诗，外国诗，当众诵过，读过，说过，哼过。大家兴致所集中的一件事，就是新诗在诵读上，有多少成功可能？新诗在诵读上已经得到多少成功？新诗究竟能否诵读？差不多所有北方系作者和关心者于一处，这个集会可以说是很难得的。"②

　　沈从文的话道出了"读诗会"不仅仅是一个诗歌的朗诵会，更是20世纪30年代北方作家的聚集场所。而后来被称为"京派"的文学流派的形成与这个"读诗会"的成立有很大的关系。从此，朱光潜的家就成为"京派"文人聚会的场所。"读诗会"每月举办一至两次，参加人员广泛，以北平的学院型作家为主。来自北大的有梁宗岱、冯至、孙大雨、罗念生、周作人、叶公超、废名、卞之琳、何其芳、徐芳等；来自清华的有朱自清、俞平伯、李健吾、林庚、曹葆华等；此外还有冰心、凌叔华、林徽因、周煦良、萧乾、沉樱、杨刚、陈世骧、沈从文、张兆和等。从这份名单来看，其参与者之广泛远远超过同时期其他的文学沙龙。可以说，一般被视为"京派"成员的学者、作家已基本亮相。"读诗会"能在短时间内集合这么多"京派"成员，原因众多。首先，主办者朱光潜与其他成员有着相似的教育背景，容易找到共同语言。其次，朱光潜作为刚刚学有所成的海归，

---

① 萧乾：《一代才女林徽因》，《中国现代作家选集·林徽因》，北京：人民文学出版社1992年版，第247页。

② 沈从文：《谈朗诵诗》，《沈从文全集》第17卷，太原：北岳文艺出版社2002年版，第247页。

与当时的文学界没有太多纠葛,也未曾与相关人员积怨。因此,他才能与北平文坛各方人员有着良好的关系。从某种程度上说,朱光潜举办的"读诗会"促进了"京派"成员的聚集,这种聚集最终推动了"京派"的形成。"读诗会"对提高诗歌的鉴赏力、培养纯正的诗歌口味,起了非常重要的作用。而"读诗会"孕育的诗歌刊物《诗特刊》后来成为"京派"20世纪30年代重要的诗歌阵地之一。

二、 主编《文学杂志》

除了组织"读诗会",朱光潜还积极参与创办"京派"的同仁刊物。对知识分子来说,现代传媒的介入为他们提供了聚集同道的可能,进而形成志同道合的文人集团。而朱光潜创办的《文学杂志》对于"京派"作家群的形成就起到了这样的作用。实际上,"京派"这个团体的形成与文学刊物提供的公共空间紧密相关。在《文学杂志》创办前,"京派"文人们就有自己的同仁刊物,如《骆驼草》《大公报》文艺副刊等。但随着20世纪30年代民族矛盾和阶级矛盾的加剧,"京派"作家群出现了分化,一些作家的创作倾向甚至渐渐偏离"京派"的轨道。在这种情况下,作为"京派"文学的守护者,朱光潜觉得有必要为"京派"作家的创作"立法",维护"京派"创作的纯正。《文学杂志》就在这种背景下应运而生,它可以说是"京派"作家创办的流派意识最明显的文学刊物之一。朱光潜后来回忆说:"胡适和杨振声等人想使京派再振作一下,就组织一个八人编委会,筹办一种《文学杂志》……他们看到我初出茅庐,不大为人所注目或容易成为靶子,就推我当主编。"①事实证明,朱光潜非常胜任这项工作,他在很短的时间内就把《文学杂志》办成了一份影响很广的刊物,每期的发行量达几万份。朱光潜也认为这份文学期刊办得相当成功,以至于多年以后他

---

① 朱光潜:《作者自传》,《朱光潜全集》第1卷,合肥:安徽教育出版社1987年版,第5页。

还津津乐道："他(沈从文)编《大公报》文艺副刊,我编商务印书馆的《文学杂志》,把北京的一些文人纠集在一起,占据了这两个文艺阵地,因此博得了所谓'京派文人'的称呼。"①这再清楚不过地表明了朱光潜当时的角色和作用。

《文学杂志》可谓生不逢时,它创办于 1937 年 5 月,编辑部就设在北平后门内慈慧殿三号朱光潜的居所,由上海商务印书馆每月 1 日出版。除主编朱光潜外,胡适、杨振声、沈从文、周作人、俞平伯、朱自清、林徽因、冯至、常风等人均为该刊的核心成员。1937 年 8 月因抗战爆发而被迫停刊。1947 年复刊,编辑部设在北平沙滩中老胡同三十二号附六号,从第 3 期开始改为每月初出版,直到 1948 年 11 月初出版第 3 卷第 6 期后因各种原因停刊,前后两个时期共出版了 3 卷 22 期。

《文学杂志》以"在自由发展中培养纯正文艺风气"为目标。朱光潜在该刊的发刊词中明白地表达了"京派"文人的艺术追求。概括地说就是提倡文艺的自由主义,反对文学沦为政治和商业的附庸,一直追求文学独立自足的审美功能。在一点上,他与沈从文的观点是相当一致的。《文学杂志》创办于 20 世纪 30 年代,国民党的文化专制愈来愈严酷,民族矛盾和阶级矛盾日趋尖锐,文学创作的功利化倾向日趋明显。朱光潜敏锐地感觉到这种文学创作的危机,因此,他在发刊词中表示了这种担忧："我们刚从旧传统的桎梏解放出来,现在又似在作茧自缚,制造新传统的桎梏套在身上,这未免太愚笨。新传统将来自然会成立的,我们不必催生堕胎。在任何方面,我们的思想成就都还很幼稚。如果把这幼稚的成就加以凝固化,它就到了止关。我们现在所需的不是统一而是繁富,是深入,是尽量地吸收融化,是树立广大深厚的基础。"②朱光潜并非杞人忧天,刚刚出版 4 期的《文学杂志》就遭遇停刊的命运。抗

---

① 朱光潜:《从沈从文的人格看沈从文的文艺风格》,《花城》,1980 年第 5 期。

② 朱光潜:《我对本刊的希望》,《文学杂志》,1937 年 5 月创刊号。

战爆发后中国文学的发展印证了朱光潜的担忧。在民族生死危亡之际,"一切为了抗战"被提上日程,文学的工具性得到强调。在整个抗战期间,除了梁实秋提出创作可以"与抗战无关",我们很少再听到这种不和谐的声音。生性胆怯的朱光潜只能保持沉默。抗战胜利不久,朱光潜就开始《文学杂志》的复刊工作,并将它一直办到新中国成立的前夕,由此可见朱光潜对文学理想的坚守。正是朱光潜主编的《文学杂志》凝聚了一批富有活力的作家,催生了一批优秀作品。"京派"作家的代表作品大都发表在这个杂志上,如沈从文《长河》的部分章节、废名的《莫须有先生坐飞机以后》以及汪曾祺的小说,这在当时相对沉寂的文坛中尤为难得。

三、 引领"京派"创作

人们通常把朱光潜看成学院型学者的代表,只醉心于纯理论的建构,因此主要把他定位为美学家和思想家,而对其文学批评家的一面关注不够。实际上,朱光潜的文学批评以其宏深的思想、精深的功力和独到的眼光对"京派"作家的创作产生了很大的影响,甚至对于整个"京派"风格的形成也起了不可替代的作用。从某种意义上说,朱光潜的文学批评代表了"京派"的水平和高度。

许多"京派"作家的出道与成长都与朱光潜的提携推崇密不可分。在"京派"作家中,废名是一位很有个性的作家。他的创作以深奥和哲理性著称,其独特的文体结构也引人注目。但这种风格并不被许多人所接受,甚至还有人对此提出批评。尤其他的长篇小说《桥》发表后引发了很多争议,连"京派"同仁沈从文也指出该作品"显出了不康健的病的纤细的美"①。对此,朱光潜却力排众议,他认为《桥》的价值是无法抹杀的,

①　沈从文:《论冯文炳》,《沈从文全集》第 16 卷,太原:北岳文艺出版社 2002 年版,第 150 页。

建议人们能够宽容地对待作家的创造，并进一步调整自己的审美方式。他是这样为《桥》辩护的："它虽然不免有缺点，仍可以说是'破天荒'的作品。它表面似有旧文章的气息，而中国以前实未曾有过这种文章……《桥》有所脱化而却无所依傍，它的体裁和风格都不愧为废名先生的特创。"[1]应该说，如果以常规的审美方式去衡量，的确很难接受废名的创作，也很容易把它视为深奥晦涩的代名词。正是朱光潜以独到的眼光发现了废名作品中的独特意蕴，从而肯定了废名在文学史上的地位。

朱光潜注重从审美角度对"京派"作家的艺术特质进行细腻的分析和把握。朱光潜在评价"京派"作家作品时对审美权威的强调，导致"京派"作家普遍重视文学创作中的审美因素与艺术价值。这与当时左翼文学和"海派"文学的创作拉开了距离。由于深受西方美学和中国传统美学的熏陶，朱光潜的文学批评偏重艺术形式和美感经验的探讨，这也是他评价作家作品的理论基石。"京派"作家凌叔华自幼受到良好的中国传统文化的熏陶，尤其对绘画有着很高的造诣，因此其创作形成了独特的审美特征。朱光潜敏锐地发现其创作与绘画的内在关联，他这样评价凌叔华的小说："以一只善于调理丹青的手，调理她所需要的文字的分量"，"作者写小说像她写画一样，轻描淡写，着墨不多，而传出来的意味很隽永"[2]。他评价周作人、废名、芦焚等人的作品时也始终围绕着作品的艺术要素，这对当时盛行的社会学的批评方法无疑是一次有力的挑战。在朱光潜的文学批评中，文学作品的审美因素得到了高度的重视。因此，他认为废名的《桥》"是一种风景画簿，翻开一页又是一页"[3]。而当作品中的思想和艺术发生矛盾时，朱光潜做了与当时一般人不一样的选择：遵循艺术规律，不让艺术去迁就某种思想的表达。朱光潜在评价曹禺的名剧《日出》时就显得与众不同。对于这部当时颇受好评的名剧，

---

[1] 朱光潜：《桥》，《文学杂志》第 1 卷第 3 期，1937 年 7 月。

[2] 朱光潜：《论自然画与人物画》，《天下周刊》，1946 年 5 月创刊号。

[3] 朱光潜：《桥》，《文学杂志》第 1 卷第 3 期，1937 年 7 月。

他没有人云亦云,而是做出了这样的评论:"不过冷静下来一想,这样勇敢的举动和憨痴懦弱的'小东西'的性格似不完全相称,我很疑心金八和阿根所受的那几个巴掌,是曹禺先生以作者的资格站出来打的。"①无疑,这种分析更符合人物性格的发展逻辑,准确地抓住了作品的艺术特征,正因此,这样的评价才经得起时间的考验。

通过对朱光潜举办"读诗会"、主编《文学杂志》和文学批评实践的梳理,我们能深深领会一代学人对文学理想的执着。但时代的发展注定要让朱光潜的这份守望变成失望。尤其是到了 20 世纪 40 年代末,主流文艺界开始对自由主义知识分子的思想路线和文学创作展开严厉的批评和猛烈的抨击。郭沫若的那篇《斥反动文艺》更是以胜利者的姿态宣告了"京派"作家的命运。以朱光潜为代表的"京派"批评家所建构的审美权威最终被时代的风云所淹没。

---

① 朱光潜:《朱光潜全集》第 8 卷,合肥:安徽教育出版社 1987 年版,第 490 页。

第二编

政治权威主导下的中国现代作家评价机制

文学与政治的关系应该说是中国文学史的一个经典话题。实际上，政治历来是文学所关注的对象。

　　中国古典文学非常重视文学与政治的关系。中国古典诗歌理论的开山纲领"诗言志"①就是明证，这里的"志"固然有情感的一面，但也不能排除政治诉求的可能。孔子对《诗经》的经典概括是："诗三百，一言以蔽之：思无邪。"②这就是说诗歌要体现正统的思想，即为当时的奴隶主贵族统治服务。在这一点上，孔子是相当不含蓄的。正因此，鲁迅对相传的孔子删诗一说有着与一般人不一样的看法，他认为孔子过于政治化的编选标准实际上是对诗歌多样性的排斥。在儒学成为正统思想后，文学的发展更是受到政治的影响，"文以载道"③就是最好的诠释。尽管"文以载道"在古代中国有很大的影响，但并没有完全使中国古典文学走向末路。相反，中国古典作家有时因为政治的介入或压力获得了文学上的超越，政治的磨难有时反而成就了作家，当代散文家余秋雨曾把这种

---

①　《尚书·尧典》。

②　《论语·为政第二》。

③　"文以载道"出自北宋理学家周敦颐的《通书·文辞》："文所以载道也。轮辕饰而人弗庸，徒饰也，况虚车乎。"

现象称为"贬官文化"①。古典文学史上有大量带有政治教化意味的作品,但后人对其评价往往较低。

近现代以来,由于中国内忧外患的特殊背景,文学被赋予了太多重要的使命。自晚清的政治改良开始,文学的政治化已初现端倪。梁启超的《论群治与小说之关系》便是以政治家的身份来谈论文学的功能:

> 欲新一国之民,不可不先新一国之小说。故欲新道德,必新小说;欲新宗教,必新小说;欲新政治,必新小说;欲新风俗,必新小说;欲新学艺,必新小说;乃至欲新人心,欲新人格,必新小说。何以故? 小说有不可思议之力支配人道故。②

现代文学宗师鲁迅也承认留学东京时深受梁任公的影响。这或许是鲁迅弃医从文乃至为改造国民性而写作的原因之一。

从现代文学诞生的那一天起,对于大多作家来说,政治开始成为一个必须面对的问题。现代作家开始与政治结下不解之缘,现代文学的政治化也愈加明显。

作为现代文学诞生的标志之一,陈独秀的《文学革命论》就带有浓郁的政治气息。在这篇充满火药味的檄文里,陈独秀首先夸大文学对法国大革命的影响,继而寄希望于中国作家,并提出著名的"三大主义"③。

---

① 余秋雨在《洞庭一角》(《文化苦旅》,上海:东方出版中心1992年版,第49页)中首先提到:"中国文化中极其夺目的一个部位可称之为'贬官文化'。随之而来,许多文化遗迹也就是贬官行迹。贬官失了宠,摔了跤,孤零零的,悲剧意识也就爬上了心头,贬到了外头,这里走走,那里看看,只好与山水亲热。这样一来,文章有了,诗词也有了,而且往往写的不坏。过了一个时候,或过了一个朝代,事过境迁,连朝廷也觉得此人不错,恢复了名誉。于是,人品和文品双全,传之史册,诵之后人。他们亲热过的山水亭阁,也便成了遗迹。"
② 梁启超:《论群治与小说之关系》,《新小说》,1902年创刊号。
③ 陈独秀在《文学革命论》中提出的三大主义是:推倒雕琢的、阿谀的贵族文学,建设平易的、抒情的国民文学;推倒陈腐的、铺张的古典文学,建设新鲜的、立诚的写实文学;推倒迂晦的、艰涩的山林文学,建设明了的、通俗的社会文学。

平心而论,这篇文论的学理性是有待商榷的。但由于陈独秀在"五四"时期的地位和声誉,这篇文章的影响力可想而知。紧接着,李大钊的《什么是新文学》发表。作为中国第一个马克思主义者,李大钊的政治敏感度是相当超前的。在这篇当时并没有产生广泛影响的文章里,李大钊开始运用马克思的历史唯物论解释新文学。他认为仅用新形式还不叫新文学,真正的新文学应该具备"宏深的思想、学理,坚信的主义,优美的文艺,博爱的精神"①。这与他受马克思主义和俄国现实主义观点的影响有关。由于"五四"时期特殊的文化生态,这篇奇文在众语喧哗中并没有引起太多的关注。但我们不得不承认李大钊的预见性,因为后来现代文学的发展基本上验证了这一观点。

1921年中国共产党成立后,着重发展农民运动和工人运动,并没有对文学给予更多的关注。直到1923年,一部分共产党员作家(以邓中夏、恽代英、萧楚女等为代表)才提出"革命文学"的口号,主张文学要为革命服务,但这种影响仍然是有限的,仅仅局限于党员作家。

1924年的"北伐"和1925年"五卅"惨案的发生对现代文学界是强有力的震撼,直接导致一些作家向"左"转。创造社作家的转向就是一个明显的例证。创造社的领军人物郭沫若就是在这一时期毅然投笔从戎的,这对创造社其他作家的转向的影响是不可小觑的。

1927年大革命的失败不仅是现代革命史上重要的政治事件,同时也是影响现代文学发展的一件大事。大革命的失败不仅导致轰轰烈烈的以国共合作为基础的革命运动的破产,同时也改变了现代文学发展的轨迹。受此影响,"幻灭文学"应运而生。作为大革命的产儿,"幻灭文学"打上了那个时代明显的烙印。政治幻灭后的迷茫,找不到出路的忧伤,成为那一代作家抒写的主旋律。在小说创作方面,茅盾写出了"幻灭文学"的标志性作品:《蚀》三部曲(《幻灭》《动摇》和《追求》)。叶圣陶创

---

① 李大钊:《什么是新文学》,《星期日周刊》"社会问题号",1920年1月4日。

作了长篇小说《倪焕之》。在当时还产生了巨大影响的(尤其是在知识界)是戴望舒的《雨巷》："撑着油纸伞/独自彷徨在悠长/悠长又寂寥的雨巷/我希望逢着一个/结着愁怨的姑娘/她是有丁香一样的颜色/丁香一样的芬芳/在雨中哀怨/哀怨又彷徨。"①戴望舒不愧是准确抒写那个时代的圣手，他也因此名声大振，获得了"雨巷诗人"的美名。除了"幻灭文学"，此时还出现了另外一种创作：愤激小说。作者主要是党员作家，主张以愤激的手段来应对反革命的白色恐怖，实际上这种创作也可以归结为"革命文学"。

大革命失败后，一些共产党员作家并没有被白色恐怖所吓倒，而是提出了"无产阶级文学"的口号，此口号是对"革命文学"的纠正。1929年出现了无产阶级文学论争，发起者是创造社和太阳社的一些作家，批判对象是鲁迅和茅盾，鲁迅和茅盾都进行了一定的反击。尤其是鲁迅，为了应对这些革命作家的讨伐，阅读了大量马克思列宁主义的书籍。这种阅读对于鲁迅树立新的世界观起了重要的作用。论争最终走向妥协，并直接促成1930年"左联"的成立。

"左联"的成立对现代文学的影响不可估量，是现代文学政治化的重要标志。"左联"的全称是中国左翼作家联盟，它是中国共产党领导下的革命文学团体。"左联"已不仅仅是一个文学团体，它内设一整套机构，有党团书记、组织部长、宣传部长等。它已经具备后来中国作协的大部分特征，意识形态功能已相当明显。无论从哪个角度看，鲁迅加入"左联"都是值得探讨的。曾经主张"个人独战多数"且独立不依的鲁迅为何加入政治色彩浓厚的"左联"，一直是学界颇感兴趣的课题。作为现代文学的宗师，鲁迅的向"左"转又意味着什么呢？也许有一点是不言自明的：现代文学发展到20世纪30年代，政治作为一种强势的权威力量不

① 朱栋霖主编：《中国现代文学经典1917—2010》(精编版)，北京：北京大学出版社2011年版，第182页。

仅影响到作家的创作,而且左右着作家的选择和创作方向。已有学者指出,20世纪30年代的文学创作都笼罩在政治文化的强大影响之中①,30年代文学创作的"左"倾已是不争的事实。

1937年抗战的全面爆发,对现代文学的发展来说又是一个极其重要的事件。民族和国家的危机已不容许作家做出太多的个人选择。"一切为了抗战"理所当然成为不二选择。试想,跟国家和民族的命运相比,文学的命运又算什么呢? 于是,我们就不难理解抗战初期文学的"短平快"现象,梁实秋的"与抗战无关论"只能遭到武断的批判而成为空谷足音,"京派"作家的文学理想最终化为泡影。而就在抗战最艰苦的1942年,在中国的西北角,一场声势浩大的以肃清文艺界混乱思想为目标的文艺整风运动紧锣密鼓地展开。毛泽东以中共领袖的身份给延安的文人们做了一次非同寻常的讲演,这就是著名的《在延安文艺座谈会上的讲话》。《讲话》以毋庸置疑的权威性为新文学确立了新的方向,文学为政治服务、为工农兵服务已成为毫无争议的选择。同样是为了抗战的需要,延安的文艺界达到了空前的统一。这份文献的影响是相当深远的,后来中国文学的发展证明它已经超越了特定的时间和空间。《讲话》不仅影响了当时解放区文学的发展,且在20世纪40年代后期随着中国共产党在军事上的不断胜利,这种影响进而推广到全国。同时,《讲话》并未随着解放战争的结束而结束,它直接成为中国共产党领导文艺的指导性文献,左右了1949年后中国文学的发展。

进入1949年后,随着国家政权的统一,文学的一体化愈加明显。《讲话》的精神也由原来的解放区扩展到全国范围(除台湾、香港、澳门外)。政治对文学创作的介入也进入一个全新的时期。无论是介入的广度,还是介入的深度,都超越了以前的任何时期。1949年前政治对文学的介入的确有一个逐渐加强的过程,除了"左联"时期对文学创作进行有

---

① 朱晓进:《政治文化与中国二十世纪三十年代文学》,北京:人民出版社2006年版。

目的、有计划的指导外，政治对文学的介入主要体现为论争的形式。如无产阶级文学论争、"与抗战无关论"论争、民族形式的讨论，等等。正因为有论争的存在，现代作家的文学创作才有一定的自由空间。

因此，我们不难理解，在红色的 30 年代，除左翼创作外，"京派"和"海派"依然是不可忽视的存在。在民族和国家濒临危难之时，依然有作家在坚守文学的阵地。抗战结束时，"京派"的代表作家们（朱光潜、萧乾、沈从文等人）也没有放弃自己的文学理想，仍在探寻文学创作的另外一种可能性。萧乾就曾经对抗战胜利后的中国文学寄予了新的希望："我们希望政治走上民主大道，我们对于文坛也寄以民主的期望。民主的含意尽管不同，但有一个不可缺少的要素，那便是容许与自己意见或作风不同者的存在。"①这显然代表了以"京派"为代表的自由主义作家的普遍心声，可这一切在 1949 年后发生了根本改变。

进入 20 世纪 50 年代后，文学创作得到了空前的重视，可作家的创作空间却日趋狭小。在一体化时期，文学创作已毫无争议地上升为一种国家资源，作家的创作也要纳入一体化的管理和控制。为了加强对文学创作的控制和引导，政治权威开始全面介入文学创作和作家的评价体系。政治权威的介入主要通过以下的方式。首先，建立和完善一整套文学制度，确保对文学的领导权，如定期召开文代会，成立中国文联和中国作协，制定和颁布文学和创作的政策。其次，利用现代传媒加强对文学创作的控制，1949 年创办的《文艺报》就属于这类刊物。它在当时不仅是时代政治风云的晴雨表，同时也是宣传、阐释中共文艺政策的重要阵地。就在这份刊物上，展开了对萧也牧的批判、对《红楼梦研究》的批判等热点事件。除《文艺报》外，许多权威刊物也参与了对文学创作的规范，如《人民日报》《解放军报》。此外，还可以通过政治运动和批判的方

---

① 原载 1946 年 5 月 5 日上海《大公报》，为该报社评，由萧乾执笔。转引自洪子诚编：《中国当代文学史·史料选》(上)，武汉：长江文艺出版社 2002 年版，第 41 页。

式来规范文学创作。20世纪50年代至70年代,各种文学运动和批判此起彼伏。50代就有对萧也牧的批判、对《武训传》的批判、对《红楼梦》研究的批判、"双百"方针、"反右倾",再到60年代的文艺调整,直至"文革"的全面爆发。政治对文学的介入已到了无以复加的地步,文学已丧失其独立性而沦为政治的附庸,作家的创作已不仅仅是个人的事。这种情况直到20世纪80年代才有所改变,政治对文学的介入相对淡化。随着"二为"方针的提出,政治对文学的介入更多是以一种潜在的方式进行。

第一章　政治权威出现的背景考察

政治因素对作家评价机制的影响由来已久。无论是以帝王之尊来加强对文人的控制，还是以儒家的"文以载道"来规范文人的创作，中国古典文学在其发展过程中并不缺乏这样的例子。而到了现代文学时期，这种介入的广度和深度都超过了以往任何时期。作为评价机制的主导因素，政治权威的出现与建立是不争的事实。它不仅仅影响了现代文学的创作，同时也对现代作家的评价机制产生了重要影响。作家评价机制往往涉及各种因素（如时代因素、作家个人因素等），而政治权威之所以能在现代作家评价机制中占主导，是与现代中国的特殊情境息息相关的。鸦片战争后，国家濒临分崩离析的险境，作为知识分子安身立命之基础的封建道统和学统也面临危机。一系列内忧外患迫使这个落后的国家开始了艰难的现代化进程。具有初步觉悟的现代知识分子开始把拯救民族国家看作不可推卸的责任。由于现代中国的特殊遭际，救亡意识始终是时代的主旋律。因此，不难理解"五四"时期昙花一现的启蒙主题为何得不到进一步张扬，反而逐渐被强大的救亡潮流所淹没。鲁迅"立人"先于"立国"的超前卓识最终得不到时代的响应而孤掌难鸣。从拯救民族国家的角度来看，也许找不到什么比革命救亡更有效的利器了。除极少数人外，这几乎是那个时代知识分子的共识。的确如此，中国自鸦片战争尤其是甲午海战后，民众的救亡意识日渐高涨。而到了辛亥革命前后，更是言必称"革命"。被称为启蒙黄金期的"五四"，也是从一场救亡运动开始的。20 世纪 30 年代被称为红色的 30 年代,更是与当时政治文化无处不在的影响有关。而此后的抗战和解放战争则进一步证明这种救亡意识的合法性和必要性。因此,政治权威的产生不仅是中国近现代以来特殊历史境遇下的选择,也是民族危亡背景下民众的主动选择。此外,政党的文艺方针也是不可忽视的因素。从现代文学的发展来看,中国共产党对文艺的领导的水平远远超过国民党。国民党也有一系列对文艺的控制政策,如对图书的审查制度,推行"民族主义文艺",创办自己掌控的刊物,甚至直接迫害进步作家。但占据统治地位的国民党并没有获得文艺上的领导权,相反,从 20 世纪 30 年代开始,中国共产党对当时文学的主导影响愈加明显。究其原因,首先,中国共产党能顺应时代潮流,以强大的感召力和责任感赢得现代作家们的信任。其次是因为中国共产党对文学创作的重视与领导。在中共领导人毛泽东看来,文学创作已具备了战略上的意义,而他说过的"两条战线"和"两个司令"就是明证。① 此外,为更好地领导文学创作,中国共产党先后制定了一整套文艺政策,建立了许多文艺组织,从而更有效地加强了对文学创作和作家的领导。写到此,不得不佩服葛兰西所说的:"(文化领导权)可能不同步,在一个阶级控制着政治霸权时,文化领导权可能并不在它的手里;另一方面,当一个阶级试图获得政治霸权前,它必须先获得文化领导权。"②政治霸权和文化领导权的不同步,洞开了一种历史可能性,即一个弱小的社会阶级完全可以依靠其文化优势,控制占统治地位的那个阶级的文化领导权,为随后的革命创造条件。

---

① 两条战线指军事战线和文化战线,两个司令指朱总司令(朱德)和鲁总司令(鲁迅)。
② 葛兰西:《葛兰西文选》,北京:人民出版社 1992 年版,第 439 页。

第二章　政治权威如何介入作家评价机制

在现代文学史上,政治权威作为一种主导因素介入作家的评价机制是从 20 世纪 30 年代开始。现代文学史上所说的 30 年代,是以国共合作破裂、国民党一党独裁为开端的。国民党专政以后,不仅加强了政治统治,而且启动了所谓的"党化教育"。为了反抗国民党的统治,共产党不仅确定了武装反抗之路,同时在文学战线上也采取了相应的对策。自此,政治权威开始介入作家的文学创作,进而影响到作家的评价机制。政治权威对作家评价机制的介入主要通过以下途径:文学论争和批评;建立文学机构和组织;通过党的文艺政策来加强引导;政治权威人物的亲自参与;等等。

第一节　文学论争和批评的政治化倾向

作为对文学创作的直接反馈,文学论争和文学批评理应做出学理性的思考。但从现代文学史上大多数文学论争和批评中,我们看到的更多是非学理性的喧哗,政治因素往往成为其中的主导性因素。这种政治化的文学论争和批评反过来影响了作家的创作和评价机制,从而决定了作家的文学地位乃至命运。

自 20 世纪 30 年代始,这种由政治因素主导的文学论争和批评就登上历史舞台。这种状况的出现与 30 年代特定的政治文化背景密不可分。正如周恩来在 1929 年 10 月所指出的："在大革命失败之后，必然有许多失败的情绪，引起许多争论的问题。俄国在 1905 年以后，德国在革命失败后，都有过这样的情形。中国大革命失败后，亦是如此。"①30 年代首次文学论争——无产阶级文学论争就是在这种背景下产生的。

无产阶级文学的论争主要由两部分人组成。一部分是国内的共产党人和革命知识分子，他们在大革命失败后，怀着革命受挫的愤激情绪继续从事文艺斗争。这决定了他们不可能冷静地从纯文艺的立场出发来看待问题，一开始就带有不可避免的片面性。另一部分是从日本回国的激进青年，他们深受日本共产党福本主义和苏联"拉普"派文艺思想的影响。同时，他们也面临一个已经过十年整合而形成的文坛格局，要想取得话语权就不得不对现有格局进行否定。因此，他们也很难从艺术出发来考虑问题。无产阶级文学论争的整个过程都与政治因素的介入息息相关。论争双方开始的剑拔弩张到最终的"握手言和"都有着复杂的国内和国际政治背景。从国内来看，大革命后的白色恐怖还未散去。由于国民党的文化围剿，创造社和太阳社先后被查封。而此时的"新月派"打着公允的旗号对革命文学指三道四，具有很大的诱惑性。正因此，我们才不难理解，一场文学论争会导致组织出面干预；也不难理解冯乃超等人三次登门拜访鲁迅；更不难理解，论争双方会在短时间内由势不两立变为达成共识。从国际背景来看，20 世纪 30 年代是国际无产阶级运动的黄金期，也是国际无产阶级文学运动的黄金期。而 30 年代的无产阶级文学论争中的分歧及对立也可以追溯到国际无产阶级文学运动内部的不同派系。当时的国际无产阶级文学运动派系复杂，主要分为两大派别。一派是受普列汉诺夫、托洛茨基等人影响的"决定论"派。此派主张经济基础和上层建筑中的政治决定文学，文学反映现实，但对现实的

①　周恩来:《周恩来选集》(上卷)，北京:人民出版社 1980 年版，第 45 页。

作用有限。受这一派影响的主要是鲁迅、茅盾等作家。鲁迅早在论争前就明确表达了文学对现实作用有限的看法。他曾说过："中国现在的社会情状，止有实地的革命战争，一首诗吓不走孙传芳，一炮就把孙传芳轰走了。自然也有人认为文学于革命是有伟力的，但我个人总觉得怀疑……"①国际共产主义文学运动的另一派是受苏联"拉普"影响的"自动论"派，特别注重文学的认识功能和宣传功能，认为文学可以直接左右和改变现实。创造社和太阳社的青年作家受此影响比较大。这一派夸大了文学的现实作用，过分强调文学的宣传功能，甚至把公式化、概念化、标语化作为一种目标来追求。这一派对中国现代作家创作的负面影响是相当深远的。

从20世纪30年代无产阶级文学论争的国际和国内背景考察可以看出，这场文学论争的发生有一种不可避免性。它并非仅仅是我们常说的个人恩怨和宗派问题。正如当时的亲历者夏衍所指出的："本世纪二十年代末到三十年代初，不仅在中国，而且在苏联、欧洲、日本都处于极左思潮泛滥之中，苏联文艺界有一个'拉普'，日本文艺界有个'纳普'，后期创造社同人和我们这些刚从日本回来，或多或少地都受过一些左倾机会主义的福本主义的影响，而中国的知识分子则由于对国民党屠杀政策的仇恨和对陈独秀投降主义的愤怒而加强起来的小资产阶级革命急性病，也反映到党内，使党内的'左'倾情绪也很快发展起来了。……因此，在文艺界发生这场'激战'，我看是要想避免也难避免的。"②由此观之，20世纪30年代的无产阶级文学论争已不仅仅是文学论争，它远远超出了文学本身，实际上是持不同政治主张者的一次交锋。

20世纪30年代重要的文学论争还有"左联""自由人"与"第三种人"的论争。自称"自由人"的胡秋原在《阿狗文艺论》中强调："文学与艺

---

① 鲁迅：《而已集·革命时代的文学》，《鲁迅全集》第3卷，北京：人民文学出版社1981年版，第423页。
② 夏衍：《懒寻旧梦录》，北京：三联书店1985年版，第137页。

术,至死也是自由的,民主的","将艺术堕落到一种政治的留声机,那是艺术的叛徒"①。后来,他又在《勿侵略文艺》等文中直接或间接地批评左翼文坛。自称"第三种人"的苏汶也声援胡秋原,发表了《"第三种人"的路》等文章。"左联"代表作家鲁迅、瞿秋白、冯雪峰等分别发表文章与他们展开论争。论争的中心是文艺的阶级性、文艺与政治的关系。实际上,胡秋原和苏汶并不否定文学的政治功能,他们只是主张一种自由主义立场,反感"左联"唯我独尊。由于20世纪30年代特殊的政治文化背景,论争双方都不可避免地意气用事。因此,这种论争缺乏一定的学理性。尤其是占据文坛主流的"左联"作家更是将这种文学批评的政治化发挥到了极致。正因此,"左联"的宗派主义和关门主义也常常被后来者所诟病。

"与抗战无关论"发生在抗战时期。1938年12月,梁实秋在国民党《中央日报》副刊的《编者的话》中曾说过这样一段话:

> 现在抗战高于一切,所以有人一下笔就忘不了抗战。我的意见稍微不同。于抗战有关的材料,我们最为欢迎,但是与抗战无关的材料,只要真实流畅,也是好的,不必勉强把抗战截搭上去,至于空洞的"抗战八股",那是对谁都没有益处的。②

不得不佩服梁实秋对当时文坛的准确把握。自全民族抗战爆发后,为拯救民族和国家,文学界也达成了统一,并自觉围绕"一切为了抗战"这个方针。在这个大方针的指导下,抗战初期的文学创作出现了一种"短平快"现象。"短"就是篇幅短小精悍;"平"就是直接反映抗战的斗争和生活,不追求深刻;"快"就是要有时效性,能即时反映当前的斗争和生

---

① 胡秋原:《阿狗文艺论》,《文化评论》创刊号,1931年12月25日。
② 梁实秋:《"与抗战无关"》,《中央日报》,1938年12月6日。

活。配合此要求,抗战初期出现了大批独幕剧、朗诵诗、墙头诗、街头剧、新闻特写等作品。例如,抗战爆发后的第一个独幕剧《保卫卢沟桥》从创作到上演才两周。与民族和国家的命运相比,文学又算什么呢?因此,大部分作家对这种创作是相当认同的,并努力实践之。也正因此,我们不得不敬佩梁实秋的勇气,这简直是"冒天下之大不韪"。当然,梁实秋并不否定文学为抗战服务,他只是反对那种为了抗战而形成的一种模式化创作。在梁实秋看来,这种创作对现代文学的发展是不利的。

实际上,从梁实秋的这段话中是看不出他否定抗战、鼓励"与抗战无关论"的。但在当时的特殊语境下,被误读也是必然的。宋之的、张天翼、巴人、郭沫若、茅盾等数十人在报刊上发表文章反击梁实秋,这些文章大多可以自圆其说,但他们都是把一个子虚乌有的命题嫁祸于梁实秋,即"梁实秋提倡抗战无关论"。其中尤以巴人的《展开文艺领域中反个人主义的斗争》最为激烈:"活在抗战时代,要叫人作无关抗战的文字,除非他不是中国人,然而他终于提出要求来了。他的用意是非常明显的。他要我们的作者,从战壕,从前线,从农村,从游击区,拖回到研究室去。"梁实秋"痛骂抗战文艺为'抗战八股'",根源在于"想达到他那压制抗日的国防文学的怒潮似的生长","明白的说吧,他们要消灭的不是'抗战八股'而是'抗战'"[①]。显然,对于梁实秋来说,这已经毫无争论的必要了。若是反驳,只能越描越黑;但不反驳,就好像自己默认了这个事实。这对梁实秋来说,是一件无比痛苦的事。但在语言暴力面前,他只能选择沉默。响应者注定也是寥寥。就在同一时间,为了声援梁实秋,"京派"的沈从文发表了《一般或特殊》,在文中他这样说道:"中华民族想要抬头做人,似乎先还得一些人肯埋头做事,这种沉默苦干的态度,在如今可说还是特殊的,希望它在未来是一般的。"[②]此见解被当作"与抗战

---

① 巴人:《展开文艺领域中反个人主义的斗争》,《文艺阵地》第 3 卷第 1 期,1939 年 4 月 16 日。
② 沈从文:《沈从文全集》第 17 卷,太原:北岳文艺出版社 2002 年版,第 264 页。

无关论"的同调,甚至被斥为比梁实秋"更毒"、更阴险的"与抗战无关论"。1948 年郭沫若撰写《斥反动文艺》一文时,就据此批判了沈从文:"他一直是有意识地作为反动派而活着。在抗战初期全民族对日寇争生死存亡的时候,他高唱'与抗战无关'论。"①

尽管政治因素对文学的介入越来越深,20 世纪 30 年代仍是文学论争的黄金期。但这种情况在 40 年代抗战胜利后开始有所改变。随着解放战争的进行和政治形势的明朗化,现代作家的生存空间进一步受到挤压,文学生态进一步恶化。抗战胜利后,受《讲话》影响的解放区作家与国统区的革命作家(包括倾向革命的作家)开始成为主流文学的代言人。由于他们占据绝对的主导地位,从而使得真正的文学论争几乎不可能。作为 20 世纪 30 年代文坛的独特风景,"京派"的辉煌早已不再。尽管此时"京派"的作家们还未完全放弃自己的文学理想,等待他们的却是被批判被清算的命运。

在现代文学史上,除了此起彼伏的政治化的文学论争外,还有政治化的文学批评。文学批评本应该为作家创作和评价提供正确的引导,应该具有一定的包容性,可在现代文学批评史上,这种包容性的文学批评实际上很难进行,更难被尊重。尤其是 20 世纪 30 年代后,随着文学创作中的政治化、功利化倾向,文学批评的政治化倾向也日趋明显。政治标准越来越成为衡量作家创作和地位的重要依据。除了少数批评家外(如"京派"的文学批评家),现代文学史上的重要批评家都看重文学创作中的政治标准。茅盾的作家论实际上开了这种批评的先河。尽管茅盾也不拒绝文学批评中的美学标准,但他更多还是采用当时最流行的社会批评方式对作家的作品进行细致的剖析。例如,他非常重视作家的阶级出身和思想倾向,在《冰心论》《徐志摩论》中,这样的政治化分析比比

---

① 郭沫若:《斥反动文艺》,原载《大众文艺丛刊》第一辑《文艺的新方向》,香港生活书店 1948 年版。转引自洪子诚主编:《中国当代文学史·史料选》(上),武汉:长江文艺出版社 2002 年版,第 96 页。

皆是。

> 在所有五四时期的作家中,只有冰心女士最属于她自己。她的作品中,不反映社会,却反映了她自己。她把自己反映得再清楚也没有。①
> 志摩是中国布尔乔亚开山的同时又是末代的诗人。②

瞿秋白也是 20 世纪 30 年代重要的左翼文学批评家,其代表性批评作品《〈鲁迅杂感选集〉序言》中对鲁迅的精彩定位采用的就是阶级分析的方法:

> 鲁迅从进化论进到阶级论,从绅士阶级的逆子贰臣进到无产阶级和劳动群众的真正的友人,以至于战士,他是经历了辛亥革命以前直到现在的四分之一世纪的战斗,从痛苦的经验和深刻的观察之中,带着宝贵的革命传统到新的阵营里来的。③

这种政治化的文学批评到 20 世纪 40 年代末开始升级为一种文学批判。文学批判与文学批评的区别不仅在于它强烈的政治色彩,还在于它并没有给被批判者以辩解的机会和权利。它不仅借助政治的力量,并且依赖群体的优势,剥夺了被批判者辩解的权利,使之产生压力,直至处于无语状态。而发生于 20 世纪 40 年代末的那场文学批判,是批判方的郭沫若、邵荃麟等人以胜利者的姿态对"京派"作家进行的一场批判。尤

① 茅盾:《冰心论》,《文学》第 3 卷第 2 号,1934 年 8 月。转引自范伯群编:《冰心研究资料》,北京:知识产权出版社 2009 年版,第 175 页。
② 茅盾:《徐志摩论》,《现代》第 2 卷第 4 期,1933 年 2 月。
③ 瞿秋白:《〈鲁迅杂感选集〉序言》,《鲁迅研究学术论著资料汇编》第一卷,北京:中国文联出版公司 1985 年版,第 828 页。

其是郭沫若的那篇《斥反动文艺》,分别将沈从文、朱光潜、萧乾标记为"桃红小生""蓝色监察"和"黑色买办"。特别是对沈从文,郭沫若更是认为"他一直是有意识地作为反动派而活动着"①。这篇奇文几乎将"京派"作家一网打尽,其结果毫无悬念:批判方胜利,被批判方逐渐淡出文坛。

这场文学批判既是结束,又是开始。新中国成立后,文学的一体化更为明显,尤其是在政治权威人物的干预下,文学批判更是成为政治运动的重要组成部分。在很长一段时间内,文学批判不再局限于文学领域,而是成为政治运动的晴雨表。

这种伴随着政治运动的文学批判不仅影响了当时的文学创作,还直接影响和决定了一个作家的文学地位甚至命运。沈从文早在新中国成立以前就慑于文学批判的压力而离开心爱的文学岗位。政治批判对其精神的伤害从后来出版的《从文家书》中可见一斑。1949 年 5 月 30 日,沈从文在北平宿舍写下了这样的话:"我似乎完全孤立于人间,我似乎与一个群的哀乐全隔绝了","我却静止而悲悯的望见一切,自己却无份,凡事无份"②。文学批判常常带给作家不幸和苦难。作家面临的不仅是文学评价上的贬低,更是心灵和肉体的折磨。对萧也牧的批判、对俞平伯的批判、丁玲陈企霞反党集团案、胡风反革命集团案、"反右倾"、"文革",文学批判导致的作家苦难比比皆是。这种高度政治化的文学批判对于作家来说,只能接受,没有任何争辩的机会和可能。结局都是批判方的彻底胜利和被批判方的缴械投降。文学批判已经远离了文学批评的真正范畴。它既不是真正意义上的文学批评,也不是文学论争,而是政治权威的一种手段和工具。政治权威利用这个工具,对作家及其创作进行

---

① 转引自洪子诚主编:《中国当代文学史·史料选》(上),武汉:长江文艺出版社 2002 年版,第96 页。

② 沈从文:《五月卅日下北平宿舍》,《从文家书——从文兆和书信选》,上海:远东出版社 1996 年版,第 160 页。

指导和改造,把作家及其创作真正纳入一体化轨道。

第二节　政治化文学机构和组织的建立

政治权威对作家及其创作的控制除了文学论争和文学批判外,最直接有效的方式是把作家纳入一定的机构和组织中。通过这种政治化的机构和组织更能有效地对作家及其创作进行管控,从而影响和主导作家的评价机制。1923 年左右,文坛提出"革命文学"的口号,但也仅仅停留在宣传层面,这种情况直到 20 世纪 30 年代才发生根本转变。此前的创造社和太阳社已具备政治化团体的某些特征,政治化的痕迹相当明显。现代文学进入 20 世纪 30 年代后,由于政治斗争的日益尖锐,文学为政治服务再一次被提上日程。1930 年成立于上海的"左联"就是适应这一形势而建立的革命文学团体。从"左联"成立的背景、组织构成和具体运行等来看,其政治化倾向是相当明显的。我们知道,"左联"成立的大背景是 20 世纪 30 年代的国际共产主义文学运动,国内背景则是发生在1929 年的无产阶级文学论争。当时的中共中央已经认识到团结革命作家、建立革命文学团体的重要性,并以组织的名义对无产阶级文学论争进行干预。其结果就是论争双方在很短时间内就实现了空前的团结,这不能不归因于政治力量的强大。为了使"左联"更好地领导当时的无产阶级文学运动,确保党的文艺方针政策的贯彻,"左联"内部有一套完整的组织机构,如执行委员会、常务委员会。两个委员会都设秘书处,秘书处设三个职位:书记、组织部长和宣传部长。为了指导作家的创作和研究,"左联"还增设了许多委员会,如创作批评委员会、大众文艺委员会、国际联络委员会、理论研究委员会、小说研究委员会、诗歌研究委员会、工农兵文化委员会等。"左联"的大本营在上海,在其他地方还设有许多支部。现有材料证明,设立支部的地方有:北平、天津、东京、保定、广州、南京、汉口、杭州、太原、济南。此外,"左联"还有许多外围组织,如中国诗歌会、革命互济会、反帝大同盟等。"左联"直接受中国左翼文化总同盟(简称"文总")领导,而"文总"又受中共中央文化委员会领导。这种完整的制度一旦运作,其能量不可小觑。它不仅指导着作家的创作,同时也决定着作家的创作及其评价。即使是鲁迅这样的权威作家,也未能摆脱它的影响与牵制。众所周知,鲁迅加入"左联"是真诚的。作为"五四"文化权威,鲁迅在"左联"内部却很难成为真正的权威。鲁迅虽在成立大会上被选为执行委员,却常常处于一种被冷落的境地。他表面上被尊为"左联"的领袖,但实际上常常面临一种有职无权的尴尬。这一切都是因为"左联"的运作以政治权威为主导,而作为"五四"文化权威的鲁迅很难在"左联"中找到自己真正的位置。因为在政治斗争异常激烈的20世纪30年代,政治权威已毫无争议地替代了原有的文化权威。

抗战爆发后,文艺界实现了空前的团结。其标志就是1938年成立于汉口的全国文艺界抗敌协会(简称"文协")。为了加强党对"文协"的领导,周恩来指示阳翰笙着手组织力量,并提议由老舍出任"掌门人"。"文协"不设理事长,采用集体领导的方式,而一切会务由总务主任老舍主持,大批共产党人,如郭沫若、茅盾、田汉、罗荪等,分别担任理事或候补理事,确保"文协"在中国共产党的直接领导下,进行抗日文艺工作。《抗战文艺》是"文协"的会刊,更是"文协"的重要阵地。编委会严格按照"三三制"组成,具体负责者为楼适夷、姚蓬子和蒋锡金。名单是老舍提出来的,经过"文协"党小组的讨论,并最终请示了周恩来。这样的安排确保了党对这份刊物的领导权。"文协"的大本营先在武汉,后来转移到重庆。1938年9月,陕甘宁边区文艺界抗敌联合会在延安成立。1939年5月14日,以边区文艺界抗敌协会为基础的中华全国文艺界抗敌协会延安分会正式成立。艾思奇为主任,丁玲、柯仲平为副主任。延安"文协"办公地址设在边区"文协"所在地兰家坪,附属于边区"文协"。

1940年1月3日,延安"文协"举行全体会员大会,选举了第二届理事会。2月15日,在第二届理事扩大会上,推选出周文、丁玲、肖三、周扬、曹葆华5人为常务理事。从1941年7月1日起,延安"文协"成为独立工作团体,并在边区"文协"兰家坪原址开始办公,边区"文协"则迁至延安城南龙湾村。延安"文协"有专业驻会作家,如默涵、方纪、于黑丁、周而复、柳青、罗烽、舒群、严辰、鲁藜、艾青、杨松、草明、欧阳山、萧军、刘白羽等人。1941年8月2日,延安"文协"召开第五届会员大会,选举丁玲等27人为理事,严文井等5人为候补理事。据大会统计,延安"文协"共建立文艺小组85个,有组员668人。并6次组织抗战文艺工作团到华北前线;编辑出版了《文艺战线》《文艺突击》《大众文艺》《中国文艺》等杂志;举办了星期文艺学园,拥有正式学生100余人。另外,还组织文艺座谈会20余次,出版《文艺月报》共7期。1941年11月15日,延安"文协"主办的《谷雨》杂志创刊,至1942年8月15日停刊,共出6期。

1942年5月1日,延安"文协"成立了由丁玲、郑汶等人组成的整风学习分会,开始组织学习整风文件。同月,"文协"的部分同志参加了延安文艺座谈会。

1943年4月,延安"文协"根据延安文艺座谈会和当年3月10日党的文艺工作者会议精神,组织会员深入农村、工厂和部队,进行文学创作。兰家坪会址停止办公。为方便工作,在文化沟文化俱乐部设立通讯处。

1945年8月24日,延安文艺界集会,欢送由延安"文协"和"鲁艺"联合组织的延安文艺工作团赴华北和东北解放区。周恩来、彭真、林伯渠到会讲话,鼓励文艺工作者到前方去,把文艺普及工作推广到新解放区和全中国。10月14日,设在重庆的中华全国文艺界抗敌协会改名为中华全国文艺界协会。延安"文协"随后改名为中华全国文艺界协会延安分会。

1946年5月8日,边区"文协"和延安"文协"通电全国,抗议国民党枪杀民主人士。8月25日,边区"文协"和延安"文协"还召集延安文化艺术界人士座谈,筹备发行《延安生活》丛刊。年底,延安"文协"结束工作。

在延安解放区,除了"文协"外,还有一个值得关注的文艺机构,就是鲁迅艺术学院。1938 年 4 月 10 日,由毛泽东、周恩来、林伯渠、徐特立、成仿吾、艾思奇和周扬发起,并在创立缘由中写道:"艺术——戏剧、音乐、美术、文学是宣传鼓动与组织群众最有力的武器。艺术工作者——这是目前抗战不可缺少的力量。因之培养抗战的艺术工作干部,在目前也是不容稍缓的工作。……我们决定创立这艺术学校,并且以已故的中国最伟大的文豪鲁迅先生为名,这不仅是为了纪念我们这位伟大的导师,并且表示我们要向着他所开辟的道路大踏步前进。"[1]1940 年后,鲁迅艺术学院更名为"鲁迅艺术文学院",简称"鲁艺"。

当时聚集在延安的文人大体上属于这"两个阵营"。所谓"两个阵营",就是"鲁艺"和延安"文协"。延安有成就的文艺家主要集中在这两个阵营,这两个阵营之间及其内部的文艺家们却成见很深,很多矛盾可以追溯到上海"左联"时期。

从"文协"和"鲁艺"的成立过程来看,其政治背景都是不言而喻的。两大阵营之间虽有成见,但在为抗战、为政治服务这一点上是一致的。在整个抗战期间,两大阵营的作家为响应党的号召,深入群众,深入前线,并创作了大量无愧于时代的作品,但对于作家来说,这未尝不是一个艰难的选择。"文协"的代表作家是丁玲和艾青。丁玲在《讲话》前发表了著名小说《我在霞村的时候》和《在医院中》,散文则有《三八节有感》和《我们需要杂文》。《讲话》发表后,丁玲一改以前的锋芒毕露,开始走上自觉为政治服务的道路。艾青更是抗战时期的代表诗人,他的《我爱这土地》《雪落在中国的土地上》《北方》等诗都体现了那个时代的最强音。但在加入"文协"后尤其是在《讲话》发表后,艾青的创作开始进入衰退

---

[1]　《创立缘起》,《鲁迅艺术学院成立纪念刊》,1938 年 4 月。

期。虽然他也做了很大的努力,但那个才华横溢的诗人我们再也见不到了。而"鲁艺"作家在转向方面似乎比"文协"作家更容易,因此他们在《讲话》发表后仍能创作一些高水平的作品。"鲁艺"的文学系主任何其芳就创作了《我为少男少女们歌唱》,而《白毛女》的创作和上演更是一个很好的证明。这部作品虽由贺敬之和丁毅执笔,但实际上是"鲁艺"作家集体创作的结果。"鲁艺"作家在对传统秧歌剧改造的基础上,适当吸收戏曲和西洋歌剧的某些成分,真正体现了《讲话》的精神,最终使《白毛女》成为"鲁艺"创作的集大成者。

随着解放战争迅速推进,文学界的统一也成为必然趋势。1949年7月,在中华人民共和国成立前夕,全国第一次文学工作者代表大会在北平召开,作家们终于实现了胜利大会师。第一次文代会统一了来自不同地方的作家的创作方向问题,即继续以《讲话》为指导,坚定不移地执行"文学为工农兵服务""文学为政治服务"的方针。这次大会还选举产生了新的文学机构——中国文联和中国作家协会,以便更好地领导文学创作工作。

20世纪50年代至70年代,直接对现代作家的创作及评价进行规范的组织是中国文联和中国作协。中国文联和中国作协均成立于1949年7月,中国文联原名中华全国文学艺术界联合会,中国作协原名中华全国文学工作者协会,1953年均改为现名。中国文联采用团体会员制,包括各文艺协会,如作家协会、戏剧家协会、音乐家协会、美术家协会、舞蹈家协会等团体会员。在这些会员中,中国作家协会最为重要。中国作协后来还在各省、直辖市、自治区设立分会。中国作协表面上是"中国作家自愿结合的群众团体",对作家的创作、文学交流和正当权益起协调保障的作用。实际上它更重要的作用是对作家的文学创作进行控制,并从评价机制上来规范和引导作家更好地为社会主义服务。它的权威性一方面在于领导层中大多是著名的作家和评论家,另一方面来自政治权威的授权。20世纪50年代至70年代,茅盾、周扬、丁玲等人先后担任领导。

中国作协的权力核心是作协党组。中国文联和中国作协发起了一系列文学批评和运动。在 20 世纪五六十年代,中国文联和中国作协对作家及其作品中存在的问题常常直接干预,并以"决议"的方式做出政治化的裁决。仅仅在 50 年代,这种武断的政治裁决就比比皆是。如 1954 年 11 月中国文联和作协主席团联席会议做出的《关于〈文艺报〉的决议》;1955 年 5 月关于胡风问题的决议;同年中国文联和作协党组关于丁玲、陈企霞"反党集团"的决议;等等。

第三节　政党文艺政策和宣传导向

在现代文学史上,政党的文艺政策对作家的评价机制也产生了不可忽视的影响。为了加强对文学创作的控制,国民党和共产党都针对文学创作制定了一系列政策和方针。从影响的广度和深度来看,中国共产党的文艺政策对中国现代作家评价机制的影响远远大于国民党。

说到国民党的文艺政策,张道藩是一个绕不过去的人物。这位国民党要员多年掌管文化教育和文艺领域大权,并亲自参与众多文艺社团、刊物的创办和文艺政策的起草、制定,一生热爱文艺,忠于国民党。其政治生涯经历了国民党从大陆到台湾的转折,几乎贯穿了国民党思想文化体系面临挑战的整个历史时期。从某种意义上说,他就是国民党文艺政策的制定者和宣传者。张道藩在青年时代曾受到孙中山的接见,成为三民主义的忠实信徒。曾留学英法,1926 年回国后即从事党务工作,后任国民党中组部秘书,迅速进入权力核心。其中与文艺领导权相关的职务有:中宣部文化运动委员会主委、中央文化运动委员会主委、中宣部部长、中华文艺奖金委员会主委、中央文艺工作指导小组第一召集人等。其他重要职务包括:中组部副部长、教育部次长、内政部次长、海外部部长、立法院长等。他创办和参与创办的政府文化机构和官方、半官方文艺团体有：中国文艺社、南京戏剧学校、中华全国美术会、中华全国文艺界抗敌协会、文艺奖助金管理委员会、中央文化运动委员会、青年写作指导委员会、中央电影公司、国际文化合作协会、中华文艺奖金委员会、中国文艺协会等。创办的文艺刊物有：《文化先锋》《文艺先锋》《文艺创作》等。他还曾任中央电影公司、中广公司和《中华日报》董事长等职，是国民党思想文化领域的重要掌控人物。

国民党对现代文学影响不大的原因可能与其对文学的作用不够重视有关。也许对于他们来说，有许多比文学创作更为重要的因素，如军事、经济、外交等。另外，国民党的文艺政策往往以管控为主，大多为救火式的措施，缺乏建设性的政策和长远规划。相反，长期处于被压迫地位的共产党人很早就相当看重文学的功能和作用，不仅有政策保障，还有建设性措施。

中国共产党成立之初，主要把精力放在发动工农运动上，对新文学的作用还没有足够的重视。随着革命形势的发展，一批共产党人开始意识到文学的重要性，并有意识地建构适应革命需要的文学政策和理论主张。在早期左翼人士中，郭沫若和恽代英最有代表性。郭沫若在1923年就提出"文学是永远革命的，真正的文学是只有革命文学的一种"①的口号。如果说郭沫若是革命文学的首倡者，那么邓中夏、恽代英、肖楚女等人则奠定了革命文学观念的基石，其中恽代英的理论更具系统性。他在1923年强调文学的政治功能："现在的新文学若是能激发国民的精神，使他们从事于民族独立与民主革命的运动，自然应当受一般人的尊敬。"②在1924年，他又指出："我相信最要紧是先要一般青年能够做脚踏实地的革命家，在这些革命家中，有些情感丰富的青年，自然能写出革命的文学。"③

---

① 郭沫若：《我们的文学新运动》，《创造周报》第3号，1923年5月27日。

② 恽代英：《恽代英文集》，北京：人民出版社1983年版，第389页。

③ 恽代英：《恽代英文集》，北京：人民出版社1983年版，第493页。

　　革命文学并没有因为大革命的失败而偃旗息鼓。处于革命低潮的1928年,不仅有武装反抗国民党政权的南昌起义,也有郭沫若提出的"无产阶级文学"的口号。在此基础上出现了20世纪30年代声势浩大的左翼文学思潮。尤其是"左联"成立后,共产党不仅完善了文学机构和制度层面的设计,也在理论政策上加强了对文学的领导。"左联"时期最重要的文艺政策是"文艺大众化"。1931年,"左联"曾以决议的形式指出:"首先第一个重大问题,就是文学的大众化","只有通过大众化的路线,即实现了运动与组织的大众化作品……才能创造出真正的中国无产阶级革命文学"①。"左联"关于文艺大众化的多次讨论在一定意义上推动了中共文艺大众化思想的形成。而抗战爆发后,中共的文艺大众化思想更是得到进一步完善和发展,有了较为深刻的认识。毛泽东指出:"艺术作品要有内容,要适合时代的要求,大众的要求",文艺工作者"到群众中去,不但可以丰富自己的生活经验,而且可以提高自己的艺术技巧"②。在1940年发表的《新民主主义论》中,他明确提出新文学的目标就是以共产主义思想为指导的"民族的、科学的、大众的文化"。在中国共产党的文艺政策中,《新民主主义论》是一部重要的文献。这部文献不仅为新中国的文艺发展指明了方向,也为新文化的建设指明了方向。这部重要文献不仅提到了文艺的大众化,也提出了文学创作中的重要问题:坚持民族形式。《新民主主义论》是这样说的:"必须将马克思主义的普遍真理和中国革命的具体实践完全地恰当地统一起来,就是说,和民族的特点相结合,经过一定的民族形式,才有用处。"③同时,该文献明确指出:"洋八股必须废止,空洞抽象的调头必须少唱,教条主义必须休

息,而代之以新鲜活泼的、为中国老百姓所喜闻乐见的中国作风和中国气派。"①《新民主主义论》中关于"民族形式"的命题,确立了中国文艺发展的新方向,直接影响了后来的《讲话》和解放区作家的文学创作。

1942年5月,毛泽东在延安发表《在延安文艺座谈会上的讲话》。《讲话》被认为是马克思主义文艺理论中国化的经典文献,也是中国共产党第一部正式的有关文艺政策的权威文献。

抗战进入相持阶段后,许多进步艺术家来到延安和其他解放区。他们的思想品格得到磨炼,但许多人身上的小资产阶级习气一时难以摆脱,脱离实际、脱离群众的作风还普遍存在。"文艺为什么人服务、怎样为这些人服务"的问题迫切需要回答和解决。在此情况下,为统一思想,更好地为政治服务,共产党迫切需要制定切实可行的文艺政策。1942年5月,中共邀集文艺工作者召开座谈会,毛泽东发表了著名的《讲话》。1943年11月7日,中央宣传部做出《关于执行党的文艺政策的决定》,提出全党文艺工作者要研究和领会《讲话》的精神,并将《讲话》作为指导中国文艺运动的基本方针进行贯彻。这是中共第一次明确使用"党的文艺政策"的概念,确立了《讲话》作为中共文艺政策的权威性地位,建构起中共文艺政策体系。《讲话》涉及文艺创作的主要政策有:

一、服务抗日大局。民族解放是当时中国政治的首要问题,服务抗日成为中共一切政策的指针。毛泽东在《讲话》中明确指出:"我们今天开会,就是要使文艺很好地成为整个革命机器的一个组成部分,作为团结人民、教育人民、打击敌人、消灭敌人的有力的武器,帮助人民同心同德地和敌人作斗争。"②服务抗日大局,文艺工作者的任务就是要鼓励抗日军民同心同德,打击日本侵略者。为此,文学家与艺术家必须团结起来,无条件地为这个指针服务。

---

① 毛泽东:《毛泽东选集》第2卷,北京:人民出版社1991年版,第534页。
② 毛泽东:《毛泽东选集》第3卷,北京:人民出版社1991年版,第848页。

二、为工农兵服务。关于文艺为什么人服务的问题,毛泽东明确提出"为工农兵服务"。《讲话》以文献的方式确立了文艺"为工农兵服务"的方向,为当时作家的创作指明了方向。这在中国文艺发展史上还是第一次。《讲话》指出工人、农民、士兵、城市中的小资产阶级劳动群众和知识分子是最广大的人民大众,文艺为人民服务,就是为他们服务。文艺工作者一定要在立场上、感情上和工农兵站在一边,把立足点转移到工农兵上来,亲近他们,参加他们的实际斗争,表现他们,教育他们。

三、政治标准和艺术标准的结合。关于作家和作品的评价,《讲话》明确了文艺批评的标准:"文艺批评有两个标准,一个是政治标准,一个是艺术标准",我们要求的是"政治和艺术的统一,内容和形式的统一,革命的政治内容和尽可能完美的艺术形式的统一"[1]。《讲话》虽然主张一部好作品应该是政治性和艺术性的完美结合。但在实际操作中,这两个标准是不对等的。《讲话》对这两个标准的先后表述就带有明显的评判。这就是后来现代文学界常常提及的政治标准第一,文艺标准第二。这里的第一和第二是不能同日而语的。从《讲话》发表后的文学创作实际来看,政治标准已成为作家创作的主要标准。那么,我们就不难理解,同是解放区成名的农民作家,为什么赵树理的创作被推崇,甚至被称为"赵树理方向",而孙犁的创作则相对被忽视。这说明在当时的解放区,政治标准已成为主导标准,并影响了对当时作家的评价。孙犁的作品虽以柔美的风格和浓浓的诗意著称,但与主流所要求的方向有一定的差异,因而在当时没有获得恰如其分的评价。

四、继承和创新的统一。《讲话》中还提到了如何对待民族文化遗产和外国文艺作品的问题。毛泽东指出:"我们必须继承一切优秀的文学艺术遗产,批判地吸收其中一切有益的东西,作为我们从此时此地的

---

[1]　毛泽东:《毛泽东选集》第3卷,北京:人民出版社1991年版,第868—869页。

人民生活中的文学艺术原料创造作品时候的借鉴。……所以我们决不可拒绝继承和借鉴古人和外国人,哪怕是封建阶级和资产阶级的东西。"①但是,继承和借鉴决不可以替代自己的创造,要摒弃毫无批判的硬搬和模仿的文艺教条主义。为此,毛主席号召文艺家要到工农兵群众中去,到火热的斗争中去,"观察、体验、研究、分析一切人,一切阶级,一切群众,一切生动的生活形式和斗争形式,一切文学和艺术的原始材料"②。应该说,《讲话》中关于如何对待民族文化遗产和外国文艺作品的主张是没有任何问题的,但作为一项文艺政策进行具体操作时往往会发生偏差。在对待本民族文化遗产时,解放区作家往往过于强调民间形式,甚至把民族形式等同于民间形式。而对于外国的文学艺术,很多作家并没有真正做到继承与借鉴。

五、普及和提高相结合。在文艺如何为工农兵服务的问题上,《讲话》主张在普及基础上的提高和在提高指导下的普及。但从《讲话》产生的特殊情境来看,普及工作远比提高更为迫切。普及就是作家的创作要从工农兵的实际水平和需求出发,选择适合他们接受的东西。既不能用封建地主阶级的那一套,也不能用资产阶级和小资产阶级的一套,要便于工农兵群众接受,也就是《讲话》中所说的"为中国老百姓所喜闻乐见"③。提高也并非关起门来的提高,而是在工农兵群众的基础上提高。要做到这一点,文艺工作者必须长期全心全意地到工农兵中去,到火热的斗争中去,吸取养料,充实自己,创作人民群众喜闻乐见的文艺作品。赵树理之所以成为方向,其中一个重要原因就是其作品在普及上下了功夫,易于被人民群众所接受。他的小说充分借鉴中国民间评书体小说的样式,并大量运用地方方言,通俗易懂,真正摆脱了"五四"以来的"新文艺腔",终于解决了新文学与民众之间的隔膜问题。《讲话》发表后,改编

---

① 毛泽东:《毛泽东选集》第3卷,北京:人民出版社1991年版,第860页。
② 毛泽东:《毛泽东选集》第3卷,北京:人民出版社1991年版,第861页。
③ 毛泽东:《毛泽东选集》第2卷,北京:人民出版社1991年版,第534页。

秧歌剧、借鉴民歌等传统文学样式已蔚然成风,这种对普及的过于重视也深深影响了中国现代文学的发展。导致的结果就是作家过于关注作品的通俗性和普及性,而对文学的艺术性重视不够。许多现代作家甚至为了普及性主动放弃对文学艺术性的追求。在现代文学发展的特定时期,这样的作家不在少数。

此外,《讲话》对文学艺术创作的审美倾向也有明确的规定。具体在创作中就是强调农民趣味,甚至把这种趣味作为评价作家创作是否成功的标准。受此影响,《讲话》后的文学创作的确发生了巨大的变化。这不仅体现为一大批工农兵作家的诞生,原来的小资产阶级作家也开始了痛苦的蜕变。丁玲、艾青、何其芳等一大批知名作家不得不抛弃自己原有的创作风格,加入时代的洪流,让小我泯灭于大我之中。《讲话》中关于借鉴外来文化的问题虽有明确的阐述,但在具体操作上收效甚微。实际上从《讲话》发表开始到 20 世纪 80 年代前,中国现代作家与外国文学的隔膜是相当深的。《讲话》发表后,作家们继承传统的多,借鉴外来的少。这方面,赵树理具有一定的代表性。这位土生土长的农民作家的确不折不扣地响应了《讲话》,从民间形式中汲取丰富的营养,创作了为广大人民群众喜闻乐见的文艺作品。但总体来看,赵树理创作的局限性是不言而喻的,对民间形式和农民口味的过分强调,尤其是对外来文学的自觉排斥,不能不让人为之惋惜。一个拒绝世界的作家,也注定是很难走向世界的。这种以赵树理为代表的创作倾向一直延续到当代文学中,即使有部分作家借鉴外来文艺,也大多局限于苏联、东欧的文学作品,而且这种借鉴往往是不完整的、有选择性的。

《讲话》是中国共产党在抗战时期制定的文艺政策,对于服务抗战、推动民族解放做出了不可磨灭的贡献。作为一部权威文献,它对作家的创作起到规范和引导的作用。对于统一作家的思想和认识,以便更好地为当时的政治服务,《讲话》的确功不可没。但从中国现代文学的发展来看,《讲话》的许多政策在具体执行时存在一定的问题,如处理政治标准和艺术标准、普及与提高、继承与借鉴等方面带有明显的功利性，从而限制了作家的创作自由，束缚了现代作家的创造性，导致一定时期内的文学创作很难达到一定的艺术水准。《讲话》精神作为一项战时制定的文艺政策，并没有随着战争的结束而结束。这种在延安时期制定的文艺政策随着抗战和解放战争的胜利而逐渐推广到全国，并伴随着 1949 年中华人民共和国的成立进入中国当代文学。在 1949 年召开的全国第一次文代会上，周扬就明确指出："毛主席的《在延安文艺座谈会上的讲话》规定了新中国的文艺的方向，解放区文艺工作者自觉地坚决地实践了这个方向，并以自己的全部经验证明了这个方向的完全正确，深信除此之外再没有第二个方向了，如果有，那就是错误的方向。"① 事实上，新中国成立后的文学创作也的确是按照《讲话》的要求进行的。尽管新中国成立后中国共产党为规范文艺的创作制定了大量的文艺政策，但稍加分析就不难看出，它们都是对《讲话》的继承和阐发。尽管其中有若干政策的调整或变动，如"双百"方针和文艺调整，但总体上仍没有改变《讲话》精神的强势影响。《讲话》中强调的"工农兵方向"、政治标准和艺术标准的问题、普及与提高的问题仍是影响当代作家创作和评价的重要因素。为了捍卫《讲话》精神，新中国成立后的中共文艺界领导发起了一系列文学批评和运动，以保证文学规范的一体化。由于《讲话》的权威性，它不可避免地对现代作家的评价机制产生影响。在现代文学发展的很长一段时间内，是否在作品中体现《讲话》精神和意志已成为一个重要的标准。符合之，就能被主流所接受；违背之，则可能被排斥。胡风反革命集团案就是明证。导致胡风悲剧的缘由较为复杂，这里既有胡风个人的性格原因，也与 20 世纪 30 年代"左联"内部的宗派斗争息息相关，但最为直接的原因是在《讲话》发表后他仍然坚持个人观点，甚至还针

---

① 转引洪子诚主编：《中国当代文学史·史料选》(上)，武汉：长江文艺出版社 2002 年版，第 150 页。

锋相对地提出自己的文学见解,并公然支持"主观论"。这些都与《讲话》的要求大相径庭。

政党的文艺政策不仅体现为这种权威文献的制定和宣传,也可以通过颁布相关的出版制度来贯彻。早在 20 世纪 30 年代,为抑制左翼文学的蓬勃发展,国民党政府专门在上海成立了"中国国民党中央宣传委员会图书杂志审查委员会",并颁布了一系列制度和政策,如国民党中宣部的"宣传品审查条例"、蒋介石的"禁止普罗文学"的密令、《图书杂志审查办法》等。《图书杂志审查办法》规定一切图书杂志须于付印前将稿本送审,甚至翻印古书也不能例外,如不送审,即"予以处分"。在审查过程中,检查官可随意删改,而且被删的地方不许留下空白,即所谓"开天窗"。据国民党中宣部及中央宣传委员会编审科印发的文件,1929 年至 1934 年间,被禁止发行的书刊约 887 种;1936 年通令查禁的社会科学书刊达 676 种。除了上海,各地政府也大肆查禁,仅北平一地,1934 年焚毁的书刊便有 1000 多种。除书籍遭灾外,还查封捣毁出版机构,迫害出版界人士。如 1929 年查封创造社,1930 年查封上海现代书局,1931 年查封北新、群众、东群等书店。1935 年,《新生》杂志因刊登《闲话皇帝》一文,触犯"友邦"日本天皇,主编竟被判刑,连检查官也因此被撤职,审查处被撤销。①

共产党在进入解放战争后也开始考虑制定自己的出版政策。这方面最早可追溯到 1948 年由中共中央局宣传部 1948 年 1 月 12 日公布的《晋冀鲁豫统一出版条例》(以下简称《条例》)。《条例》刊载于 1948 年 1 月 21 日的《人民日报》。

《条例》共有八条。第一条明确了公布《条例》的目的和主要服务对象:

---

① 丁希宇:《1935 年的"闲话皇帝"风波》,《文史天地》,2012 年第 12 期。

为着进一步提高晋冀鲁豫出版物（书籍期刊）的毛泽东思想水平,有计划的供给晋冀鲁豫劳动人民（产业工人、贫农、佃农、中农、乡村工人）以提高阶级意识的读物,发展与提高人民大众的文化建设工作,严整思想阵营,晋冀鲁豫中央局宣传部决定施行并颁布统一出版条例。

作为中国共产党公布的第一个系统的出版文件,其政治导向是相当明显的。毛泽东思想与服务工农兵已成为作家创作乃至作品能否出版的重要因素。

另外,《条例》还就出版机构和职责进行了详细的规定和说明。《条例》规定:"中央局设出版局,各区党委设出版委员会。"中央局"负责指导与审查所属出版机关及各区党委之出版计划、书籍、地图、图像、图书与刊物等"。出版委员会"负责指导审查所属出版机关出版之书籍、地图、图像、图书与刊物等"。

《条例》还明确了出版物的审查制度。《条例》第四条规定:

各区党委责成该所属出版委员会每三个月应制订三个月之出版方针与计划,先由区党委审阅后,再送中央局出版局审核、批准。其所版之书籍、刊物、图画等,于出版后,仍应送中央局出版局审查。

从现代文学的发展来看,从最初的摸索到后来的逐渐形成体系,中国共产党的文艺政策有一个不断规范和加强的进程。在此过程中,我们发现政治规范的广度和深度也在不断加强。政党的文艺政策对作家的评价机制也介入得越来越明显,其结果是中国现代作家的创作空间越来越狭小。

当然,政治对文艺的介入并非都是一成不变的,常常体现为时紧与时松的交替。"五四"显然是一个难得的宽松时期,但在进入 20 世纪 30 年代后,这种宽松逐渐不再。新中国成立后的文艺政策也有相对宽松的时期,如"双百"方针期间和新时期以后。但总的来看,这种调整仍然是在充分体现国家和政党意志的前提下进行的。这些相对宽松的文艺政策为社会主义文化领导权的建立和巩固提供了有效保障,也有力地促进了社会主义文化事业的繁荣和发展。

一、"双百"方针

"双百"方针即"百花齐放,百家争鸣"。它是我党在 20 世纪 50 年代中期提出的重要文艺政策。最早由毛泽东提出①,后由陆定一具体解释。1956 年 5 月 26 日,中共中央宣传部部长陆定一在中南海怀仁堂为首都 1000 余位科学工作者、文艺工作者做了《百花齐放,百家争鸣》的讲话,系统阐述了党中央提出的"双百"方针。对于我党为何提出"双百"方针,他是这样解释的:

> 中国共产党中央现在着重提出了"百花齐放,百家争鸣"的政策,就是要我们在文艺工作和科学工作方面,也把一切积极因素都调动起来,更好地为人民服务,为繁荣我国的文学艺术而努力,为使我国的科学工作赶上世界先进水平而努力。

"双百"方针的制定和执行,对当代文艺的发展起到了重要的促进作用。它在一定程度上解放了文艺工作者,使文艺创作的各个领域均出现短暂的繁荣。"双百"方针顺应了文艺发展的规律,激发了广大文艺工作者的

---

① 1956 年 4 月 28 日,毛泽东在中共中央政治局扩大会议上说,艺术问题上的"百花齐放",学术问题上的"百家争鸣",应该成为我国发展科学、繁荣文学艺术的方针。

创作热情，它是新中国成立后中国共产党制定的一项英明政策。遗憾的是，它仅仅昙花一现，随着1957年的那场"反右倾"斗争而遭到无情的抛弃。在此后的历次政治运动中，这一政策均遭到野蛮的践踏。直到十一届三中全会之后，"双百"方针才再次回归，并在实践层面得到了贯彻执行。而当时党的领导人及理论界人士也对此做出了更为深刻详尽的理论和政策说明。作为一项基本的社会主义文艺政策，"双百"方针又一次焕发了新的生机。

二、"二为"方向

"二为"方向即"文艺为人民服务，为社会主义服务"。它是我党在进入新时期以后又一项重要的文艺政策。

实际上，在此以前，我们也有过一个"二为"方向，它最早是由毛泽东在《讲话》中提出的："文艺为工农兵服务""文艺为政治服务"。但随着时间的推移，这个"二为"方向已不太适应形势的发展，并在很大程度上束缚了广大作家的创作。进入新时期以后，党中央开始对此前文艺政策中的"左"倾错误进行深刻的反思，进而开始了文艺政策的积极调整。在此背景下，1979全国第四次文学艺术代表大会召开，邓小平代表党中央作祝词。他首先重申了"百花齐放，百家争鸣"的方针，并指出："在艺术创作上提倡不同形式和风格的自由发展，在艺术理论上提倡不同观点和学派的自由讨论。"同时他还提出："不再继续提文艺从属于政治这样的口号，因为这个口号容易成为对文艺横加干涉的理论根据，长期的实践证明它对文艺的发展利少害多。"[1]他还对文艺与政治的关系提出了新的阐释："党对文艺工作的领导，不是发号施令，不是要求文学艺术从属于

---

[1] 邓小平：《目前的形势与任务》，中共中央宣传部文艺局编《邓小平论文艺》，北京：人民文学出版社1989年版，第108页。

临时的、具体的、直接的政治任务，而是根据文学艺术的特征和发展规律，帮助文艺工作者获得条件来不断繁荣文学艺术事业，提高文学艺术水平。"①邓小平的祝词表明了党将要在文艺创作的指导思想和基本政策方面做重大调整。

正是在这个基础上，《人民日报》于 1980 年 7 月 26 日发表了《文艺为人民服务，为社会主义服务》的社论。社论正式宣布："我们的文艺工作的总的口号应该是：文艺为人民服务，为社会主义服务。"②至此，新的"二为"方向替代了此前旧的"二为"方向成为社会主义文化建设的一项根本政策。

新的"二为"方向是对旧的"二为"方向的继承和发展。旧的"二为"方向是我党在特定时期（抗日战争和解放战争）制定的文艺政策。不可否认，这一政策的提出有其历史必然性和合理性，同时它也发挥了重要的历史作用。但在新中国成立后的社会主义建设时期，由于时代和环境的变化，这一政策的局限性和片面性日益凸显，客观上对新中国成立后的文艺发展产生了不利的影响。这就需要我们党在文艺政策上进行新的调整。而新的"二为"方向的提出正是适应了这一要求。新的"二为"方向比旧的"二为"方向更具有包容性和科学性。"文艺为人民服务"的提法超越了"为工农兵服务"的范围，文艺的服务对象涵盖了包括工农兵在内的全体人民群众；"文艺为社会主义服务"的提法也突破了"为政治服务"的狭隘性，扩展到社会主义的政治、经济、文化、科学等各项领域，服务对象比以前更宽广了。

新的"二为"方向与我党早期提出的"双百"方针相互补充。"二为"方向保证了文化发展的社会主义性质和方向，"双百"方针则指出了社会主义文化繁荣发展的必由之路，二者共同构成了改革开放时期社会主义

---

① 邓小平：《在中国文学艺术工作者第四次代表大会的祝词》，中共中央宣传部文艺局编《邓小平论文艺》，北京：人民文学出版社 1989 年版，第 9 页。

② 《文艺为人民服务，为社会主义服务》，《人民日报》，1980 年 7 月 26 日。

文化发展方向和目标的根本政策。

三、"弘扬主旋律，提倡多样化"

当代文学在进入 20 世纪 90 年代后，开始面临新的环境和形势。面对文化的多元化发展和各种价值观的相互碰撞，我党开始考虑如何在新形势下既能顺应文化发展规律，又能对中国当代的文化发展进行积极引导和宏观调控。

1994 年 1 月 24 日，江泽民在全国宣传思想工作会议上的讲话中首次提出了"弘扬主旋律，提倡多样化"这一新的文艺政策。他说："弘扬主旋律，就是要在建设有中国特色的社会主义的理论和党的基本路线的指导下，大力倡导一切有利于发扬爱国主义、集体主义、社会主义的思想和情感，大力倡导一切用诚实劳动争取美好生活的思想和感情。"[①]"提倡多样化"，就是"要采取有效的政策措施，积极支持反映主旋律的精神产品的生产。每年都要拿出一批优秀的、为人民群众所喜闻乐见的影视、戏剧、音乐、舞蹈、美术和文学作品。反映主旋律的精神产品不但在思想内容上要健康向上，艺术表现也应多种多样、生动活泼、精益求精，具有强烈的吸引力和感染力，在文化市场竞争中赢得优势"。他还特别强调："弘扬主旋律，提倡多样化，是坚持'二为'方向和'双百'方针的具体体现。"[②]

"弘扬主旋律"，就是要求通过文化艺术创作体现核心价值，形成思想共识，提升社会凝聚力；"提倡多样化"，则是要求通过艺术风格、形式、题材和品种的丰富性推进文化艺术的繁荣发展，满足人们不断增强的精神文化需求。作为一项国家层面的文化政策，"弘扬主旋律，提倡多样

---

① 江泽民：《全国宣传思想工作会议上的讲话》，中央文献研究室编《十四大以来重要文献汇编》（上），北京：人民出版社 1995 年版，第 56 页。

② 江泽民：《全国宣传思想工作会议上的讲话》，《人民日报》，1994 年 3 月 7 日。

化"的根本目标就是要在文化多元发展、价值观多元冲突的历史背景下巩固党的文化领导权,重建社会主流价值观,为中国特色社会主义事业的总体推进提供文化动力和思想保证。

相对于"二为"方向和"双百"方针的文化政策,"弘扬主旋律,提倡多样化"有着更为鲜明的实践品格。在"弘扬主旋律"方面,20 世纪 90 年代以来,在中共中央宣传部组织的精神文明建设"五个一"工程评选活动的强力推动下,已经产生了一大批能够对当代文艺创作和文化发展起引领作用并且日益受到普通群众欢迎的主旋律文化精品。主旋律作品的成功,对于引领社会主义文化发展方向、纠正大众文化发展中的偏向无疑具有重大意义。

在"弘扬主旋律"的同时,也要坚持"多样化",二者并不矛盾,这是继"双百"方针和"二为"方向后的又一项适合中国国情的文化政策。事实证明,这项政策不仅保证了社会主义文化发展的方向,同时也有助于推动文化发展的"多样化",有助于艺术工作者的自我定位和选择,更能适应当下社会日益发展的需求,进一步促进了当下中国文化事业的发展,直接提升了我国的软实力。一个国家的崛起,不仅需要强大的经济、政治、军事等硬实力,也需要文化软实力作为其坚强支撑和深层动力。因此,我们深信,"弘扬主旋律,提倡多样化"必将引领广大艺术工作者焕发出更大的创作热情。

第四节 政治权威人物的亲自参与

政治权威对现代作家评价机制的介入,不仅可以通过具体的文艺政策,也可以通过政治权威人物的亲自参与和运作。因为政党的文艺政策往往需要一定的政治权威人物来制定、阐释和贯彻。在中国现当代文学史上,这些政治权威人物往往是政党的领导者或者是政党文艺政策的执行者。

一、 瞿秋白与中共早期文艺理论的建构

瞿秋白(1899—1935),出生于江苏常州,祖籍湖北省黄梅县。中国共产党早期主要领导人之一,伟大的马克思主义者,杰出的无产阶级革命家、理论家和宣传家,中国革命文学事业的重要奠基者之一。在中共文艺政策体系的早期建构过程中,瞿秋白是绕不过去的人物。作为中共早期领导人,瞿秋白在文艺理论建构上独树一帜,并亲自参与和指导了早期中共文艺理论的建构。他对文艺事业的贡献有目共睹。正如毛泽东对他的评价:"瞿秋白同志是肯用脑子想问题的,他是有思想的。……特别是在文化事业方面。"①的确,作为一个书生政治家,瞿秋白从未放弃对文艺思想的探索与思考。其文艺思想主要概括为以下几个方面。

(一)向群众学习

1931年,瞿秋白在《普洛大众文艺的现实问题》一文中明确提出革命作家的主要任务就是"向群众去学习"。他从革命文学的作品、创作、主题等方面详细地回答了这一问题,使这篇文章成为20世纪30年代马克思主义文艺理论探索的精品。在瞿秋白的文艺理论中,群众与大众是关键词,但对其内涵及外延他并没有进行具体阐释。直到毛泽东《讲话》的发表,这一问题才得以明确解决。毛泽东不仅对人民大众做了详细的解释②,还明确提出了文艺创作的工农兵方向。从这一点可以看出,两

---

① 毛泽东:《为出版瞿秋白文集的题词》,《瞿秋白选集》,北京:人民出版社1985年版。

② 毛泽东在《讲话》中这样解释:"什么是人民大众呢?最广大的人民,占全人口百分之九十以上的人民,是工人,农民,士兵和城市小资产阶级,所以我们的文艺,第一是为工人的,这是领导革命的阶级。第二是为农民的,他们是革命中最广大最坚决的同盟军。第三是为武装起来了的工人农民即八路军、新四军和其他人民武装队伍的,这是革命战争的主力。第四是为城市小资产阶级劳动群众和知识分子的,他们也是革命的同盟者,他们是能够长期地和我们合作的。这四种人,就是中华民族的最大部分,就是最广大的人民大众。"此引文见中共中央文献研究室编:《毛泽东文艺论集》,北京:中央文献出版社2002年版,第58页。

位政治权威在文艺政策上心有灵犀。

（二）创造"可爱的中国话"

为了保证革命文学能为广大群众所接受和认同，瞿秋白特别强调文学语言的接受问题。为此，他提倡创造"可爱的中国话"，从而达到有利于宣传革命和更好地为群众服务的目的。瞿秋白所说的"可爱的中国话"主要指能为群众理解的方言和土话，这样就能解决革命文学与群众的隔膜问题。众所周知，新文学在诞生之后的很长一段时间内都存在着与一般民众的隔膜问题，为此也常常遭到诟病。应该说，瞿秋白的确抓住了革命文学的一个关键问题。正因此，他要求革命作家们要真正解决与民众没有共同语言的问题，反对使用"官话"，提出要用"现在人的普通话来写——有特别必要的时候，还要用现在人的土话来写（方言文学）"，使"无产阶级在这里有一个坚定的自信力：他们口头上所讲的话，一定可以用来写文章，而且可以写成很好的文章，可以谈科学，可以表现艺术，可以日益进步而创造出'可爱的中国话'"①。

（三）在人生观上武装群众

对于文学作品的功能，瞿秋白非常重视。他明确指出，革命的文艺"要在情绪上去统一团结阶级斗争的队伍，在意识上、在思想上、在所谓人生观上去武装群众"②。与一般的政治权威不同，瞿秋白对文学作品的功能定位要宽泛得多。它不仅仅体现在阶级意识和革命思想上，还涉及对革命群众的思想教育。瞿秋白对文艺功能的界定一方面体现了他作为政治家的本色，另一方面也体现了他作为一个受过"五四"浸染的知识分子的情怀。他提出从人生观的角度教育群众，就是说作家不仅肩负向群众学习的任务，同时也肩负教育群众的使命。这是瞿秋白作为无产阶级政治家在文艺理论上与一般政治权威的区别。在瞿秋白

---

① 瞿秋白：《瞿秋白文集》文学编第一卷，北京：人民文学出版社 1985 年版，第 466—467 页。
② 瞿秋白：《瞿秋白选集》，北京：人民出版社 1985 年版，第 469 页。

建构的文艺体系中,革命知识分子处于主导位置,享有较大的优越性和发言权。但这种优越性随着抗战的爆发逐渐丧失。尤其是毛泽东的《讲话》发表后,革命知识分子和人民大众的关系更是发生了截然相反的变化。

(四)我们要有一个无产阶级的"五四"

对于革命文学的任务,瞿秋白有着独特的理解。他提出了"普洛大众文艺的斗争任务,是要在思想上武装群众,意识上无产阶级化"这一中心命题,并指出中国共产党需要注意和领导一场新的革命:"五四时期的反对礼教斗争只限于知识分子,这是一个资产阶级的自由主义启蒙主义的文艺运动。我们要有一个无产阶级的五四,这应当是无产阶级的革命主义社会主义的文艺运动……应当有一个广大的反帝国主义的国际主义,反封建宗法的劳动民众的民权主义和社会主义的文艺运动——苏维埃的革命文艺运动。"[1]

(五)"怎样去写"的问题

关于革命文学如何创作,瞿秋白也非常关注。他结合自己的创作实践和理论,旗帜鲜明地反对四种创作倾向:"感情主义""个人主义""团圆主义"和"脸谱主义"。瞿秋白所说的"感情主义"是指"浅薄的人道主义","个人主义"是指个人英雄主义,"团圆主义"是指"简单的公式主义","脸谱主义"是指"公式化的笼统概念"。在瞿秋白看来,革命文学的创作不仅要超越人道主义和个人英雄主义,"尤其要防止这种感情主义的诉苦、怜惜、悲天悯人的名士气";而且还要规避公式的、机械的理论错误,把革命和群众描述为"没有失败,只有胜利;没有错误,只有正确"的过程,这只能"给群众一些公式化的笼统概念,那就不是帮助他们思想上武装起来,而是解除他们的武装"。脸谱化、简单化的文艺创作只能麻痹

---

① 瞿秋白:《瞿秋白选集》,北京:人民出版社 1985 年版,第 472 页。

群众,最终导致"在这种简单化的概念之下,他们(群众)遇见巧妙一些的欺骗,立刻就会被迷惑,遇见复杂一些的现象,立刻就不会分析"①。应该说,瞿秋白抓住了当时革命文学创作中存在的问题,体现了一个杰出革命文艺理论家的理论素养和对革命创作的敏锐把握。

瞿秋白的革命文艺理论是我党早期对革命文艺创作的可贵探索。它实际上是用马克思主义的历史唯物史观来指导革命文艺创作,要求革命文艺创作回归现实主义。瞿秋白的革命文艺理论强调真实性和革命倾向性的结合,这对于克服当时革命文学创作中存在的公式化、概念化、脸谱化等不良倾向具有现实的指导作用,同时也推动了中国革命文艺向革命现实主义迈进。其革命文艺理论体系已经接触到文艺与革命、文艺与群众、文艺与生活等一系列关键命题,初步构成了较为完备的革命文艺理论体系,成为中国共产党文艺政策的宝贵财富。就如何使文艺更好地服务于中国革命这一理论探索而言,瞿秋白的革命文艺理论体系无疑成了以毛泽东为代表的中国共产党革命文艺理论探索的先声。

二、 周扬与左翼文学的发展

周扬(1908—1989),原名周起应,湖南益阳人。早年毕业于上海大夏大学,并留学日本。1931 年回国,参加左翼戏剧家联盟,次年转入中国左翼作家联盟,任党团书记,主编《文学月报》。1937 年到延安,担任陕甘宁边区教育厅长、文艺界抗敌协会主任、鲁迅艺术学院院长、延安大学校长等职。曾参加延安文艺座谈会。1949 年后,先后担任中华人民共和国文化部副部长、中共中央宣传部副部长、中国社会科学院副院长兼研究生院院长、中国作家协会副主席、中国文联主席等职。

---

① 　瞿秋白:《普洛大众文艺的现实问题》,《瞿秋白选集》,北京:人民出版社 1985 年版,第 456—481 页。

自 20 世纪 30 年代以来，周扬长期处于左翼文坛核心，成为现当代文学发展史上一个举足轻重的人物。从 30 年代开始，他在上海参与左翼文艺运动的领导工作；40 年代成为解放区文艺的组织者；50 年代到 60 年代领导了多次文艺斗争，在许多情况下，他就是毛泽东文艺思想的代言人；"文革"结束后，他又成为新时期思想解放运动的积极倡导者。周扬自己曾承认，在我们党内，50 年一贯负责全党的文艺领导工作的，只有他一人。[①]

《二十世纪世界文学大百科全书》称他为"中国文艺界的首领和文艺政策的主要设计师"[②]。的确，很少有人像他那样，把个人劳作与中国文学的发展直接相关，个人沉浮与中国文学紧密相连，其理论批评活动从一个侧面反映了我国无产阶级文学事业及其理论批评艰辛而光辉的历程。从 20 世纪 30 年代到 80 年代，"在半个世纪中始终以其自己的文艺思想和我国的文艺思潮相响应，并对我国的文艺思潮的发展给以重大推动"的"大批评家、大理论家"，在这个意义上，周扬是唯一的。在一个相当长的时期内，整个中国文学运动发展中的成功与失误，都同周扬的名字紧紧联系在一起。这样一个重要人物自然也成为人们关注的焦点。

作为一位长期领导文艺工作的权威人物，周扬以自己的文艺实践和主动参与深深影响了中国现当代文学的发展进程，对现当代作家的评价体系产生了不可替代的影响。周扬的这种影响主要是通过以下几个方面来进行的。

（一）建构权威批评，指导作家创作

作为党内最有代表性的文学批评权威，周扬的批评理论具有鲜明的政治倾向性，这与周扬在党内的特殊地位紧密相关。其发表的许多文学批评往往就是对党的文艺政策的阐释、宣传和贯彻。在很多情况下，他

---

① 张大明：《坚持舆论一律，保留个人风格——编〈周扬文集〉札记》，《文学评论》，1985 年第 5 期。
② 朱辉军：《周扬现象初探》，《文艺报》，1988 年第 10 期第 8 版。

就是中国共产党文艺政策的代言人，其理论批评也往往是直接为当时的政治服务的，从而很大程度上左右了当时作家的创作。周扬建构权威批评主要是在20世纪三四十年代，而在1949年后到"文革"前，由于他身居高位，再加上环境的变化，周扬反而在理论批评上没有太大的建树。

20世纪三四十年代是周扬成为权威的关键时期。这个时期周扬的文学批评大概以《讲话》为界分为前后两个时期。前期的权威批评主要以"三论"和"社会主义现实主义"为代表，后期主要以"一点两线"的批评范式为代表。①

所谓"三论"就是"从属论""形象论"和"本质论"。它是周扬早期批评理论的要点。"从属论"认为文学总是从属于政治、代表政治，是政治关系的反映。这是"三论"的核心。这种"从属论"契合了20世纪30年代的政治氛围，再加上周扬的权威性，直接指导了当时作家（尤其是左翼作家）的创作。"形象论"与"本质论"作为"从属论"的两翼，共同服务于政治。"三论"并非周扬的独创，而是受到苏联文艺理论界的影响。尽管其中不乏机械和褊狭性，但仍然主导了左翼文学的发展，甚至一度成为主潮。

"社会主义现实主义"这一概念最初出现于1932年，与20世纪30年代左翼文学的蓬勃发展密切相关。1933年11月，周扬在《现代》杂志第4卷1期发表《关于"社会主义现实主义与革命的浪漫主义"》一文，标志着苏联社会主义现实主义思想开始介入中国现代文学思潮。周扬的首倡之功历来被视作他的一大贡献。

实际上，周扬的这种引介带有很大的片面性，他在提出这个口号时，对当时的苏联文坛并没有足够的了解和掌握。作为20世纪30年代的"左联"领导，他考虑更多的也许还是"左联"的创作实际。然而这毕竟是第一篇系统介绍社会主义现实主义的文章，同时对"拉普""唯物辩证法创作方法"也有所批判，这应当得到肯定。周扬无法摆脱那个时代对他

---

① 　温儒敏：《中国现代文学批评史》，北京：北京大学出版社1993年版，第138—156页。

的影响,30 年代的左翼文艺界存在明显的向"左"转的倾向,这当中除了时代因素外,周扬对"社会主义现实主义"的引介也是一个重要因素。它对后来的文学批评带来了消极影响,也导致了作家创作的教条化和模式化。

进入 20 世纪 40 年代后,特别是在毛泽东的《讲话》发表后,周扬开始建构新的文学批评模式。这种批评模式在批评对象上以解放区的作家作品为主,在批评意图上努力适应《讲话》精神,体现解放区的新文艺政策。这种批评模式不但对解放区的文学批评有示范作用,其影响甚至延续到 20 世纪五六十年代。

这种批评模式被归结为"一点两线"。"一点"是指所有批评要有一个基本点,即重视作品的教育意义。"两线"是指思想内容分析和语言形式分析。其中,周扬把作品的教育意义作为衡量作品和作家创作的主要标准,而思想内容与语言形式是为这个主要标准服务的。周扬所强调的教育意义具有很强的现实性和针对性,具体而言就是实践《讲话》精神,推行解放区的新文艺政策。在作品的思想内容上,周扬强调革命斗争和工农兵生活,关注典型人物的塑造。正因此,对于一部在文学史上并不著名的解放区话剧《把眼光放远一点》,周扬却给出了极高的评价:

> 这个剧本充分地表现了它的现实主义特色。它用轻松的喜剧形式传达了严肃的斗争故事,通过一个农民兄弟的家庭反映出敌后人民的精神世界,他们必然要走的斗争的道路。各种矛盾集中着,而一切矛盾都用斗争来解决。这里行动盖过了一切;没有长篇大论,语言是精炼的。性格从行动中显示出来。①

也正因此,我们就不难理解周扬把赵树理的创作称为新文艺的"方向"了,并要求解放区的作家们向赵树理学习。按照"一点两线"的批评

---

① 周扬:《〈把眼光放远一点〉序言》,《周扬文集》第 1 卷,第 474 页。

模式的要求,赵树理的创作堪称样板。赵树理的作品大多取材于解放区的实际斗争,善于发现新问题,具有很强的教育意义和现实针对性。不仅如此,其作品在思想内容和语言方面也非常符合周扬提出的要求。正如周扬在《论赵树理的创作》中所说,赵树理是"一位具有新颖独到的大众风格的人民艺术家",他的作品不仅能反映"农村中发生的伟大变革",而且"他在他的作品中那么熟练地丰富地运用了群众的语言,显示了他的口语化的卓越的能力"①。周扬尤其看重赵树理作品的"口语化",在他看来,这种语言形式真正解决了"五四"以来新文学作家与群众的隔膜问题。因为赵树理的语言来自群众,易于被广大群众所接受。而唯有如此,才能真正实现新文学的宣传和教育功能。

作为文学批评家,周扬并没有太多的创造性,其文学批评更多是对中共文艺政策的宣传和阐释。周扬在20世纪30年代后的领导身份日益超过其批评家的身份,对他来说,文学批评的主要目的应该是批评和纠正某些不良的创作倾向,有意引导一种革命的健康的创作风气。尤其是在《讲话》发表后,周扬的这种意图更为明显。进入40年代后,周扬的政治权威地位日趋巩固,其文学批评也日渐成为权威话语。其文学批评还常常使用"我们"的口吻,这无疑对作家的创作和评价都产生了更大的影响。周扬自己也认为"批评是实现文艺工作的思想领导的重要方法"②。在这种批评的影响下,从20世纪40年代到五六十年代,周扬式的批评随处可见。

(二)通过政治影响作家的地位和命运

除了通过文学批评来影响作家的创作和评价外,周扬还可以通过自己掌控的政治资源来影响作家的创作和评价。周扬的这种政治运作主

---

① 转引自洪子诚主编:《中国当代文学史·史料选》(上),武汉:长江文艺出版社2002年版,第44—50页。
② 周扬:《新的人民的文艺》,《周扬文集》第1卷,北京:人民文学出版社1984年版,第535页。

要分为以下几个时期。

周扬参加"左联"很晚,却后来居上。他先在"剧联",后来进入"左联",并很快就进入领导层,1933年起任"左联"的党团书记。1935年,阳翰笙被捕,周扬被任命为中共上海中央局文委书记,兼任文化总同盟书记。由于大权在握,周扬已具备左右整个上海左翼文化运动的能力,并对作家的文学创作及文学地位产生了不可忽视的影响。

对于那些"不同政见者",周扬主要进行排斥和压制。"左联"存在宗派主义倾向已不是秘密,鲁迅与周扬的对立也是不争的事实。围绕两大对立的权威,"左联"事实上存在两大派别。周扬派在势力上占据强势,主要以鲁迅所说的"四条汉子"为代表(实际上还有大批追随周扬的青年作家);亲近鲁迅的作家人数不多,主要以胡风、冯雪峰等为代表(还包括一些"左联"的外围作家如萧军、萧红、巴金等)。

应该说,周扬在"左联"时期的权威地位并不巩固,尤其是到了"左联"后期,随着与鲁迅等人关系的紧张,两派的矛盾日趋尖锐,"两个口号"的发生就是明证。周扬一般不与鲁迅直接交锋,他更多是委托中间人(主要是徐懋庸)与鲁迅联系。尽管如此,还是遭到了鲁迅强有力的反击,那篇《答徐懋庸关于抗日统一战线》就是最好的证明。尽管鲁迅是直接指向徐懋庸,但主要目的是针对周扬。在这篇文章中,鲁迅首次提到了"四条汉子",这对周扬来说是一个重创,以致于他去延安时不得不加以解释。而"文革"爆发后,周扬更为此遭受九年的牢狱之灾。因此,作为政治权威的周扬对鲁迅的文学地位影响不大,反而其政治权威地位一度受到鲁迅的影响。

鲁迅仅仅是一个特例,胡风和冯雪峰就没有这般幸运了。由于穆木天被捕获释后报告说胡风是"内奸",再加上别人的推波助澜,周扬派的白戈迅速取代了胡风在"左联"的地位。周扬与冯雪峰也曾经是同一战壕的战友,冯雪峰的资历甚至比周扬老。正因此,冯雪峰从延安去上海,没有直接找周扬,而是找了鲁迅。此后,二人隔阂日益加深。由于鲁迅的存在,"左联"时期的周扬对胡风和冯雪峰只能排斥而不能实行实质性的影响。这一切在新中国成立后发生了变化。解放后,周扬担任文化部副部长、党组书记兼艺术局局长。1954年,周扬任中央宣传部副部长,分管文艺处和科学处。他又具备了政治权威的身份,只不过这次没有强有力的对手。而就在同一年,胡风作为"胡风反革命集团案"的首犯被逮捕,从此开始长达二十五年的监禁生涯。不久,冯雪峰也因《红楼梦研究》问题和"胡风事件"遭受批判,1957年又被打成"右派",从此屡遭迫害,最终于1976年因病逝世。胡风和冯雪峰的悲剧尽管与那个特殊的时代息息相关,但作为文艺界的主要领导,周扬很难说与此无关。更何况,周扬还与他们有过一段难以理清的纠葛。

三、　毛泽东与中国现当代作家

说到政治权威,毛泽东是一个绕不过去的人物。他不仅是20世纪伟大的政治家、革命家,同时也是一位重要的革命文艺理论家。其文艺思想不仅深深影响了中国现当代文学发展的进程,也影响了中国现代作家评价机制的生成。

毛泽东文艺思想萌芽于抗战之初,成熟于抗战中后期。1936年11月22日,毛泽东在陕北保安第一次以革命领袖的身份发表《在中国文艺协会成立大会上的讲话》。这一般被认为是毛泽东文艺思想的萌芽。在这篇简短的讲话中,毛泽东开始强调对文艺工作的重视:

> 中国苏维埃成立已很久,已做了许多伟大惊人的事业,但在文艺创作方面,我们干得很少。今天这个中国文艺协会的成立,这是近十年来苏维埃运动的创举。过去我们是有很多同志爱好文艺,但我们没有组织起来,没有专门计划的研究,进行工农大众的文艺创作,就是说过去我们都是干武的。现在我们不

但要武的,我们也要文的了,我们要文武双全。①

这个讲话体现了中国共产党文艺政策的重要转折:从苏区文化到抗日文化的转变。在这一讲话中,毛泽东不仅把文化摆到了重要的位置,强调要从单搞"武"的一面转到"文武双全",而且正式提出了用"文"的手段促成"团结抗日"。

1937年10月19日,在鲁迅逝世周年,毛泽东在陕北公学做《论鲁迅》的主题演讲。在这篇讲话中,毛泽东首次提出"鲁迅精神",把它归结为:政治远见、斗争精神和牺牲精神,并进一步指出:"我们纪念鲁迅,就要学习鲁迅的精神,把它带到全国各地的抗战队伍中去,为中华民族的解放而奋斗!"②

1942年毛泽东在延安发表的《讲话》,标志其革命文艺思想的成熟。毛泽东终于解决了"五四"以来长期未解决的问题:文艺如何为革命和人民大众服务。在《讲话》中,他对文艺创作给予了很高的重视:"在我们为中国人民解放的斗争中,有各种的战线,就中也可以说有文武两个战线,这就是文化战线和军事战线。我们要战胜敌人,首先要依靠手里拿枪的军队。但是仅仅有这种军队是不够的,我们还要有文化的军队,这是团结自己、战胜敌人必不可少的一支军队。"③这就是我们常常说到的"两个战线"。

毛泽东"两个战线"理论的出发点都是政治考虑。《讲话》发表后,政治标准开始凌驾于文艺标准之上,并成为毛泽东文艺思想的基石。作为革命领袖,毛泽东的革命文艺思想带有很明显的功利性,这就使他在对现代作家进行评价时带有明显的政治考量。而由于毛泽东的特殊地位,其对作家的评价无疑就具有了不可替代的影响。

---

① 毛泽东:《毛泽东论文艺》(增订本),北京:人民文学出版社1992年版,第3页。
② 毛泽东:《论鲁迅》,《毛泽东文集》第2卷,北京:人民出版社1993年版,第43页。
③ 毛泽东:《在延安文艺座谈会上的讲话》(1942年5月),《毛泽东选集》第3卷,人民出版社1991年版,第847页。

因毛泽东评价而受到深刻影响的作家首推鲁迅。鲁迅在生前尽管为一部分人所诟病,但总体来说其文学地位已得到较为客观的评价。但在他去世后,这一评价发生了根本性的变化。其中一个根本原因就是毛泽东对鲁迅的评价。

毛泽东爱读鲁迅的书,非常推崇鲁迅的人格、思想和文学功绩,在其著作、报告、讲演和口头谈话中,有不少关于鲁迅的论述,仅130多万字的《毛泽东选集》五卷中就达20处之多。

1936年10月19日,鲁迅在上海去世。当时在延安的共产党中央委员会就鲁迅的去世发了三份电报:《致许广平女士的唁电》《为追悼鲁迅先生告全国同胞和全世界人士书》和《为悼念与纪念鲁迅先生致中国国民党中央委员会与南京国民党政府电》。三份电报都经过了毛泽东的审阅,第一份电报属于一般的慰问性质,但第二、第三封电报值得关注,它们是以毛泽东为代表的中共中央对当时的国民党和国民政府提出了纪念鲁迅的要求,这个要求包括:

(一)鲁迅先生遗体举行国葬,并付国史馆立传;

(二)改浙江省绍兴县为鲁迅县;

(三)改北平大学为鲁迅大学;

(四)设立鲁迅文学奖金,奖励革命文学;

(五)设立鲁迅研究院,收集鲁迅遗著,出版鲁迅全集;

(六)在上海、北平、南京、广州、杭州建立鲁迅铜像;

(七)鲁迅家属与先烈家属同样待遇;

(八)废止鲁迅先生生前贵党政府所颁布的一切禁止言论出版自由之法令,表扬鲁迅先生正所以表扬中华民族的伟大精神。[1]

---

[1] 中国共产党中央委员会:《为悼念与纪念鲁迅先生致中国国民党中央委员会与南京国民党政府电》,《鲁迅生平史料汇编》第5集,第1122页。

可以设想,中共中央提出的八项要求国民党和国民政府是不可能同意的,就连 1949 年中华人民共和国建立后,这几项要求也大多未能实现。但以毛泽东为代表的中共中央目的并不在于如何纪念鲁迅,而是通过纪念鲁迅掌握更多的话语权,从而在宣传上占据主动性,给当时的国民党和国民政府造成压力。

在 1937 年鲁迅逝世周年纪念会上,毛泽东说:"鲁迅在中国的价值,据我看要算是中国的第一等圣人。孔夫子是封建社会的圣人,鲁迅则是新中国的圣人。"[1]

1938 年,鲁迅艺术学院在延安成立(1958 年改名鲁迅美术学院)。毛泽东亲自书写校名和"紧张、严肃、刻苦、虚心"的校训。

1940 年 1 月,毛泽东在延安新创刊的《中国文化》杂志创刊号上发表了著名的《新民主主义论》,其中有评价鲁迅的短短四句话,毛泽东使用了 4 个"伟大"、9 个"最"和"空前"等最高级的形容词和副词。他把对鲁迅的评价推向了最高峰:

> 鲁迅是中国文学革命的主将,他不但是伟大的文学家,而且是伟大的思想家和伟大的革命家。鲁迅的骨头是最硬的,他没有丝毫的奴颜和媚骨,这是殖民地人民最可宝贵的性格。鲁迅是在文化战线上,代表全民族的大多数,向着敌人冲锋陷阵的最正确、最勇敢、最坚决、最宝贵、最热忱的空前的民族英雄。鲁迅的方向就是中华民族新文化的方向。[2]

1949 年 7 月,全国文学艺术工作者代表大会第一次大会在北平举行。根据毛泽东的提议,会议召开期间,各位代表都获得了一枚特殊的

---

[1] 毛泽东:《毛泽东文集》第 2 卷,北京:人民出版社 1993 年版,第 43 页。

[2] 毛泽东:《毛泽东选集》第二卷,北京:人民文学出版社 1991 年版,第 698 页。

像章。这就是毛泽东和鲁迅的双人像章。这枚像章为铜质,圆形,直径2.2厘米,中上方一面飘卷的红旗,有毛泽东和鲁迅的肖像,像章上方有"1949"的字样,下方"中华全国文学艺术工作者代表大会"15个繁体字呈半圆形。毛泽东与鲁迅双人像章的出现,反映了毛泽东对鲁迅的重视。

毛泽东对鲁迅的评价后来成为鲁迅评价的权威。这是影响最大的一种评价,新中国成立以后很长一段时间几部主流的文学史均采用此评价。

特别应该注意的是,毛泽东对鲁迅的评价存在着明显的神化倾向。新中国成立以后,整个鲁迅研究基本上是沿着毛泽东所指引的方向进行的。因此,这一时期的鲁迅研究很难有较大的突破。毛泽东对鲁迅的评价实际上是政治权威介入作家评价的一个典型的例子。

与鲁迅的被神化相反,由于毛泽东的介入,胡风成为中国现当代作家中最具悲壮色彩的一位。

在中国现代文学史上,胡风是具有独立见解的重要文艺理论家之一。早在抗战时期,他就提出了"主观战斗精神""主观拥抱客观""精神奴役创伤"等见解,较早强调了文艺创作中的主体性问题,这是合乎文学艺术创作规律的。但文艺毕竟不同于政治,文艺可以有很强的主观创造性、个人自由性;政治要求的却是统一步调,统一行动,个人服从集体。因此,胡风必然受到其他一些从政治标准出发的文艺理论家们的批判。而在这当中,毛泽东对他的评价更是起到了决定性的作用。

毛泽东对胡风事件的介入有一个由潜在到明显、由浅到深的过程。

1937年鲁迅逝世周年纪念日,延安的陕北公学举行纪念大会,毛泽东出席大会并做主题演讲。这篇演讲稿后来辗转传至胡风手中,毛泽东对鲁迅的高度评价使胡风顿生知音之感,他立即在主编的《七月》上以《鲁迅论》为题刊出。出版后,胡风寄给在延安的朋友刘雪苇,并请他转交给毛泽东,毛泽东收到后即回信表示感谢。

1938 年 10 月,毛泽东对文艺的民族形式提出了自己的观点,强调把马克思主义与中国实际相结合,呼唤"新鲜活泼的、为中国老百姓所喜闻乐见的中国作风和中国气派"。延安的文艺家和重庆的左翼文化人士纷纷响应,并由此展开了有关文艺的"民族形式"的大讨论。尽管在一些观点上略有差异,但延安和重庆的理论家们基本取得一致,那就是批判"五四"以来的新文学传统,将"民族形式"等同于"民间形式"。胡风显然并不完全同意这样的判断,为此,他花数月之久撰成《论民族形式问题》一文,坚决捍卫"五四"文学传统。

胡风的"民族形式"理论惊动了延安的高层。而随后对于毛泽东的《讲话》,胡风更是显示了他的特立独行。应当承认,对于《讲话》的发表,胡风是推崇的。但与重庆的其他左翼人士不同,他并非无条件接受,而是有所保留。尤其是对于《讲话》提出的培养工农兵作家的问题,胡风根据毛泽东指示的"根据地文艺工作者和国民党统治区文艺工作者的环境和任务的区别",认为"在国民党统治下面的任务应该是怎样和国民党反动政策和反动文艺以至反动社会实际进行斗争,还不是,也不可能是培养工农兵作家"。这与其他作家的无条件拥护拉开了距离。实际上在此以前,胡风也常常在文艺上"闹独立"。他说:"我自己编刊物那是完全独立自主,不受任何人影响的。"[1]胡风这种我行我素的行为和理论在当时的情境下愈发显得不合时宜。1943 年 11 月,中共中央宣传部还就此问题致电董必武,并指出其中的错误。[2] 1944 年 4 月,延安方面派何其芳和刘白羽赴渝,向重庆文艺界传达与宣传毛泽东的《讲话》,强调作家的阶级性和思想改造这些根本的原则问题,却遭到胡风的抵触。

---

① 胡风:《胡风自传》,南京:江苏文艺出版社 1996 年版,第 154 页。

② 1943 年 11 月,中共中央宣传部曾致电董必武,称现在《新华日报》和《群众》未认真研究宣传毛泽东同志的思想,而发表许多自作聪明错误百出的东西,如×××论民族形式,×××论生命力,×××论深刻等,是应该纠正的。其中的"×××论民族形式",显然指的是胡风的《论民族形式问题》。

　　1945年1月,《希望》第1期问世,这一期最惹人注目的是舒芜的长篇哲学论文《论主观》,还有胡风的《置身在为民主的斗争里面》。《论主观》力图从哲学的角度凸显主观精神的战斗作用,其实质则是呼唤个性解放。胡风在《编后记》中说,《论主观》提出了"一个使中华民族求新生的斗争会受到影响的问题",可见对该文的推崇。他自己的《置身在为民主的斗争里面》篇幅不太长,近乎发刊词,实与《论主观》相呼应,张扬现实主义文学的"主观战斗精神",强调作家主体与客观的感性对象的相生相克,反对冷静旁观的客观主义和演绎概念的主观公式主义,同时也反对创作上的"民粹主义",主张作家深入人民大众的生活时不要为它所淹没,因为人民大众身上"随时随地都潜伏着或扩展着几千年的精神奴役的创伤"①。无论是舒芜的《论主观》,还是胡风的《置身在为民主的斗争里面》,在当时的环境下还不太可能被主流所接受,只能是曲高和寡,空谷足音。

　　胡风的这些观点与《讲话》文艺思想的对抗更加鲜明,再加上"七月派"一些作家在创作和理论上的支持,因此在别人看来,这种对抗无疑具有了集团化、帮派化的倾向,这也为后来的胡风反革命集团案埋下了伏笔。据林默涵的回忆:"《论主观》和胡风的《置身在为民主的斗争里面》两篇文章引起了党所领导的重庆进步文艺界许多同志的注意。……我和一些同志不赞成舒芜文章中片面强调主观作用的观点,认为这种观点,在革命工作上会招致盲动、'左倾';在文艺创作上,会引向脱离生活、脱离人民,是值得商榷的。"②

　　1945年8月28日,毛泽东飞赴重庆与蒋介石谈判。胡风平生第一次见到了毛泽东。同毛泽东一道来重庆的还有他的秘书胡乔木,他此次来渝的一个重要使命就是受毛泽东的指示,专程来解决重庆左翼文化界

---

① 转引自洪子诚主编:《中国当代文学史·史料选》(上),武汉:长江文艺出版社2002年版,第4页。
② 林默涵述、黄华英整理:《胡风事件的前前后后》,《新文学史料》,1989年第3期。

几个重要问题,"胡风问题"即其中之一。为此,胡乔木几次专门约谈胡风。由于胡风的固执己见,仍然是不了了之。

新中国成立后,随着文艺界运动的大规模开展,胡风的问题就显得愈发突出。1954年10月,毛泽东发表《关于〈红楼梦〉研究问题的信》,正式发动了对以胡适为代表的资产阶级知识分子的斗争。这样一场大斗争,毛泽东却选择了俞平伯(胡适的学生)的《〈红楼梦〉研究》作为突破口,同时还鼓励"小人物"来冲击"大人物"(资产阶级学术权威)。由于《文艺报》拒绝刊载"两个小人物"的批判文章,于是就有了对《文艺报》的批判。

但胡风对毛泽东批判胡适资产阶级唯心论以及反动思想缺乏足够的了解和判断。他完全凭着自己的主观臆断,认为这是从根本上瓦解周扬宗派统治的绝好时机,因而决定反击,在批判《〈红楼梦〉研究》和《文艺报》时,有意"扩大战果",全面攻击周扬所执行的文艺路线。但在毛泽东看来,这不仅干扰了批判胡适的部署,而且是对党的攻击。批判的范围扩大到了胡风。周扬的《我们必须战斗》就包括三个部分:"开展对胡适派资产阶级唯心论的斗争""《文艺报》的错误"和"胡风的观点和我们之间的分歧"。这篇文章完整地体现了毛泽东三条战线同时作战的新的战略部署:以批判胡适为中心,同时批《文艺报》和胡风,三者兼顾。毛泽东肯定了周扬的《我们必须战斗》的报告,从此,胡风和周扬的博弈就演变成了胡风和党的对抗。

胡风那篇上书党中央的《关于几年来文艺实践情况的报告》(即《三十万言书》)中的部分内容被公开发表,"供读者研究,以便展开讨论"。把胡风的"罪证"公布于众,目的是为批判树立靶子。此时的胡风才恍然大悟,但写出的文章没法收回。他深知,他是不可能与政治权威对抗的。为了保护"七月派"的其他朋友,他选择了屈服,并开始写《我的自我批判》。但胡风的这些行为在党看来是避重就轻,于是有了更为严厉的批示:"应对胡风的资产阶级唯心论,反党反人民的文艺思想,进行彻底的批判,不要让他逃到'小资产阶级观点'里躲藏起来。"①这是对胡风问题的一个全新定性:他已经从革命阵营里的特立独行者变成了"反党反人民"的敌人。这种严重定性是胡风未曾想到和绝对不能接受的。

第二个措施是对胡风事件进行定性,这显然是第一个措施实行后的水到渠成。这种定性主要采用编者按的方式,连同收集整理的"胡风反革命集团"的材料一起刊登在《人民日报》上。毛泽东先后为胡风案写下了这样的编者按:

> 胡风分子是以伪装出现的反革命分子,他们给人以假象,而将真相隐蔽着。
>
> 胡风和胡风集团中的许多骨干分子很早以来就是蒋介石国民党的忠实走狗,他们和帝国主义国民党特务机关有密切联系,长期地伪装革命,潜藏在进步人民内部,干着反革命勾当。
>
> 他们的基本队伍,或是帝国主义国民党的特务,或是托洛茨基分子,或是反动军官,或是共产党的叛徒,有这些人做骨干组成了一个暗藏在革命阵营的反革命派别,一个地下的独立王国。这个反革命派别和地下王国,是以推翻中华人民共和国和恢复帝国主义国民党的统治为任务的。②

仔细阅读上面的文字,不难发现,对胡风集团的定性有逐渐加重之势,同时在分析上也越来越具体。在此之前,胡风的文艺思想已经被定性为"反党反人民",现在则是将胡风一人扩展到整个胡风集团,准备借此在全国范围内打击暗藏的反革命思潮。

有政治权威如此强有力的介入,不难想象胡风及其朋友的命运。

---

① 这是毛泽东 1955 年 1 月 15 日给胡风案件的重要批示。参见黎辛:《关于"胡风反革命集团"案件》,《新文学史料》,2001 年第 2 期。

② 钱理群:《毛泽东与胡风事件》,《炎黄春秋》,2013 年第 4 期。

1954年5月16日,公安部派员拘捕胡风,不久,所谓"胡风集团的骨干分子"如牛汉、贾植芳、耿庸、何满子、谢韬、徐放、路翎、绿原等纷纷被捕。一场波及全国的政治运动迅速展开。据1980年公安部、最高人民检察院、最高法院《关于"胡风反革命集团"案件复查报告》,清查胡风分子运动共触及2100人,逮捕92人,隔离62人,停职反省73人。而作为反革命集团案首犯的胡风从此开始了长达二十四年的铁窗生涯。直到1979年春节前夕,胡风才真正告别了牢狱生活。①

---

① 参见李辉:《胡风集团冤案始末》,武汉:湖北人民出版社2003年版。

第三编

市场主导下的中国现代作家评价机制

市场因素对作家评价的介入并非始于现代文学。实际上,在中国古典文学的发展过程中,我们也能偶尔看到市场因素的介入。但总体来看,这种因素对古典作家的评价的作用是很有限的。中国古典文学在其发展过程中也形成了属于自己的作家评价体系,但与中国现代作家的评价机制有较大的不同。前者更看重作家和作品本身,后者更侧重作家和作品之外的因素。

　　在中国古代文学史上,评价一个作家常常是与他的文章联系在一起的,二者往往不可分割,这大概就是我们后来所说的文如其人。孔子曰:"质胜文则野,文胜质则史,文质彬彬,然后君子。"①孔子所说的"文质彬彬"既是写文章的要求,也是成为一个君子的必备素质。这句话用来评价一个作家也是恰如其分的。

　　在中国古代文学批评史上,第一个明确把作家和作品放在一起评价的当属钟嵘的《诗品》。《诗品》是继刘勰的《文心雕龙》后出现的一部品评诗歌的文学批评名著,也是我国古代第一部诗论专著。《诗品》所论的范围主要是五言诗。全书共品评了两汉至梁代的诗人一百二十二人。钟嵘按照一定的评价标准将这些诗人分为三个等级,即上品、中品和下品。其中上品十一人,中品三十九人,下品七十二人。关于这种划分的

---

① 《论语·雍也》。

标准,钟嵘在《诗品序》中有过这样一段论述:

> 故诗有三义焉,一曰兴,二曰比,三曰赋。文已尽而意有余,兴也;因物喻志,比也;直书其事,寓言写物,赋也。宏斯三义,酌而用之,干之以风力,润之以丹采,使味之者无极,闻之者动心,是诗之至也。若专用比兴,患在意深,意深则词踬。若但用赋体,患在意浮,意浮则文散,嬉成流移,文无止泊,有芜漫之累矣。

从这一段话来看,钟嵘论诗的标准是强调赋比兴手法的运用。他虽然也强调内在的"风力"与外在的"丹采"应同等重视,但在真正评价诗人和他们的作品时,他往往把词采放在第一位,却很少去关注他们作品的思想成就。正因此,我们就不难理解他把"才高词赡,举体华美"的陆机称为"太康之英",放在左思之上;把"才高词盛,富艳难踪"的谢灵运称为"元嘉之雄",放在陶潜、鲍照之上。而在划分等级时,他把建安文学的开创者曹操列为下品,把开创田园诗派的陶渊明列为中品。显然,钟嵘的诗论并没有真正做到他自己所说的"风力"与"丹采"并重。由此可见,南朝时期的诗风仍然对这位杰出的批评家有着不可忽视的影响。

与现代作家的评价机制相比,古代作家的评价体系更看重作品本身,作品之外的因素一般很难占据主导位置。在中国古代文学发展过程中,政治因素是一种较为强大的外在因素,它曾深深影响了古代作家的创作。然而无论是帝王的倡导,还是对文以载道的宣扬,都未能真正改变中国古代作家的主导评价标准:对作品和人品的重视。

市场因素在中国古代作家的评价中的作用微乎其微。这一方面是因为中国古代作家的评价体系主要侧重人品和文品;另一方面也与中国传统社会的经济发展模式息息相关。在漫长的封建社会,由于乡土社会和小农经济的影响,自由的市场远未形成。影响文人安身立命的封建道统和学统注定了评价作家的标准依然是沿着既有的轨迹。即使到了明朝中后期,古老的帝国出现了资本主义的萌芽,也未能从整体上改变传统的经济模式。

市场因素真正介入作家的评价机制是从晚清民初开始,其中的原因不难理解。其一,从晚清开始,腐朽的封建统治阶级开始放松对民众的管制,在法律上赋予了民众一部分自由,包括出版、办报等。其二,现代出版业的繁荣也为文化相对自由的传播提供了可能。其三,科举废除后,一部分文人加入了自由撰稿人的行列。封建统治者表面上是顺从民意,实际上是为了自救。这些从客观上促成了现代文学的诞生。

与传统文人有所不同,这些文人逐渐摆脱了封建道统和学统的束缚,从某种意义上说,他们是被抛弃的一代人。既然不能依赖原有的安身立命的东西,那只有寻找新的归宿。以出版和报刊为代表的现代传媒业的发展为他们提供了这种可能。而这些自由撰稿人虽然摆脱了封建社会的束缚,却不得不面临另外一个严峻的问题,这也是传统文人几乎没有遇到过的全新课题:适应市场,赢得大众的认可。这对于深受传统影响的文人来说,并不是简单的事情。传统社会的作家在创作时很少会想到的市场及如何赢利的问题,现在却真实地摆在这些自由撰稿人面前,自由也是要付出代价的。

清末民初的自由撰稿人在创作上最大的成就体现在通俗文学方面。不难理解,这也是受广大市民喜爱的文学样式。其中"鸳鸯蝴蝶派"最有代表性,其影响也最大。这一流派的大本营主要集中在北平、上海、天津等几座大城市。主要代表作家有包天笑、周瘦鹃、徐枕亚、张恨水、李涵秋等。"鸳鸯蝴蝶派"主要以小说创作为主,尤其是才子佳人的言情小说。实际上,除了言情小说外,这一派还包括金戈铁马的武侠小说、扑朔迷离的侦探小说、揭秘猎奇的黑幕小说等。总之,这一派小说以趣味和休闲著称,非常受市民欢迎。如果单从市场运行的角度来看,"鸳鸯蝴蝶派"的小说无疑取得了很大的成功。据说,其代表作品的发行量是惊人的。徐枕亚的《玉梨魂》曾创下再版 32 次、销量数十万的记录。张恨水的《啼笑因缘》也曾再版十数次。而代表作家作品在报纸上连载时,竟会出现市民排队买报纸的现象。如果要评价这一派作家,一个不可忽视的标准就是市场因素,即谁的作品销量大,受大众欢迎,谁就是成功的作家。所谓"鸳鸯蝴蝶派"的主要代表作家就是按照这个标准来命名的。新文学诞生后,这一派却遭到了猛烈的批判。新文学的第一个纯文学社团——文学研究会在其成立宣言中就批判了这一派的游戏倾向。①《小说月报》在沈雁冰主编前还是"鸳鸯蝴蝶派"的主要阵地。沈雁冰在接手后,果断斩断了它与"鸳鸯蝴蝶派"的关系。从此,在新文学发展史上,以"鸳鸯蝴蝶派"为代表的通俗文学一直处于一种被压抑的状态。但这一派并非被斩草除根,而是仍然作为一种潜流在涌动。在主流的文学史上,它很难占有一席位置,但是由于它能适应广大市民的需求,再加上这一派作家准确的市场定位,同时又得益于现代传媒的运作,他们的创作仍然占据了很大的市场。20 世纪 30 年代的"海派"就是一个明显的例子。"海派"的得名与半殖民地的大上海紧密相关。在娱乐倾向和追求市民口味方面,它与"鸳鸯蝴蝶派"是一脉相传的,但它比后者更具有商业气息和颓废倾向。"海派"作家扎根大上海半殖民地都市,他们更懂得市场因素对自己的重要性,因此,在市场运作和迎合大众方面更深黯此道。"海派"的出名是由于 20 世纪 30 年代那一场由沈从文发起的"京派"与"海派"的论争。后来,鲁迅介入,给双方各打五十大板:"要而言之,不过'京派'是官的帮闲,'海派'则是商的帮忙而已。"②鲁迅的评价对"海派"的声誉造成了负面影响,但这并没有阻挡"海派"文学的发展。相反,在 20 世纪 40 年代,"海派"文学还出现了难以企及的辉煌。张爱玲的《传奇》、苏青的《结婚十年》扩大了"海派"文学的影响,尤其是张爱

---

① 《文学研究会宣言》中有这样一段陈述:"将文艺当做高兴时的游戏或失意时的消遣的时候,现在已经过去了。我们相信文学是一种工作,而且又是于人生很切要的一种工作。"原载《小说月报》第 12 卷第 1 号,1921 年 1 月 10 日。

② 鲁迅:《"京派"与"海派"》。最初发表于 1934 年 2 月 3 日《申报·自由谈》,后收入《花边文学》。

玲的小说,更是把这种影响推向极致。"海派"作家大多对市场有着敏锐的把握。张爱玲就非常重视通过现代传媒来扩大自己的影响。从 1943 年到 1945 年,张爱玲从一炮打响到红遍上海滩,她几乎动用了自己能用的所有资源。如《紫罗兰》杂志周瘦鹃,《万象》杂志主编柯灵,还有主编《天地》的苏青。而苏青比张爱玲更懂得市场的重要性,尤其是在其离异后独立谋生,生活的艰辛逼迫她靠文字为生。据说,她能背着自己写的《结婚十年》走上街头,与小贩讨价还价。此外,苏青还亲手创办和主编《天地》杂志,并且把杂志办得风风火火。除了张爱玲和苏青外,20 世纪 40 年代的"海派"作家还有徐訏和无名氏。总之,从"海派"文学的发展来看,市场因素的介入远远大于其他因素。在"海派"作家看来,市场因素应该是最主要的因素,它不仅是检验作品是否成功的标准,也是评价一个作家是否成功的重要标准。

作为新文学创作一个不可忽视的部分,无论从其读者的广泛性,还是从其作品的销量来看,通俗文学往往都让其他文学创作望尘莫及。通俗文学的作家不仅因此而获得丰富的物质回报,也获得一定的认可,可谓是名利双收。但由于现代文学诞生后的特殊情境,再加上现代作家评价机制中文化权威和政治权威的出现,注定通俗文学被局限在一定范围内,而那些通俗作家的创作也不可能得到较高的评价。在中国现代文学史上,通俗文学创作在很长一段时间内并没有得到恰如其分的评价。相反,这些作家的创作常常不被关注,甚至遭到贬低和批判。作为一个重要的文学流派,它曾深深影响了现代人的生活和阅读,但在主流的文学史上,它却常常被遗忘。直到 20 世纪八九十年代,通俗文学才被现代文学界所关注。[①]

---

① 除了出现大量研究通俗文学的学术论文外,一些重要的文学史开始把通俗文学作为现代文学不可分割的一个部分,如钱理群的《中国现代文学三十年》(北京:北京大学出版社 1998 年版)就专门为通俗文学列了三章。同时,还出现了不少专门研究通俗文学的专著,如苏州大学范伯群教授出版的《中国近现代通俗文学史》(南京:江苏教育出版社 2010 年版)是中国近现代通俗文学研究里程碑式的专著。

　　20世纪90年代,随着市场经济体制在中国的确立,市场大潮开始冲击中国。文学创作逐渐走向边缘化,政治对文学的介入进一步淡化。在此背景下,文化体制也发生了相应的变化。出版社和文学刊物等原则上不再依靠国家资助,并要求进入市场。专业作家所能拿到的工资和稿费,与社会其他阶层相比,已不像过去那般吸引人了。90年代初,作家下海已不是个别现象。① 同时,许多作家开始转型,转向一种更适合市场、报酬更丰厚的创作,如影视剧本、通俗小说、广告文案等。同时,网络文学异军突起,这种写作把评价的主导权直接交给了网民,由他们的点击量来确定创作水平的高低。相对于传统意义上的写作,这种写作与市场联系更为紧密。市场化不仅改变了当代作家的生存方式,也改变了作家的评价机制。文化权威对创作的影响日渐衰微,政治权威开始淡化,由显性干预转为隐性影响。一种新的以市场为主导的评价机制开始形成。不同于以往的两种评价机制,这种评价机制的核心是一切为了市场,市场决定一切。作品的成功与否或作家是否优秀全由市场说了算。与以往的评价机制相比,以市场为主导的评价机制最大的特点是量化。一切与利润有关的数据才是硬道理。于是,作品的销量、排行榜、点击量,甚至作家的地位和知名度都成为不可忽视的因素。

---

① 如著名作家张贤亮在银川建立了一个影视城。

第一章 以市场为主导的现代作家评价机制产生的背景考察

市场因素在现代文学发展过程中曾发挥了不可忽视的作用,但在现代文学发展的很长一段时间内,它常常是被排斥和压抑的,它的作用只是局限在一定的小范围内。对现代作家评价机制的生成,其影响往往是潜在的,甚至是微乎其微的。这种状况到 20 世纪 90 年代才得以改变。

市场成为现代作家评价机制的主导因素的前提是政治对文学介入的淡化。我们知道,以政治为主导的现代作家评价机制曾深深影响了中国现代作家的评价和创作。从 20 世纪 30 年代开始,政治权威的身影随处可见。但到 20 世纪 80 年代,这种情况开始发生变化。

1979 年,全国第四次文代会在北京召开,邓小平代表党中央做祝词。在谈到政治与文学的关系时,他是这样说的:

> 各级党委都要领导好文艺工作。党对文艺工作的领导,不是发号施令,不是要求文学艺术从属于临时的、具体的、直接的政治任务,而是根据文学艺术的特征和发展规律,帮助文艺工作者获得条件来不断繁荣文学艺术事业,提高文学艺术水平,创作出无愧于我国伟大人民、伟大时代的优秀文学艺术作品和表演艺术。当前,要着重帮助文艺工作者继续解放思想,打破林彪、"四人帮"设置的精神枷锁,坚持正确的政治方向,从各个方面,包括物质条件方面,保证文艺工作者充分发挥自己的聪

明才智。我们提倡领导者同文艺工作者平等地交换意见；党员作家，应当以自己的创作成就，起模范作用，团结和吸引广大文艺工作者一道前进。衙门作风必须抛弃，在文艺创作、文艺批评领域的行政命令必须废止。如果把这类东西看作是坚持党的领导，其结果，只能走向事情的反面。要坚持辩证唯物主义的思想路线，从三十年来文艺发展的历史中，分析正反两方面的经验，摆脱各种条条框框的束缚，根据我国历史新时期的特点，研究新情况，解决新问题。文艺这种复杂的精神劳动，非常需要文艺家发挥个人的创造精神。写什么和怎样写，只能由文艺家在艺术实践中去探索和逐步求得解决。在这方面，不要横加干涉。①

邓小平的这段话在今天看来也许没有太多的新意，但在刚刚走出"文革"的 1979 年，却如同春雷。正如当时参加文代会的作家邓友梅所回忆的："这是党的政策，也是领导人对文艺界的承诺。如果听了这番话疑虑仍不解除，心病仍不消散，那就是顽固不化了。我感到心头一片敞亮，下定了继续写作的决心。"②

现代文学进入 20 世纪 80 年代后，文学与政治的关系仍然是一个令人瞩目的问题。1983 年开展的"清除精神污染"，1987 年的"反对资产阶级自由化"等运动都是 80 年代思想文化领域内发生的重要政治事件。但从开展方式和实际效果来看，这些运动并未取得太大的成效。事实证明，以政治权威为主导的现代作家评价机制正在走向解体。从 80 年代的整体创作来看，政治对文学的介入趋于淡化，现代作家的创作自由和空间进一步扩大。

---

① 总政治部文化部：《毛泽东邓小平江泽民论文学艺术》，北京：解放军文艺出版社 1995 年版，第 266—267 页。

② 邓友梅：《重温邓小平同志在第四次文代会上的祝词》，《光明日报》，2004 年 8 月 18 日。

进入 20 世纪 90 年代后,文学与政治的关系不再令人瞩目。除主旋律作品外,政治对文学的影响进一步减弱,并从台前转向幕后,从显性转向隐性。而就文学本身来说,原先的轰动效应早已不再,文学进一步边缘化。

如果说政治对文学介入的淡化是市场成为现代作家评价机制主导因素的前提,那么市场经济体制的建立则是其必要条件。与以往的计划经济不同,市场经济体制必须建立在高度发达的商品经济基础之上。在市场经济体制下,整个资源配置不再按照行政指令而是依据市场机制来进行。市场经济体制更强调主体的平等性,并遵守法律和约定的规则,任何个人和政治权威均不得干预。但市场经济体制在中国出现并不是一帆风顺的,它主要经历了以下几个阶段。

第一阶段(1979—1982 年):"计划经济为主,市场调节为辅"时期

1979 年 4 月中央工作会议提出,国民经济要"以计划经济为主,同时充分重视市场调节辅助作用"。由此开始,计划经济和市场调节不再是水火不相容。但在二者的结合中,计划经济为主,市场调节为辅。1982 年 9 月,党的十二大报告中进一步明确了"计划经济为主、市场调节为辅"的经济管理原则。在此原则下,中国的市场经济不断发展壮大。但是总的来看,在这一时期,计划经济仍然是主导,市场调节只是从属的、次要的。

第二阶段(1983—1986 年):"有计划的商品经济"时期

1984 年 10 月,党的十二届三中全会通过《中共中央关于经济体制改革的决定》,第一次明确提出社会主义有计划商品经济,决定突破把计划经济和商品经济对立起来的传统观念,明确认识社会主义计划经济是在公有制基础上的有计划的商品经济。"有计划的商品经济"的提法在理论上突破了把社会主义和商品经济对立起来的传统观念,提出了社会主义也应该有"商品经济"。但"有计划的商品经济"依旧没有跳出"计划经济"的旧框架,没有从根本上承认企业和经营者作为经济主体的独立

自主的地位。

第三阶段(1987—1992年):"国家调节市场,市场引导企业"时期

1987年10月,党的十三大报告在有计划商品经济的理论基础上对社会主义市场机制的问题进行了新的理论概括,首次提出"国家调节市场,市场引导企业"的模式,是对有计划商品经济理论的一次重大发展。在本阶段,"市场"已在国民经济中占有相当的比重,在某些领域甚至开始起主导作用。

第四阶段(1992年以后):"社会主义市场经济体制"时期

1992年1至2月邓小平视察武昌、深圳、珠海、上海等地。在南方讲话中,针对社会上否定社会主义市场经济的思潮以及"双轨制"格局下"计划经济体制"因素的重新抬头,邓小平做了大量的理论阐发。在此基础上,1992年中国共产党十四次全国代表大会正式提出建立社会主义市场经济体制。它标志着市场经济体制在中国的正式建立。

随着市场经济体制在中国的确立,相应的文化体制也在发生变化。长期以来,我国的文化管理体制存在诸多问题,主要体现为:政府与市场、社会的职能和界限不清晰,政府掌握大量文化资源,既管文化又办文化,应该由政府主导的公共文化服务长期投入不足,应该由市场主导的文化产业长期依赖政府,造成政府在一些领域管理过多,在一些领域管理缺位,文化企事业单位活力不足,对市场规则的运用远远不够。

2013年11月,第十八届三中全会通过《中共中央关于全面深化改革若干重大问题的决定》(以下简称《决定》)。这部重要文献的第十一部分专门谈到了文化建设。在谈到如何完善文化管理体制时,《决定》是这样说的:

> 完善文化管理体制。按照政企分开、政事分开原则,推动政府部门由办文化向管文化转变,推动党政部门与其所属的文化企事业单位进一步理顺关系。建立党委和政府监管国有文

化资产的管理机构,实行管人管事管资产管导向相统一。

《决定》中还有一个值得注意的关键词是"建立文化市场":

> 建立健全现代文化市场体系。完善文化市场准入和退出机制,鼓励各类市场主体公平竞争、优胜劣汰,促进文化资源在全国范围内流动。继续推进国有经营性文化单位转企改制,加快公司制、股份制改造。对按规定转制的重要国有传媒企业探索实行特殊管理股制度。推动文化企业跨地区、跨行业、跨所有制兼并重组,提高文化产业规模化、集约化、专业化水平。①

从《决定》的表述来看,完善文化管理体制就是理顺党政部门与其所属的文化企事业单位的关系,实际上就是要求行政放权,并进一步建立现代文化市场体系,用市场体制来推动文化的发展。作为文化事业的重要组成部分,文学创作部门也不例外。按照《决定》的要求,文学创作的相关单位和机构(主要是文联和作协)也应该进入市场,按市场规则进行重组和改造,同时鼓励作家流动,参与公平竞争。

---

① 《中共中央关于全面深化改革若干重大问题的决定》,《求是》,2013 年第 22 期。

第二章　以市场为主导的中国现代作家评价机制的运行方式

在中国现代文学史上,市场因素曾在一定范围内影响过作家的评价,但其真正成为影响中国现代作家评价机制的主导因素是从 20 世纪 90 年代开始的。与以往的两种评价机制不同,这种评价机制不再依赖具体的权威人物。无论是以文化权威为主导还是以政治权威为主导的中国现代作家评价机制,权威人物对各自的评价机制均产生了决定性影响,各自的运行方式也与权威人物的介入紧密相关。以市场为主导的现代作家评价机制在运行上却不同于二者。首先,这种市场主导并不体现为具体的权威人物的干预,相反,它所要求的是相对的公平原则。其次,这种评价机制强调在市场规则下各种要素的配合,如策划、创作、出版、发行宣传、批评评价等。此外,这种评价机制更重视量化的数据,尤其是作品的销量、利润、点击量、排行名次等。从某种意义上说,以市场为主导的评价机制根据的往往就是这些量化的数据。那么,以市场为主导的中国现代作家评价机制是如何运行的呢?

一、　体制外的诱惑

体制,从管理学角度来说,指的是国家机关、企事业单位的机构设置和管理权限划分及其相应关系的制度。对于许多有单位的中国人来说,体制并不是一个陌生的名词。能否融入一种体制对于一个人来说至关重要。因为在很长一段时间里,身处体制内的人在政治待遇、经济待遇、享受的资源等方面是体制外的人所无法比拟的,二者往往存在较大差别,甚至是天壤之别。实际上,这种体制内外的巨大区别是现代中国特定时代的产物。

现代作家很早就被纳入一定的体制中。从 20 世纪 30 年代的"左联",到抗战时期的"文协"和"鲁艺",我们依稀看到体制运作的身影。进入 1949 年后,文学创作更是被纳入一体化的体制之中。而第一次文代会的召开标志着来自解放区、国统区的作家被纳入一体化的轨道。这次会议的重要成果之一就是中国现代作家终于有了统一的归宿——中国文联,这是中国共产党领导文学家和艺术家的全国统一组织,其中与现代作家关系更密切的则是中国作家协会。为了更好地管理全国作家,中国作家协会设立主席和副主席,其常设机构为书记处,但其真正的权力核心则是党组。同时,中国作家协会还在每个省市设立分支机构,这样几乎所有作家都找到了自己的单位和归宿。对于中国作家协会的性质与功能,中国作家协会的章程是这样介绍的:

> 中国作家协会(简称中国作协),是中国共产党领导下的中国各民族作家自愿结合的专业性人民团体,是党和政府联系广大作家、文学工作者的桥梁和纽带,是繁荣文学事业、加强社会主义精神文明建设的重要社会力量。①

中国作家协会制度起初是照搬苏联的,它不仅是一个由作家组成的"群众性专业团体",也是一个正部级单位,是一个由国家财政供养的全国各地分层设置的机构。我们今天重新看待苏联作协的成败与得失时,仍然难以盖棺定论。我们不能简单地说中国作协就等同于苏联作协,但

---

① 《中国作家协会章程》,《文艺报》,2011 年 12 月 2 日。

是在体制和精神上,二者的确有着无法割断的联系。中国作家协会的前身是 1949 年 7 月 23 日成立的中华全国文学工作者协会,1953 年更名为中国作家协会,其机构设置、内部运作及党组负责的权力结构等均借鉴了苏联的经验。

现代作家被纳入中国作家协会和分会,这就意味着作家"自由撰稿人"的身份不复存在。我们知道,在现代文学诞生初期,曾经出现了一批自由撰稿人,这也是现代文学诞生的一个前提。一直到 20 世纪三四十年代,还有不少作家以卖文为生。自由撰稿人靠写文为生,获得了较大的自由,在经济上却存在不稳定的缺陷。把作家纳入一定的体制就比较好地解决了这个问题。在 1949 年后,如果没有特殊情况,作家一般会被纳入作家协会,享受国家干部的待遇,并有固定的工资,除此以外,还有一定的稿酬。作家即使不发表作品,也不会有生计之忧。因此,在很长一段时间内(特别是 20 世纪 50 年代至 80 年代),作家一直是令人羡慕的职业,这不仅是由于创作带来的名誉和声望,更有经济上的诱惑。也正因此,在"文革"前和"文革"中,出现过对"三名三高"①的批判,其中就包括作家。这一时期的作家不仅能从体制中享受令人羡慕的经济待遇,同时也能得到较高的政治地位。特别是能紧跟形势的知名作家,常常被委以重任,并根据职务和头衔大小提供相应的待遇,这是对作家的一种显赫的褒奖。以第一次文代会为例,会后的人事安排是精心的:郭沫若为文联主席,周扬和茅盾为副主席(茅盾还兼任中国作协主席)。在三巨头中,周扬是实力派,他还担任中共中央宣传部副部长、文化部副部长等职务,是 20 世纪 50 至 60 年代中国文艺界的实权人物。但身在体制内的作家地位并不巩固,创作一旦有悖于政治权威要求或主导的创作方向,这种所谓的经济和政治待遇很快就会失去。

---

① 即"名作家,名演员,名教授"的"高工资,高稿费,高奖金",这在当时作为"资产阶级腐朽的生活方式"而遭到批判。

由此观之,对于现代作家来说,体制是一把双刃剑。它一方面为作家提供了一定的经济保障和政治待遇,同时也对作家的创作和评价机制产生了决定性影响。与"五四"文人相比,这些作家虽然多了一份安稳,却失去了宝贵的创作自由和个性。作家"自由撰稿人"的身份已不复存在。身在体制内的作家只能按照一体化的政治要求进行创作,否则就有可能不被体制所认可,甚至付出更大的代价。

总的看来,在 20 世纪 50 年代至 80 年代,这种一体化的体制对作家有着相当大的吸引力。因此,相当多的作家在面临各种压力和政治运动时,大都选择了认错、忏悔乃至"立功赎罪",其中一个重要原因是不想成为体制外的人。事实也证明,在历史的转型期,当代作家群体的确没有交出一份令人满意的答卷。相反,在那段特殊时期,许多作家却不乏真诚地放弃独立思考和社会担当,被动或主动参与了这场自我检讨的运动,甚至配合政治参与各种批判斗争。请允许笔者列举一下这些作家的名字:朱光潜、沈从文、萧乾、老舍、巴金、茅盾、曹禺、夏衍、丁玲、赵树理……这里面既有所谓的"反动作家",也有"进步作家",甚至还有革命作家,当代著名作家几乎无人幸免。为了求得体制的认可,为了能早日过关,这些作家毫无例外地低下了高贵的头颅。自 20 世纪 50 年代初期开始,当代作家的检讨已成为常态。无论是发自肺腑的真诚,还是蒙混过关的应付,都不得不让我们为这种群体性的行为而震惊。而在王彬彬看来,这些作家是"过于聪明"[①]了。

这种体制内的诱惑并非一成不变。到 20 世纪 80 年代,随着政治对文学介入的淡化,文学创作的体制也开始发生松动。社会转型为体制内的作家提供了另外一种可能。80 年代中后期,一种新的力量逐渐代替了以前的政治权威,越来越成为影响作家创作和评价的外部力量。从此,文学与政治的关系不再是引人注目的主题,而文学与市场的关系开

---

① 王彬彬:《过于聪明的中国作家》,《文艺争鸣》,1994 年第 6 期。

始成为当下作家无法回避的问题。当代作家刚刚摆脱政治的高压,却没想到遭遇了市场的挟裹。在市场的挟裹下,文学创作的轰动效应发生动摇,纯文学的中心地位也逐渐丧失。更符合大众需求的文学作品(如言情类和武侠类小说)逐渐从边缘走向中心,文学创作的商品化倾向开始显现。当代作家们发现,文学也可以作为"商品"进入市场,这为体制内的作家提供了一种在体制外生存的可能。

在 20 世纪 80 年代前,中国作协基本上一直都是中国文学的领导者和管理者,但在此后,它的角色和作用开始不可避免地淡化。中国作协正在经受考验,而考验中国作协的正是市场。进入新世纪以后,作协与作家的这种管理与被管理的关系开始发生松动,并常常伴有不和谐音。

2006 年 10 月 28 日,作家洪峰因为单位停发工资而上街乞讨,一度引发媒体关注。据说,因洪峰未能按规定坐班,其所在单位——沈阳市文化局就停发了他的工资。实际上,洪峰与其单位的"纠纷"最终没有结果,但可以肯定的是他选择了退出,与体制告别。2006 年 12 月 2 日,洪峰在博客上发文,宣布退出中国作家协会、辽宁省作家协会及沈阳市作家协会。在声明中,洪峰写道:

> 鉴于一次个人乞讨导致了关于中国作家以及体制方面的论战,本人的职业身份因此遭受百般质疑和辱骂,我曾很尊重的个别前辈和同行指责我利用乞讨闹文坛……我认为我有必要脱离这个我曾经爱戴和尊敬的团体,不再给它增添困扰和难堪(虽然原本就不曾存在过)。①

关于洪峰的乞讨和退出,各方众说纷纭,褒贬不一。但有一点是肯定的:这虽是作家的个人行为,却折射出当下一部分作家与体制的关系

---

① 文松辉:《"乞讨作家"洪峰退出作协》,《京华时报》,2006 年 12 月 4 日。

正在发生变化。中国现代作家曾赖以生存的中国作家协会正在失去原先的吸引力，再加上市场经济带来的多种选择，这样就有可能对身在体制内的作家产生离心作用。

与洪峰有所不同，著名作家郑渊洁退出作协有可能是不满意作协内部的作风问题。2009 年 6 月 23 日，郑渊洁在博客上发表文章宣布退出北京作家协会。据他自己所说，其退出的主要原因是"本人明显感觉受到北京作家协会的排挤"。2010 年 4 月 25 日，他又以同样的方式宣布退出中国作协。关于为何退出中国作协，他在声明中主要说了两个原因。其一，"青海玉树大地震发生后两天的 4 月 16 日，中国作家协会全国委员会委员、北京作家协会副主席曹文轩却到山东青岛的小学推销自己的图书。这一行为不仅违法，对灾区人民表现的冷漠，也令人失望。我不能与如此中国作家协会全国委员会委员为伍"。其二，"为数不少的根本不懂文学的各地作协的文学官员也是中国作协全国委员会委员（诸如北京作协根本不懂文学没有任何文学作品的副主席李青），中国作协全国委员会难以促进中国文学的繁荣发展"。

作为著名的作家，童话大王郑渊洁在创作上无疑是成功的。这种成功不仅仅在于他的创作和影响，更在于市场上的运作和收益。就在郑渊洁退出北京作协的 2009 年，他以版税 2000 万元名列中国作家财富榜首位。自 20 世纪 90 年代以来，一方面文学创作在走向边缘化，而另一方面，市场也使不少作家从中受益。作家靠自己的勤劳和智慧创造财富并不是一件坏事。对于体制内的作家来说，这有可能是摆脱体制最安全的方式。郑渊洁的退出不排除有炒作的因素，但最根本的恐怕还是体制对于他来说已不具有太大的吸引力，何况里面还夹杂着太多的纠纷。

自 20 世纪 90 年代开始，随着市场经济体制在中国的合法化，市场大潮以前所未有的力量冲击着中国既有的各种体制，这其中就包括中国现代作家的管理体制。那些身处体制内的作家发现体制外的世界越来越精彩。而越是这样，他们的失落感就越明显。

首先，作家的那种神圣感已不复存在，与其他职业相比，其优越感远不如昔日。除了极少数作家外，作为一个群体，无论从社会认可度还是从实际的经济收入来看，中国现代作家都很难再成为社会关注的焦点。

其次，与那些体制外的作家相比，体制内的作家也毫无优越性可言。从 20 世纪 80 年代开始，由于社会转型带来的机遇，一些体制外的作家获得了令体制内作家羡慕的成功。他们虽生活在体制之外，但他们善于迎合大众，善于瞄准消费者的需求，很快就适应了市场社会的发展并且如鱼得水。

说到体制外的作家，王朔无疑是首先被提及的。作为写作个体户，王朔从 1978 年发表处女作到 2013 年与冯小刚合作《私人定制》，无论是从创作的数量，还是从其作品的影响来看，都不逊色于体制内的一流大家。除创作外，王朔还成功涉足影视编剧、策划等，并取得了商业上的巨大成功。关于文学创作，王朔坦言是"为了名利"。从名利的角度来看，王朔的确获得了巨大的成功。2007 年，王朔以 500 万元的版税收入登上"2007 第二届中国作家富豪榜"第 6 位，引起社会广泛关注。

进入 20 世纪 90 年代，一大批体制外的作家纷纷涌现，韩寒是其中最有代表性的。韩寒成名于新概念作文大赛，年纪轻轻就崭露头角。写作不仅给他带来巨大的声誉，也带来巨额的经济收益。他的许多作品成为畅销书。2010 年 11 月，韩寒荣登"第五届中国作家富豪榜"第 8 位。除创作外，韩寒还涉足影视业和其他媒体，均获得巨额回报。2006 年 9 月，韩寒发行个人首张唱片书《寒·十八禁》；2009 年，他主编《独唱团》；2010 年，韩寒登上美国《时代周刊》封面；2014 年 7 月，韩寒执导的电影《后会无期》上映 18 天，票房近 6 亿。此外，韩寒还是一名优秀的职业赛车手。

二、 文学生产的策划

一般来说,作家保持一定的自由空间和创作个性是创作成功的前提。关于这一点,我们既有成功的案例,也有失败的教训。尤其是刚刚过去的 20 世纪,由于政治实用主义的影响,现代作家的创作空间和自由一度遭受压制,我们也为此付出了沉重的代价。因此,在进入新时期后,随着政治对文学创作介入的淡化,作家的创作空间和自由得到了较大的改善。作为曾经影响文学创作的主导力量,政治因素已由显性转为隐性。应该说,中国现代作家赶上了一个较为有利的创作时期。但事情往往并非如此简单,刚刚摆脱政治高压的中国现代作家,却又遭遇了市场化的陷阱。在市场大潮下,现代作家看似有了更多的选择。可以紧跟形势,弘扬主旋律;可以我行我素,保持自我个性;可以迎合大众,随波逐流。但不管如何选择,都改变不了文学的进一步边缘化,改变不了市场对文学体制的影响。市场机制对文学创作最大的影响是对作家主体地位的削弱。20 世纪 90 年代后,随着市场经济体制在我国的合法化,文学体制也发生了深刻的变化。随着政治权威的退场,一种以市场为导向的现代作家评价机制开始形成。

现代文学对作家的评价转向了一种更为外在的因素,如文化权威和政治权威。而到了 20 世纪 90 年代,这种外在因素主要体现为一种市场运行机制。在这种以市场为主导的评价机制里,作家和作品的地位进一步下降,市场的运行机制显得尤为重要。市场运行机制的主要方式是策划与包装,策划和包装的对象可以是作家本人,也可以是作品。目的是通过这种策划最大可能地迎合大众,获得最大利润。

与以往的作家创作有所不同,在市场机制下,作家的创作不再是一种孤立的独创性行为,它已被纳入整个文学生产。文学生产实际是对文学创作的市场化运作。它涉及文学的策划与包装、文学创作、文学作品的营销、文学创作的批评与评价等各个环节。所有环节的运行都必须符合市场规则即利益最大化。而这些环节中，文学的策划起着一种先导作用，具有其他环节所没有的无可替代性。策划一词最早来自《后汉书·隗嚣传》，其中有"是以功名终申，策画复得"之句，这里的"画"与"划"相通。我们一般认为，策划是一种对未来采取的行为做决定的准备过程，是一种构思或理性思维程序。策划本来是一个管理学术语，它更多被应用于企业管理中，对于一个企业的运行和发展起决定性影响。对于文学生产来说，策划主要是根据市场需求，对文学生产做宏观把握，并进一步指导和约束作家的创作，使之符合一定的预期。文学生产的策划主要通过出版机构来完成。而出版机构是完全按照企业化来运行的，为了从出版市场获得最大利润，各出版机构均要对每年申报的选题进行审批，实际上这已是一种宏观指导。策划更体现为一种主动行为，是出版机构为迎合市场，占领有利位置获得最大利润而采取的一种超前行为。

众所周知，现代出版业的发展曾是现代文学诞生的重要条件。它不仅促成了现代自由撰稿人的诞生，也使文学进一步走向市场，与大众保持紧密联系。现代作家也获得了较多的自由，在创作上获得了较大的创作空间。但到了 20 世纪 30 年代，由于政治权威的干预，作家的创作空间开始受到一定的挤压。这种情况一直延续到 20 世纪 80 年代。进入 20 世纪 90 年代，现代作家虽然摆脱了政治权威的干预，却遭遇了另外一种强大因素的介入，这就是市场。市场对作家的干预有多种方式，其中出版机构的策划就是一种重要的市场运作方式。

进入 20 世纪 90 年代后，随着市场经济体制的确立，我国出版业开始进入全面市场化运行。在这种体制下，出版业不得不面临自负盈亏的考验。因此，获得高额利润才是硬道理。为了确保这一点，各出版机构均把图书策划作为重中之重。这些机构往往通过充分的市场调研，紧跟市场需求，最大限度地迎合读者，从而才有可能在图书的营销和发行上占据先机。为了达到这种目的，出版机构必须对作家的创作进行介入和指导,具体方式就是将作家的创作纳入出版社的策划之中。从某种意义上说,在市场机制运行下,作家与出版社的合作实际上是一种妥协式协作。出版社需要作家的支持,作家需要出版社的帮助。

出版社进行策划的主要工作就是选题策划。所谓选题就是列入出版社出版计划的图书题目。选题直接关系到出版社的生存与发展。好的选题才能组到好的书稿,而有了好的书稿才能出好书,才能占领市场,在竞争中立于不败之地。选题策划不仅仅是简单地提出一些题目,还要对各要素做具体分析,通常包括编辑意图、基本内容、写作要求、读者分析、市场预测等。我们知道,在计划经济时代,图书的出版和发行主要是按照行政指令来进行,一般有严格的审批制。但在市场经济时代,这种情况发生了较大的变化。图书出版必然受到市场的制约,市场的竞争机制和规律也必然反映到图书出版上。由此观之,对于出版机构来说,适应市场赢得读者才是硬道理。选题策划是优于作者策划的,作者的创作必须围绕出版方的选题来进行。也正因此,出版方的策划实际是对作家创作的一种指导和约束,从而介入了作家的创作和评价,对作家的声誉及地位产生不可估量的影响。尤其是那些业内知名度较高的出版机构,一次成功的策划不仅能给自己带来丰厚的利润,同时也使一些作家名利双收。从这个意义上说,这种策划往往是出版方和作家的互赢。而这样的案例在当下的市场经济时代屡见不鲜。

1992 年,华艺出版社购买了《王朔文集》的独家版权,为了将四卷本《王朔文集》推向市场,不惜印制了 150 万张王朔画像张贴到京城每个购销点,并在"文革"后首次实行版税付筹制。通过华艺出版社的一整套营销策划,带有浓厚文学色彩的《王朔文集》居然在文学最不景气的 1992 年成为该年度的畅销书,在全国各地销售火爆。进入 20 世纪 90 年代,出版策划这一主动出击、系统安排的行为方式已经成为出版社树立品牌、赢得市场的必由之路。

就在同一年,安徽文艺出版社从逐渐升温的张爱玲热中抓住机遇,首次出版了四卷本的《张爱玲文集》,这是当时国内影响最大的张爱玲作品版本。这套作品的出版不仅为安徽文艺出版社带来可喜的销售业绩和声誉,也为张爱玲作品的普及做出了不可磨灭的贡献。

说到出版机构的成功策划,春风文艺出版社的"布老虎"丛书常常被业界提及,并作为经典案例加以推广。春风文艺出版社是一家老牌的文艺出版机构,成立于 1959 年,隶属辽宁出版集团。而进入 20 世纪 90 年代后,这家老牌出版社同样面临困境。多年计划经济体制下养成的惯性导致其运行的方式与即将形成的市场经济体制不相适应,甚至完全脱节。出版文学图书的春风文艺出版社面临着整个文学图书市场的不景气。当时的文学市场以港台的通俗文学为主,纯文学图书面临严峻挑战。在此情境下,春风文艺出版社被迫进行了艰难的探索和改革。从 1993 年开始,春风文艺出版社通过一系列策划行为最终走出困境,并创造了一系列辉煌的成绩,尤其是建立了自己的品牌——"布老虎"。其具体策划行为主要表现为以下几点。

(一)在策划理念上,做到精确定位

出版图书一般不可能满足所有的读者,必须对图书市场进行划分,找到属于自己的潜在读者。因此,一个优秀的出版社必须明确自己的读者群,这就是准确定位。春风文艺出版社首先对"布老虎"丛书的阅读主体做了精确定位,即以城市白领为阅读主体,强调对经典精神的浪漫追求和不能逾越生活法则的客观现实。春风文艺出版社之所以关注这个群体,主要是因为这个群体既富有知识又具有一定的经济能力,既拥抱现实又不缺乏梦想。而"布老虎"的策划正是满足了他们的需求。

(二)提高稿酬,吸引优秀作家加盟

对于一个以出版文学图书为主的出版社来说,仅靠准确定位还不够。要想打造自己的品牌,必须要有优秀的稿源,而要做到这一点,就得有一批稳定的优秀作家加盟。为此,春风文艺出版社主要采用了用高稿酬签约的方法,从而使大批著名作家加盟"布老虎"。20 世纪 90 代初期,作家常常因经济因素而生活困顿,并时常发生改行和下海现象。据说当时的稿费标准仅为每千字 10 至 30 元,而物价持续上升。尽管如此,还有很多作家的稿子无处发表。在这种情况下,当年的"布老虎"就亮出了每千字 150 元的高稿酬,无疑具有强大的吸引力。也正因此,"布老虎"在公布稿酬的当年就招募到王蒙、贾平凹、铁凝、洪峰、张抗抗等重量级作家。实际上,这些作家此前已经在文坛颇有盛名,并拥有不可小觑的读者群,这也是"布老虎"所看重的。除了用高稿酬吸引作家,"布老虎"还用签约的方式把声势做大,引起各方关注。

（三）对作家创作进行介入,体现出版方意志

当然,"布老虎"不仅仅是用高稿酬和签约来招揽名作家,它对作家也有严格的要求。一般来说,就是对作家的创作进行指导和约束,体现出版方的意志和目的。据说,在"布老虎"与作家签约时,其策划人安波舜就明确提出这样的要求:

> 和每个作者签约,并不是在他小说写完之后,在他写小说之前,我必须和他谈,他把故事讲给我听,我把故事放在脑子里反复了好几遍,横向比较,纵向比较,比较完之后,我觉得你故事里哪个地方是最重要的支点,而且这个支点里面包含有一个大艺术境界,有可能这个艺术境界是感人的,情感冲击比较大,给人一种长久的回味,这就是小说的主题,小说的力量……了解这些并讨论了这些写法之后才签合同。①

这表面上是对创作的一种指导,实际上是对作家创作的一种介入。在获得出版社同意之前,签约"布老虎"丛书的作者是不能随便进行创作的。

① 孙桂荣:《新时期期刊出版制度研究》,《小说评论》,2012 年第 5 期。

在这里,出版方的介入不是浅尝辄止,而是一种深度介入,其中包括作品的主题、主要的故事情节甚至整个谋篇布局。

（四）注册商标,打造品牌效应

在市场经济体制下,品牌不仅仅代表一个企业的产品,更是一种形象和标志,甚至就是一种无形资产。从某种意义上说,一个企业的营销往往就是品牌的营销,企业与企业的竞争就是品牌间的竞争。春风文艺出版社在这方面可以说是有开先河之功。早在 1993 年底,春风文艺出版社将"布老虎"丛书中的"布老虎"商标正式在工商局注册,开创了出版社品牌注册的先例,此举立刻引起包括《南方周末》等众多权威媒体的关注。1993 年 12 月 3 日的《南方周末》就对"布老虎"丛书商标注册一事进行了报道:"'布老虎'丛书在辽宁省工商局商标代理处注册,成为春风文艺出版社'布老虎'长篇小说丛书的专有商品标志,连同该名称一同得到法律保护。"①这则报道在当时曾被作为"奇闻"而闻名全国。春风文艺出版社这种敢为天下先的行为直接造就了一个闻名出版界的品牌。从此,"布老虎"丛书成了出版界的一颗明星。从 1993 年开始,"布老虎"丛书先后出版了王蒙、贾平凹、叶兆言、铁凝等著名作家的长篇小说,赢得了较好的市场效果。春风文艺出版社并不满足于此,在原来"布老虎"丛书的基础上,又开辟了诸多子品牌。如"小布老虎"丛书、"金布老虎"丛书,以及由文学新人郭敬明、许佳的作品构成的"布老虎青春文学"。毫无疑问,"布老虎"成了春风文艺出版社畅销作品的标志,并创造了出版界的传奇。

从以上各出版机构的成功策划案例来看,出版策划已成为出版社谋求市场、树立品牌的必要手段。出版机构以出版策划打破了传统文学格局中作家、读者的两级模式,并作为重要的第三方横跨于作家和读者之

---

① 参见杨立:《出版策划与新时期文学生产——以春风文艺出版社"布老虎"丛书为例》,西南大学硕士学位论文,2006 年。

间。出版策划不仅能主导作家的创作,还进一步影响了图书的发行和销售,并最终对作家的评价产生影响。从这个过程来看,影响作家创作和评价的主导因素不再是文化权威或政治权威,而是无处不在的市场因素。

三、 包装作家作品

包装(packaging)的本义是"为在流通过程中保护产品、方便贮运、促进销售,按一定技术方法而采用的容器、材料及辅助物等的总体名称"[1]。进入市场经济时代,商品的包装已超越其最初的意义,即不仅仅是起到包装产品的作用,更是一种产品营销的方法和策略,并成为市场营销中一个不可忽视的环节。市场经济时代的人们之所以如此重视包装,就在于此。也正因此,它越来越受到人们的关注和重视,从而出现商品包装的精美化甚至是过度化。

在市场经济时代,不仅商品能包装,作家和作品也常常成为包装的对象。一些出版机构或经纪人为了获得最大利润,常常对作家作品进行包装。在出版界,这已经不是一个秘密,包装作家作品的案例屡见不鲜,正所谓"酒香也怕巷子深"。在市场经济时代,作家写完一本书只是一个开端,出版社出版了这本书,也至多完成了一半,关键是如何把这本书销售出去。为此,出版方往往会动用一些手段对作家进行包装,以实现其营销的目的。总结一下,包装手段大致有以下几种。

(一)傍名家名作

依靠名家提携并不是从现代开始,中国古代也有这样的先例。西晋太康时期的诗人左思曾以其名作《三都赋》而创造了"洛阳纸贵"的美谈。但左思的成功并非一帆风顺,魏晋时期是讲究门第和出身的,人们在评

---

① 《中国国家标准 GB/T4122.1-1996》。

价作家时也往往带有这种不公正的眼光。由于左思出身微寒，名气又小，其作品也不可能得到应有的关注，甚至被说成一无是处。左思不甘心自己十年磨一剑的心血白费，就找到了当时著名的文学家张华。张华热情推荐当时的名家皇甫谧为之序。据说，皇甫谧不仅欣然作序，还分别邀请当时的名士张载、刘逵为《三都赋》做注。正是在众名家的联合推荐下，《三都赋》很快风靡洛阳，连讥笑过左思的人也不得不重视这部作品。《三都赋》的确是一部经典的京都大赋，甚至被学界认为是京都大赋的最后辉煌。① 其成功固然源于其不朽的艺术成就，但众名家的提携与帮助也是一个不可忽视的因素。

除了傍名家外，出版方还常通过傍名作来提高作品和作家的地位。尤其在市场经济时代，这种做法往往与销售业绩与利润挂钩。据说，贾平凹的《废都》出版不久，出版市场就有一本书做了这样的广告词："比《废都》更废，比《骚土》更骚，比《土街》更土……"②事实上，20 世纪 90 年代《废都》的热销，一方面固然是由于读者的误读，另一方面也与出版方常将它与《金瓶梅》并称有关。这样的手法在后来的图书市场上更是屡见不鲜。《又见废都》《新围城》这些新出版的图书看似与名作相关，其实几乎挨不上边。《新围城》主要写"城外的人想冲进去，城里的人想逃出来"的婚姻困境，与《围城》的丰富意蕴相比，显然难望项背。《又见废都》打出了无从求证的"贾平凹推荐"的旗号，实际上却与《废都》毫无关联，它关注的并不是现代文人，而是一群都市白领的病态生活。

除了傍名家名作外，出版方有时还直接邀请名人推荐，这在出版界与文学界已不是秘密。最常见的手段就是找名人写推荐语、写序，甚至请名人参加新书的签售。常见的营销广告是必不可少的，出版方和作家往往会打出"此作被××看中""得到××高度评价"之类的口号。即使

---

① 程章灿：《魏晋南北朝赋史》，南京：江苏古籍出版社 2001 年版，第 187 页。

② 许志英：《当代文学前瞻》，《文学评论》，2001 年第 4 期。

没有名人推荐,出版方也会"绑架"一些名人,并炮制一些所谓的推荐语。因为只要不是太出格,很少有人会来计较。据说,凤凰卫视名主持梁文道常被列在新书的腰封上当推荐人,有人戏称他是"腰封小王子"。但其中很多图书根本未经他本人同意,他甚至从未听说过。但出版方不在乎,它要的就是这个效果,是否真实并不重要。因为这些名人一般都比较忙,他们不太可能为这个对簿公堂。再说,这种"被绑架"也不是一件不光彩的事。

(二)善于炒作,增加人气

除了出版方的运作外,很多作家也常常主动配合参与,通过各种手段来炒作,从而提高自己作品和本人的知名度。一位业内人士告诉记者,除了出版商方面的宣传营销,"有的作者本身就很有这方面的意识,会自己借用各种热点来增加曝光率"①。

20世纪90年代出名的美女作家卫慧就具有较大的代表性。卫慧以《上海宝贝》《蝴蝶的尖叫》等作品在当时的文坛颇火了一把。尤其是《上海宝贝》,大有"洛阳纸贵"之势。究其原因,出版方和作家的联合运作是必不可少的。尤其是卫慧将自己的艺术照放进作品,使读者不仅可以看书,也可以欣赏作者的玉照。此外,这本书的最大卖点是大胆暴露的性描写和性意识。卫慧本人也承认,她是将性作为其小说中一个不可或缺的环节。卫慧的作品并非一无是处,但有一点是无法否认的:如果没有这些性描写,其作品不太可能在短期内成为畅销书并赢得众多读者的追捧。从市场的评价机制来看,卫慧对自己和作品的炒作是相当成功的。

市场的营销手段也常被作家使用。有不少作家干脆自己掏钱招聘专人负责宣传和营销。有一位作家坦言:"出版社每个月要推那么多书、那么多作者,不可能将全部精力都投到一个人身上的,自己有个宣传队

---

① 邢虹:《揭秘作家包装手段:团队作战出书像"流水线"》,《南京日报》,2012年2月7日。

伍效果更好。"①

有时为了增加曝光率，无论正炒和反炒，出版机构和作者本人一般都不介意，正如有人所说："总之是想尽办法和时下的热点话题结合起来，不怕挨板砖，有人骂你至少说明有人关注你。"②

在市场经济时代，为了推广和宣传，出版方和作家使用一点营销手段是可以理解的，但营销和宣传不能等同于炒作，任何夸大和歪曲作家和作品的行为都应该摒弃。因为真正决定作家和作品地位的还是作品本身。也许，评价一部新作需要时间的检验，任何先入为主的判断都有悖于客观实际。急功近利的商业炒作对文学的发展并无益处，也很难对作家的文学地位做出客观全面的评价。

（三）团队写作，流水作业

众所周知，团队合作是企业文化的重要组成部分，直接关系到一个企业能否成功运行和发展。与企业的运行有所不同，文学创作更强调作家的独创性，作家在创作过程中一般都是单打独斗，真正意义上的团队合作是不可能存在的。

中国古代文学史上，也存在集体汇编作品的现象。这些汇编作品往往来自传统的文人集社，如金谷雅集和兰亭集会。其中兰亭集会更是为后人所称颂，此次集会共有 41 人参加，其中 26 人作诗 37 首，后辑为《兰亭诗》。著名书法家王羲之当场为之作序，这就是书法史上著名的《兰亭集序》。这种集体汇编式的写作算不上集体创作，因为每个作家还是保持各自的独立性，只是把作品汇集在一起罢了。

中国当代文学史上曾出现过一种奇特的集体创作形式："三结合"现象。它曾出现在 20 世纪的"文革"时期。"三结合"主要概括为："领导出思想、群众出生活、作家出技巧。"它是"文化大革命"时期比较盛行的文

---

① 《揭秘作家包装手段：团队作战出书像"流水线"》，《南京日报》，2012 年 2 月 7 日。

② 《揭秘作家包装手段：团队作战出书像"流水线"》，《南京日报》，2012 年 2 月 7 日。

艺创作现象,在中国现当代文学史上也是一个不容忽视的特殊存在。在"文革"时期,各种集体写作组应运而生,著名的有梁效写作组、罗思鼎写作组、石一歌写作组、丁学雷写作组等。这种"三结合"的集体创作重在为政治服务,作家仅仅被当作工匠而已。这实际上削弱了作家的作用和地位,剥夺了作家的主体性和独创性。事实也证明,这些所谓的集体创作只是被政治利用的宣传工具和传声筒。历史再次证明:没有作家的独创性,就不可能有独创性的作品。

进入市场经济时代,一些知名作家为了迎合市场,提高自己的写作效率,追求利润的最大化,开始考虑以团队的方式来运行。2012年春节期间发生了方舟子与韩寒的笔战。方舟子在自己的微博上连续发表《造谣者韩寒》《天才韩寒的文史水平》《韩寒的悬赏闹剧》《"天才"韩寒的写作能力》《"天才"韩寒参加新概念作文比赛之谜》《"天才"韩寒创作〈三重门〉之谜》等文章,明确指出韩寒作品有"代笔"和"包装",进而指出韩寒身后有一个写作团队,但这些均遭韩寒否认。为此,韩寒整理了1997至2000年间的手稿、通信、素材本等资料,并将这些资料进行公证和真实性司法鉴定,包括纸张的年份鉴定、韩寒的笔迹鉴定。韩寒认为这些资料足以证明这些作品均为自己独立创作。实际上,团队作战在出版界和文学界确实存在。有知情人透露:"有团队并不意味着有人代笔,绝大部分情况下,更像是流水线作业,团队里每个人都有各自的分工,以确保能用最快的时间出书。"[1]据说,半年就能出3本书的青春文学作家小妮子在南京签售时就对记者坦言她身后确实有一个团队,但主要创作仍是自己独立完成。其他人主要负责前期的市场调查、收集选题、开研讨会和后期的加工修改。[2]

---

① 《揭秘作家包装手段:团队作战出书像"流水线"》,《南京日报》,2012年2月7日。
② 《揭秘作家包装手段:团队作战出书像"流水线"》,《南京日报》,2012年2月7日。

（四）明星效应，打造粉丝

按照常理，作家与明星是挨不到一块的。创作本应是私人化较强的工作，作家的写作常常是在寂寞中完成的；而明星却需要广泛的关注和包装，属于公众人物。但在市场经济时代，作家与明星的界限不再那么分明。按照市场机制，一个作家如果能把自己打造成明星，那是最好不过了。明星效应本身就是最好的营销，对作家作品的推介作用是不可忽视的。作家成为明星的最显著特征是拥有众多的粉丝，而众多的粉丝则蕴藏着巨大的经济能量。因为对于明星作家来说，这些粉丝往往就是最忠实的客户群。正因此，当下许多作家都非常重视对粉丝的培养，并动用多种手段来维护与粉丝们的关系。常用的方法有：通过微博、微信加强与粉丝的互动；与粉丝见面签名售书；重视和包装自己的个人形象（甚至在作品中公布个人写真）；拓展自己的爱好，引领时尚等。如果你要问：当下哪个作家包装最成功，最具明星气质？估计非郭敬明莫属了。据说，郭敬明每次出书，都非常注重特别的营销手段，比如《小时代3》出版时在全国书城做的郭敬明拼图活动和"迈进小时代"活动，《爵迹》出版时做的20个书城的限量版同步首发活动，等等。诸多营销手段使他的作品销量惊人，据说如今他的书起印数已达160万册。郭敬明还非常注重对自己的包装，在文学圈，他的出镜率是一般作家无法相比的。郭敬明对自己的形象也是充满自信的。他常常选择靓丽出场，成为文坛上的青春偶像。郭敬明的出场往往是极为时尚的，这与他每次出场前的细心准备是分不开的，比如扑定妆粉，眼睛、眉毛、嘴唇的处理，以最佳形象面对摄像机。虽然这在影视明星那里很常见，但对于一个写书的人来说，这一体现对读者和媒体的尊重的行为就显得很可贵，难怪会吸引大量粉丝。此外，在他主编的杂志《岛》里，除了文字外，郭敬明还用了大量美男美女的照片（包括他本人），这有助于吸引粉丝的眼球。

四、 作家经纪人：成就作家还是毁灭作家？

对于演艺界的人来说，经纪人是再熟悉不过的职业了。按照《辞海》的解释，经纪人就是为买卖双方介绍交易以获取佣金的中间商人。1995年10月26日，国家工商行政管理局颁布的《经纪人管理办法》指出："本办法所称经纪人，是指在经济活动中，以收取佣金为目的，为促成他人交易而从事居间、行纪或者代理等经纪业务的自然人、法人和其他经济组织。"从经纪人的概念可以看出，经纪人的出现与商品经济的发展紧密相关，适应了市场的需求。

作家经纪人这一行业对于中国人来说也许还比较陌生，但在西方国家并不是一个新鲜的职业。据说，在英美等西方国家，作品和作家的包装、宣传、营销等工作一般都由作家经纪人承担。有资料显示，美国现在有80％至90％的作品是通过作家经纪人的运作而出版的。受作家委托，作家经纪人主要负责联系出版机构、替作家作品做宣传、推介以及市场推广、包装作家和作品。从这个角度来看，作家经纪人与演艺界的经纪人并无多大区别。

在我国，作家经纪人这一行业总体来看仍处于起步阶段。2010年11月，新闻出版总署下属的中国版权保护中心在北京中关村开设了两期全国版权经纪人/代理人专业实务培训班，重点培训版权经纪人，其中就包括作家经纪人。这类培训是针对我国版权经纪人较为匮乏的现状，重点解决版权人才供求失衡的问题。

中国当下的作家经纪人制度还不够完善，导致作家经纪人的发展出现一种不平衡的现象。当下中国作家经纪人的存在主要有三种形式。

（一）专业经纪公司

谈到作家经纪人公司，路金波是要被提及的，其创立的万榕书业发展有限公司是国内较早涉足作家经纪人行业的公司。万榕书业发展有限公司是大陆第一家出版上市公司,其管理和经营团队是屡屡创造图书畅销奇迹的"榕树下"团队。万榕书业发展有限公司成立后,签约作家有:韩寒、安妮宝贝、饶雪漫、蔡智恒、孙睿、沧月、今何在、慕容雪村、石康、王朔、冯唐、春树等。曾策划出版《一座城池》《光荣日》《莲花》《素年锦时》《麻雀要革命》《天使街 23 号》《恶魔的法则》《离歌》《杂的文》《奋斗》《我的千岁寒》《暖暖》《七夜雪》,以及"冯唐文集""韩寒文集""饶雪漫文集""石康文集""王朔文集""海岩文集""沧月'镜'合集""孙睿文集"等畅销作品。万榕书业已成为中国当代最重要的文学出版力量。除了策划出版图书外,万榕书业的经营内容还包括作家品牌、产品、社会活动的整体包装,除了卖书外,作家们的演讲、海外版权、改编权、新媒体领域的推广都在运营范围内。

实际上,万榕书业发展有限公司更侧重出版与传媒,其作家经纪人的特色并不明显,而郭敬明的最世文化发展有限公司则专业得多。2010 年 7 月,郭敬明正式在上海注册成立上海最世文化发展有限公司,亲自担任该文化公司的董事长兼总经理。此前成立的上海柯艾文化传播有限公司成为旗下附属公司,并更名为作家经纪部。该公司明确宣称要做"作家经纪人"的文化公司。目前签约作家 70 余位,多为青春畅销书作家,如笛安、落落、安东尼等,另有一批签约的漫画作家。无论是签约人数还是出版产值都很有规模,市场化运作也相对成熟。

(二)作家个人直接指定

一些大牌作家或著名作家在图书市场享有太高的知名度,作品又极为畅销,由此就不可避免地产生较多的相关事务,作家自己的精力又无法保证。在这种情况下,他们往往会指定专业经纪人来代理他们的事务。莫言获诺贝尔奖后,其图书销售量出现井喷现象,码洋达到两亿,版税收入极为可观,另外作品的影视改编也引人注目。莫言的确需要一个经纪人来为他打理这些繁杂的事务。但目前出版圈的专业经纪人十分难寻,莫言不得不让其女儿挑起这个重担。2013 年 2 月 15 日,莫言在微博上称自己事务繁忙,委托女儿对外代理他的版权和其他各种合作事宜,他的女儿对外签署和承诺的各种文件,他都予以认可。从某种意义上说,莫言的这条微博也就等于宣布其女儿管笑笑成为他的出版经纪人。朱德庸前些年在大陆一直由点形文化担任其经纪公司,处理其作品的出版及改编等事宜,最近由磨铁公司接替其在大陆的经纪事务。

（三）兼任经纪人角色的书商或出版公司

由于作家经济人制度在我国尚未成熟,一般情况下,我国作家的出版、营销、包装等事务都由书商和出版机构代理。比较知名的有春风文艺、长江文艺、磨铁公司、蓝狮子公司等。这些出版机构在与作家签订出版合同的同时,也负责其作品的宣传和作家的形象定位、写作路线等方面的规划,从某种意义上说相当于作家经纪人的角色。但当下的问题是,中国真正有影响力（特别是市场影响力）的作家并不是太多,从而导致一人走红,利益均享的现象。同时,又由于缺乏正规经纪人体制的约束,作家们也常常更换出版社,甚至出现一个作家与多个出版机构合作的现象。

作家经纪人的出现,对作家是一把双刃剑。一方面,作家经纪人对作品的策划、对作家作品的包装、对作家作品的营销及宣传,客观上有利于读者尽快了解并接受作家和作品,从而有可能在短时间内提高作家和作品的知名度,扩大作家作品的影响,也使作家获得最大限度的利润和回报。尤其是对于那些刚出道的作家,作家经纪人的包装和推介更是起着一种决定性的作用。

安意如在成名前只是一个活跃于网络论坛的网络写手,一个喜欢张爱玲和金庸、迷恋古典诗词的文学青年。但凭着出版人杨文轩的一手策划,安意如的《人生若只如初见》一炮打响,迅速走红。这被认为是经纪人成功包装作家的经典案例。作家经纪人之所以能让很多作家一夜走红,除了作品本身的因素外,主要与他们的运作息息相关。在我国,作家经纪人大多来自图书出版业,尤其是那些图书策划人。他们在选题策划、出版合作、作家资源等方面往往拥有丰富的资源。在进入市场化社会以后，他们的市场意识也有所加强，在完成身份转变（图书策划人到作家经纪人）之后，他们的市场意识得到了更大的强化。凭借在出版业积累下来的人脉资源、对图书消费和社会时尚的敏锐把握，以及对媒体的掌握和洞察，他们不仅善于对作家进行全方位包装，而且对整个图书市场了如指掌，并能用最低成本去获得最大的利润。为了宣传和推介作家，他们会动用各种创作之外的方法，如宣传海报、在图书封面和腰封上做宣传、找名人写推荐语、拍作家的写真、利用媒体造势，甚至不惜制造与作家相关的热点新闻。这些运作手段的确加快了作家的成名，那种依靠传统文字功夫来显示作家魅力的时代已渐行渐远。难以估计，没有经纪人的介入，刚出道的作家要多长时间才能被读者知晓与接受。

　　另一方面，作家经纪人的市场运作也可能对作家作品产生一定的负面影响。当下国内作家经纪人在对作家作品进行包装和市场运作时，往往着重打造作家的明星效应和作家作品的市场价值，相对忽视了作家作品的文学价值。文学作品毕竟不同于一般的产品，作家也不同于一般的明星。娱乐圈的明星可以凭借不断的炒作使自己处于舆论漩涡，从而获得更多的受众和粉丝。因此，对明星的包装和打造就显得尤为重要。一个明星往往具备独特的气质和相貌就能迅速走红并被大众所接受，但作家的创作并非如此简单。一个作家的地位最终是靠其作品来奠定的，而一部作品最终被读者认同靠的既不是作家的气质和相貌，也不是作品的宣传和包装，而是具有生命力和穿透力的文字。这不会因为时代的变化而变化，任何浮华的外表也代替不了作品内在的文字之美。如果真的可以代替，那只能证明文学的死亡。因此，有时过度包装作家作品未必是一件好事，它可能阻碍了我们对作家作品的深度解读，我们看到的往往只是皮毛，真正的文字之美我们并没有领略。从这个意义上说，这不是包装作家作品，而是在毁灭作家作品。

　　当然，我们并不否定作家经纪人制度。需要强调的是，作家经纪人要把工作重心放在发掘优秀的作家作品上，不能因为市场炒作而遮蔽了自己的双眼。有了这个前提，再加上适当的包装和宣传手段，才可以使一个优秀作家脱颖而出，同时作家经纪人自己也能获得丰厚的利润。

英国女作家 J.K.罗琳之所以能从一个单身妈妈成为一名国际畅销书作家，很大程度上是因为她找到了一个改变她人生命运的作家经纪人克里斯多夫·里特。罗琳在成为作家前，是一个典型的"灰姑娘"。为了省钱，她只好用自己的打字机打书稿，书稿打完后却又不知寄给谁。从未出过书的罗琳跑到图书馆翻阅《作家和艺术家年鉴》，在众多名家中，她只是凭直觉选择了克里斯多夫·里特，并将《哈利·波特》的部分稿件寄给他。拥有超强想象力和灵感的罗琳，戏剧化地挑选了决定自己命运的经纪人。罗琳曾经说过，在一辈子收到的信中，最难以忘记的是里特先生回复的那封信："我期待能够看到您完整的作品。"

五、　文学批评的世俗化和市场化

众所周知，一个时代文学繁荣的标志是作家创作、文学批评和读者接受三方面的良好互动，三者缺一不可。文学批评在沟通作家与读者、引领文学新动向、影响文学思潮等方面发挥着不可替代的作用。文学批评在现代文学史上产生了重要影响，新文学的诞生就源于两篇具有文学批评性质的文章。[①] 在现代文学发展的各个阶段，一大批文学批评家以其文学批评引领了新文学的发展，对现代作家的创作以及整个新文学的走向均产生了巨大的影响。在此过程中，鲁迅、胡适、周作人、茅盾、梁实秋、冯雪峰、胡风等批评家功不可没。当然，文学批评也曾经充当过不光彩的角色。在 20 世纪 50 年代到 80 年代期间，文学批评成为当时文艺界的晴雨表，直接配合了几乎所有文学活动和政治运动，对于当时的作

① 胡适的《文学改良刍议》和陈独秀的《文学革命论》。

家来说,它更具备了生杀予夺的权力,往往一篇批评文章就能彻底改变命运,更不用说批评文章满天飞了。这种情况直到 20 世纪 80 年代才有所好转。实际上整个 80 年代,文学批评仍然对当时的文坛与思想界保持着足够的影响力,它所制造的轰动效应令今天的我们叹为观止。

但进入 20 世纪 90 年代后,我们忽然发现,文学批评的辉煌已不再,人们对文学批评的不满越来越多,甚至有人怀疑文学批评究竟有没有存在的必要。造成此现象的原因是多方面的。首先,作为文学批评的重要对象,文学创作日趋边缘化。进入 90 年代后,市场大潮冲击中国,文学创作很难形成轰动效应。近一二十年来,在中国从事专业文学批评的人数也许比新文学历史上任何一个时期都要多。正是因为我们有一支庞大的文学批评的队伍,所以每年产生的可以纳入文学批评范畴的报刊文章、学位论文以及学术论著不计其数,表面上看一派繁荣。然而,谈到当下中国的文学批评时,人们普遍的感受却是批评的失语、缺席、乏力。究其原因,是因为从整体上讲,当下的文学批评很少对当下文坛的走向、作家的创作与读者的阅读产生实质性的影响;对当下中国社会现实的影响更是微乎其微。许多时候,文学批评成了批评家自己的事情,甚至异化为获得硕士、博士学位、评职称、争项目、拿奖项的工具与手段。

从理论上说,文学批评应该对作家的创作具有一定的规范指导作用,也能在一定程度上影响读者对作品的接受。如此,文学批评才能与文学创作、文学接受进行良性互动。但在市场经济社会,作为文学评价的重要一环,文学批评发生了较大的变化。从总体来看,文学批评的世俗化、市场化倾向日趋明显,传统的文学批评日趋边缘化。

不可否认的是,在进入市场经济时代后,曾经呼风唤雨并能指导文学创作的文学批评正面临困境,甚至还有人断定文学批评已经死亡。的确如此,今天谈论文学批评是否需要重建,实际与我们所处的时代不太合拍。文学创作与时俱进了,文学批评是否也能与时俱进呢?未必,面对今天纷繁复杂的文学创作,真正的文学批评几乎处于失语状态。传统的文学批评体系不足以应付,而新的体系又尚未建立。在这种情况下,文学批评开始发生新的变化,一种外来的诱惑正在左右批评家们的写作,文学批评的世俗化与市场化日益显现,主要表现为以下几个方面。

（一）批评主体的缺席

文学批评在进入市场经济时代后一个最显著的特征就是批评主体的缺席。我们在谈论当下文学批评的困境时,往往简单地归结于时代因素,这是不全面的。当然,时代因素是一个不可忽视的外在因素,但作家主体的原因也不可忽视。当下文学批评家的批评策略主要有两种:一是借助所谓的新理论新方法来介入批评,从而获得一定的话语权;一是随波逐流,拉帮结派,形成自己的势力范围。但无论是前者还是后者,都忽视了一个非常重要的因素,那就是批评主体的存在。正如谢有顺所说:

> 我在当今的批评实践中,看到的最大的病症是——批评已经越发的沦为无心的写作。即便越过那些过度泛滥的会议式评论,我们依然可以在许多批评文章中,看到虚假、僵化、冷酷、腐朽的写作品质。批评也是写作,一种有生命和感悟的写作,然而,更多的人,却把它变成了一门死的学问或审判的武器,里面除了空洞的学术词语的堆砌和貌似庄严实则可疑的价值判断,并没有多少属于批评家自己的个人发现和精神洞察力。没有智慧,没有心声,甚至连话语方式都是陈旧而苍白的,这样的写作,如何能够唤起作家和读者对它的信任?①

的确,文学批评不是冷冰冰的学术写作,而是有生命的创作,批评家理应参与其中,不仅仅是旁观者,应在批评中重视审美的维度,不能仅仅

---

① 谢有顺:《对人心和智慧的警觉——论李静的写作,兼谈一种批评伦理》,《南方文坛》,2006 年第 5 期。

满足于技术层面的操作和卖弄。而在当下，一些批评家为了适应市场运行的规则，便放逐了自我，甚至也放弃了文学的审美维度，以市场需求和利益最大化来指导自己的批评写作。试想，这种没有心灵参与的写作还能打动人吗？

（二）隐藏利益的批评

与市场社会相适应，当下的文学批评还有一个显著特征就是无处不在的利益诉求。进入现代社会以后，在很长一段时期内，文学批评中的政治利益诉求开始占据上风，并深深影响了中国现代文学发展的进程，也影响了现代作家和批评家的创作和命运。进入市场经济社会后，对于批评家来说，政治利益诉求相对减弱，而经济利益的驱动却日渐明显。随着市场大潮的冲击，一个物化的时代悄然来临。为文学立法的文学批评还能超然于物外吗？

关于文学批评家主体的缺乏，上文已经论述。实际上，当下文学批评存在的主要问题，并非批评策略、批评文体、话语方式这些技术性层面，而是有着更为深层的原因，它往往取决于文学批评者的态度。具体地说，就是当下的文学批评往往带有太多现实利益（主要是经济利益和政治利益）的考量，批评家们常常在文学批评活动中掺入一些非文学的、有悖于文学批评的因素，从而影响了文学批评的客观和公正。尤其在市场社会中，各种利益对文学批评的渗透无处不在。这种隐藏利益的批评主要体现在以下几个方面。

其一，文学批评成为获取学术利益的工具，这主要指学院派批评家。在当今文学批评界，学院派批评家占主导是一个不争的事实，真正独立从事批评的批评家在今天很难存在。学院派批评家的优点是稳定，但缺点也较为明显，那就是不得不受到高校和学术机构的学术体制的制约。当下高校学术体制中一个非常重要的评价标准就是量化，从事文学批评也不例外。这就使得许多人在从事文学批评时不得不考虑这种量化的评价标准。因为它直接关系到能否获得学位、晋升职称、申报与完成科研项目、获得科研奖励、获得博导资格,等等。面对诸多直接和潜在利益的诱惑,又有多少人能不为所动呢?而诸多批评家由于其突出的批评成就而成为高校的教授或博导已是屡见不鲜。

其二,文学批评成为推动"文化繁荣"的手段。党的十八大报告强调:"全面建成小康社会,实现中华民族伟大复兴,必须推动社会主义文化大发展大繁荣,兴起社会主义文化建设新高潮,提高国家文化软实力。"鉴于此,许多地方政府的文化部门(如文联、社会科学联合会、文化局等)均把文学创作和文学批评的创作量以及获奖多少当作政绩的重要指标。与文学作品的知名度相比,文学批评也许有一定的距离,但它的作用也是不可小觑的。它常常被认为是扩大作家与作品影响力的重要手段。正因此,许多地方政府都相当重视各地的文学批评工作,并建立相应的批评家组织(如理论与批评协会),以便更好地搞好本地的文学创作。除了成立专门的机构外,还邀请高校从事文学批评的学者参与,以壮大文学批评的力量。当文学批评成为文学生产的一部分,并被作为一种特殊的生产力而得以强调时,它还能保持客观公正的立场吗?这种带有政治利益的诉求很难使批评家们保证客观的立场。

其三,文学批评成为营销的方式。为文学立法的文学批评本应该保持一定的公正性和客观性,并与市场保持一定的距离。但在市场经济体制下,文学批评很难保持其独立性,有时甚至成为商家营销的手段和方式。当下需要这种营销式文学批评的主要是出版商。为了提高销售业绩和利润,各出版商在出版文学作品的时候,不仅借助广告进行营销,也常常找一些批评家来助阵,把文学批评当成一种有效的营销方式。出版商所需要的文学批评是有特殊要求的,但根本的一条就是有利于对作家作品的推介,有利于获得最大利润。为此,批评家的立场必须转变,其文学批评中不得不加入一些文学批评之外的东西,甚至具有明显的广告宣传性质。当然,批评家这样做也是有回报的,他们往往能获得出版商提供的相应报酬,而这种报酬一般要远远高于他们从事严肃批评所获得的回报。

其四，文学批评成为人情式批评。自古以来，中国社会就是一个较为注重人情的社会。碍于情面，自古就有，于今则更甚。这种对人情的过度关注往往导致文学批评缺乏应有的客观性和公正性。实际上，批评者只有与批评对象保持一定的距离，才能做出客观、公正和独立的批评。但由于中国社会广泛存在的人情因素，批评者与批评对象之间往往缺少适当的距离，甚至不存在距离，于是严肃的批评变成了"吹捧"。打开今天出版的许多批评性作品，像"填补空白""具有里程碑意义""标志性人物""领军人物"等赞美之词随处可见。涉及缺点都是避重就轻或一笔带过，大多千篇一律在结尾处来个"但是"，或指出一些"在所难免""瑕不掩瑜"式的缺点，以示公允。实际上，人情批评的背后隐藏的是一种按市场法则来运行的潜规则。它追求的是一种利益最大化，有时就是一种赤裸裸的金钱批评。每当新作、新成果出版后，其作者往往用金钱或其他利益贿赂批评者。如此一来，吃人嘴短，拿人手软。批评者放弃了严肃的批评立场，只好大吹特吹。这样一来，所谓的文学批评就成了批评者和作者所达成的心照不宣的共谋，制造着繁荣的假象和虚假的评价。

针对以上存在的各种问题，许多专家提出了诸多解决方案。有的强调向西方文艺理论学习，运用拿来主义，大胆借鉴，为我所用；有的主张从中国古典文艺理论中汲取有益因子，让中国古典文论重新恢复生机；有的主张在批评方法上加以改进。但这都不是解决问题的关键。当下最需要做的是把文艺批评从市场评价的体系中解放出来，让文艺批评不再屈服于市场。而要做到这一点，仅靠技术和方法上的改变是不可能的，解铃还需系铃人，这还要从作家态度的转变开始。正如一位学者所说：

> 只要批评家对文学怀有真诚的热爱，把文学批评当成一种事业，当成参与当今文学发展与文化建设的一种手段，以严肃

的态度对待文学批评,采用任何一种文体,使用任何一种方法,都会写出好的、具有影响力的批评文章。相反,如果批评家被各种非文学的因素所左右,缺乏定力,缺乏对文学事业的真心热爱,缺乏对文学的责任心与使命感,那么任何一种批评策略与技术的改变,都不可能从根本上拯救当代文学批评的颓势。要改变中国当代文学批评的现状,必须从批评家的自省开始,必须从批评态度的改变开始。①

---

① 泓峻:《文学批评要有正确的批评态度》,《文艺报》,2012 年 3 月 28 日。

第四编

对中国现代作家评价的个案分析

第一章　中国现代作家评价中的鲁迅因子

　　中国现代作家的评价机制是一个有待研究的课题。作家评价机制是文学制度的重要组成部分，往往决定了作家的名望和文学地位。作家评价机制的形成涉及多种因素，在 20 世纪中国文学发展进程中，至少有三种因素影响了现代作家的评价机制，它们分别是文化权威、政治权威和市场权威。除市场权威出现较晚（20 世纪 90 年代）还有待考察外，文化权威和政治权威对中国现代作家评价机制的影响已得到了验证。文化权威和政治权威都体现为掌握一定资源（文化资源或政治资源）并处于核心位置且能对作家评价产生影响的人。在中国现代文学史上，文化权威产生的黄金年代是"五四"时期，代表人物主要有陈独秀、胡适、鲁迅、周作人、沈雁冰等；而政治权威主要出现在 20 世纪 30 年代后，特别是在"左联"成立后，代表人物有瞿秋白、周扬、鲁迅等。无论是文化权威，还是政治权威，他们都对现代作家评价机制的形成产生了深远的影响。而在中国现代文学史上，身兼两种权威于一身的人并不多见，鲁迅就是其中的代表。

一、　鲁迅的双重权威身份

　　作为新文学的奠基人，鲁迅的文化权威身份毋庸置疑。"五四"是产生文化权威的黄金期，伴随着新文化运动的开展，一大批文化权威群星璀璨，鲁迅就是其中最耀眼的一颗。作为文化权威的鲁迅不仅处于引人注目的中心位置，也掌握了一定的文化资源（主要是出版机构和期刊杂志等）。反过来，这种中心位置和文化资源又进一步巩固其权威地位。利用这种位置和资源，鲁迅很快就具备了对作家评价产生影响的可能。

鲁迅在现代中国不仅仅作为文化权威而存在，同时也具有政治权威的身份。说鲁迅是文化权威应该问题不大，但称其为政治权威，恐怕颇有争议。与文化权威的身份不同，政治权威的身份并非鲁迅的主动选择，这种身份的定位更多是与现代中国的特殊情境紧密相关。在20世纪20年代末，鲁迅的"左"倾已成为事实，但这并不足以说明他能马上成为政治权威。直到加入"左联"后，鲁迅的权威身份才开始彰显。但在"左联"这个大家庭里，鲁迅的权威地位并不巩固，尤其在"左联"后期，他常常面临一种有职无权的尴尬，但这一切在其逝世后发生了根本变化。从1936年那场声势浩大的葬礼开始，一场造神运动揭开了序幕。而此后毛主席的"三家七最"①更是将其权威身份经典化了。1949年后，鲁迅的政治权威地位得到了进一步强化。与此同时，鲁迅文化权威的身份反而被遮蔽。从鲁迅政治权威身份的形成来看，这并不是主体的自我选择，更多是一种政治上的需要，一种政治上的追认。但这种追加式的政治权威身份一旦形成，仍不可避免地影响到对一些现代作家的评价。

鲁迅的双重权威身份，使得鲁迅在评价现代作家时能起到一般人无法替代的作用。正因此，我们在评价作家时往往更看重鲁迅的态度和立场，并以此来审视这些作家，从而形成了中国现代作家评价中不可忽视的鲁迅因子。这种鲁迅因子的形成主要通过以下途径。

---

① 毛泽东在《新民主主义论》中对鲁迅的经典评价："鲁迅是中国文化革命的主将，他不但是伟大的文学家，而且是伟大的思想家和伟大的革命家。鲁迅的骨头是最硬的，他没有丝毫的奴颜和媚骨，这是殖民地半殖民地人民最可宝贵的性格。鲁迅是在文化战线上，代表全民族的大多数，向着敌人冲锋陷阵的最正确、最勇敢、最坚决、最忠实、最热忱的空前的民族英雄。鲁迅的方向，就是中华民族新文化的方向。"选自《毛泽东选集》第2卷，北京：人民文学出版社1991年版，第698页。

（一）参加《中国新文学大系》的编写，直接对现代作家进行评价

作为新文学的奠基人，无论在公开发表的文字中，还是在私下的日记和书信中，鲁迅都会常常谈论和评价现代作家。但其评价现代作家最集中的是在《中国新文学大系·小说二集》的导言中。作为对新文学第一个十年（1917—1927）的总检阅，《中国新文学大系》的编选队伍可谓超强，它几乎囊括了当时的文化权威。除鲁迅外，蔡元培、胡适、郑振铎、沈雁冰、郁达夫、周作人等新文化权威人物均参与其中。鲁迅负责编选文学研究会和创造社之外的作家的小说，并附加一篇导言。他对现代作家的评价主要集中在这篇著名的导言中。

鲁迅是以社团和流派为单位来评价现代作家的，用语精当，往往寥寥数语就能把握作家的创作特征。由于鲁迅的权威地位，这些精辟的点评不断被后来者所借鉴引用。由于涉及的作家较多，特以台静农和高长虹两位作家为例。

新文学第一个十年，作为文化权威的鲁迅还亲自扶植和支持了一些文学社团和流派。由鲁迅发起并领导的的新文学社团有语丝社、未名社和莽原社。其中，鲁迅对未名社的工作介入较深，他不仅是社团的发起人和领导，同时也参与了许多事务性的工作，甚至连未名社的名字也是鲁迅起的。① 对于未名社的主要作家，鲁迅评价甚高，对台静农更是毫不吝惜自己的赞美："能将乡间的死生，泥土的气息，移在纸上的，也没有更多，更勤于这作者的了。"②正是出于这种喜爱，在编选作品时，鲁迅选了 4 篇台静农的小说。③ 在新中国成立后的几部主流文学史中，台静农

一直得到较多的关注。鲁迅对台静农的经典评论也不断被文学史家们所引用,已成定评。

王瑶的《中国新文学史稿》是这样说的:

> 到一九二六年,在鲁迅所主持的《莽原》中,台静农陆续发表了小说《地之子》,是从"民间"取材的。鲁迅说:"要在他的作品里吸取'伟大的欢欣',诚然是不容易的,但他却贡献了文艺,而且在争写着恋爱的悲欢,都会的明暗的那时候,能将乡间的死生,泥土的气息,移在纸上的,也没有更多,更勤于这作者的了。"他的笔风朴素,但娓娓有致。①

唐弢的《中国现代文学史》这样评价:

> 台静农是未名社的主要作者。收入《地之子》中的十四篇小说,从"民间"取材,以朴实而略带粗犷的笔触描出一幅幅"人间的酸辛和凄楚"的图画。……尤其是《天二哥》、《拜堂》等篇,乡土风习,掩映如画。"在争写着恋爱的悲欢,都会的明暗的那时候,能将乡间的死生,泥土的气息,移在纸上的,也没有更多,更勤于这作者的了。"②

钱理群、温儒敏、吴福辉的《中国现代文学三十年》这样评价:

> 台静农的小说少而精,似乎一本《地之子》的集子就足够支持他成为出色的乡土作家了。他的作品,民间性特别强,十之

---

① 王瑶:《中国新文学史稿》(上册),上海:上海文艺出版社 1982 年版,第 114—115 页。
② 唐弢:《中国现代文学史》第一卷,北京:人民文学出版社 1979 年版,第 241—242 页。

八九以他的安徽故乡的人和事为材料，描写宗法制度对乡村底层的精神统治，生生死死，尤为突出。鲁迅说他"能将乡间的死生，泥土的气息，移在纸上"。①

显而易见，三本文学史在评价台静农的小说创作时均受到鲁迅的影响，不仅都把台静农作为乡土作家的代表来推崇，而且都沿用了鲁迅的经典评论。

高长虹与鲁迅结怨已是现代文坛的一桩公案，历来众说纷纭。鲁迅一方面对高长虹为《莽原》周刊的四处奔走表示肯定，另一方面却表达了更多对高长虹的不满。难怪他会在导言中写出这样的话："但不久这莽原社内部冲突了，长虹一流，便在上海设立了狂飙社。所谓'狂飙社'，那草案其实是早藏在长虹的衣袋里面的，常要乘机而出……"②同时，鲁迅在编选《大系》时未选高长虹的作品。不难想象，一个新文学权威的"封杀"对高长虹意味着什么。

受此影响，新中国成立后的几本主流文学史均对高长虹采取"封杀"的措施，一般都把高长虹的创作排除在文学史之外，只是在介绍狂飙社时才会提及他，而且高长虹往往作为鲁迅的对立面出现。

王瑶的《中国新文学史稿》是这样说的：

> 高长虹等在上海组织"狂飙社"，倡狂飙运动，以超人自居，攻击鲁迅，宣传尼采思想；但不久即无声息了。③

唐弢的《中国现代文学史》主要继承了王瑶的观点：

---

① 钱理群、温儒敏、吴福辉：《中国现代文学三十年》，北京：北京大学出版社1998年版，第69—70页。

② 王瑶：《中国新文学史稿》（上册），上海：上海文艺出版社1982年版，第12页。

③ 王瑶：《中国新文学史稿》（上册），上海：上海文艺出版社1982年版，第54页。

高长虹等具有小资产阶级狂热性的青年,则深受尼采思想的反动影响,以"倔强者"和"世上最孤立的人"自炫,神经质地怀疑和不满一切人,向一切人"宣战"。从《莽原》分裂出去以后,他们又另刊《狂飙》,并回过头来攻击鲁迅。一部分人后来走向堕落,正是这种极端个人主义思想发展的必然结果。①

钱理群、温儒敏、吴福辉的《中国现代文学三十年》对高长虹几乎不提。只是在第一章"文学思潮与运动(一)"中的第二节"外国文艺思潮的涌入和新文学社团的蜂起"中提到他的名字。与王瑶和唐弢的文学史有所不同,钱理群等没有对高长虹直接做出负面评价:

与语丝社同时开展活动的有莽原社、未名社,办有《莽原》、《未名》等刊物,也在鲁迅扶掖下产生过一些作者,如高长虹、尚钺、台静农、李霁野、韦素园、曹靖华、韦丛芜等,多写反映农村现实的"乡土小说",并译介许多俄国文学与十月革命后的苏联文学作品。②

从三部主流文学史的表述来看,那个曾经力倡狂飙运动并与鲁迅并肩战斗的高长虹在新中国成立后的文学史中却常常被遮蔽,这种因个人恩怨而导致的现象不得不令人深思。

(二)利用自己的资源和影响,提携文学新人

20世纪20年代末到30年代,鲁迅不仅是公认的文化权威,也逐渐成为"左联"的政治权威。鲁迅不仅拥有崇高的声望,还掌控了丰富的文化资源。他与上海的现代传媒界(主要是出版机构和期刊杂志)保持着

① 唐弢:《中国现代文学史》第一卷,北京:人民文学出版社1979年版,第66—67页。
② 钱理群、温儒敏、吴福辉:《中国现代文学三十年》,北京:北京大学出版社1998年版,第18页。

密切的联系。鲁迅非常重视与出版界的合作,而他与北新书局的关系已成为现代学界津津乐道的话题。① 鲁迅也直接参与和创办了许多期刊杂志,1924 年至 1934 年间,鲁迅先后参与、创办和主编的刊物就达九种。② 此外,作为"左联"的发起人之一,鲁迅拥有的政治资源也不可忽视。这些文化资源和政治资源足以使鲁迅对文学新人的提携成为可能。鲁迅提携的文学新人具有惊人的相似性:早期经历坎坷且思想较激进,一般都对鲁迅仰慕已久。这方面的代表人物有柔石、叶紫和二萧。

柔石与鲁迅的相识是在 1928 年 9 月,这次相识成为柔石创作生涯的一次重大转折,此后的柔石得到了鲁迅的直接指导和帮助。鲁迅不仅与柔石创办了朝花社,还指导柔石编辑《朝花》周刊、《朝花》旬刊等刊物,推荐柔石接编《语丝》周刊。这一时期,柔石的作品也大多在鲁迅主编或指导编辑的刊物上发表。鲁迅还亲自为他的长篇小说《旧时代之死》和中篇小说《二月》写了序,其中《旧时代之死》就是在鲁迅的帮助下在北新书局出版的。鲁迅在生活上对柔石也相当照顾,他曾帮柔石租房子,还邀请他搭伙用膳。柔石被杀害后,鲁迅更是义愤填膺,写下那篇著名的《为了忘却的记念》,表达对这位自己喜爱的"左联"作家的怀念。

鲁迅与叶紫的交往始于 1934 年。鲁迅不仅把叶紫介绍给了左翼文坛的许多权威人物,还身体力行极力提携这位文学新人。叶紫的许多作品都是鲁迅先审阅修改,再投稿发表,有的还是鲁迅转送报刊发表的,连稿费也由鲁迅代领。③ 1935 年,在鲁迅支持下,叶紫自费出版了短篇小说集《丰收》,收入"奴隶丛书"。鲁迅亲自为这本书作序,并出资邀请青

---

① 参见顾关元:《鲁迅与北新书局》,《人民日报海外版》,2003 年 6 月 23 日;陈树萍:《北新书局与中国现代文学》,华东师范大学博士论文,2006 年。

② 史世辉在《鲁迅编辑过的刊物》(《语文知识》,2005 年第 9 期)中记载:1924 年至 1934 年间,鲁迅先后编辑和创办过的刊物有九种:《语丝》周刊、《莽原》周刊、《未名》半月刊、《奔流》月刊、《朝花》周刊(后改为旬刊)、《萌芽》月刊(后改为《新地》月刊)、《文艺研究》《前哨》月刊(后改名《文学导报》)、《十字街头》旬刊、《译文》月刊。

③ 刘流:《鲁迅与叶紫》,《春秋》,1995 年第 3 期。

年木刻家黄新波为这本书设计封面和绘制插画,此书奠定了叶紫在左翼文坛乃至现代文学史上的地位。从某种意义上说,鲁迅成就了叶紫。正如有位学者所说:"如果说没有鲁迅的引导与推荐,叶紫的文学必定会尘封许多年,甚至永远埋在废墟里。"①

在现代文坛,鲁迅对二萧的提携更是众所周知。二萧虽在与鲁迅见面前就发表过作品,但他们真正成名是在1934年的那次会面后。鲁迅喜欢萧红、萧军的纯朴爽直。这次见面后,为了给二萧在上海铺展一条从事文学写作的道路,鲁迅把二萧介绍给茅盾、聂绀弩等权威的左翼作家,并请"左联"作家叶紫为二萧的向导,帮助他们尽快熟悉上海,加入左翼作家的队伍。在鲁迅的关怀引导下,二萧开始进入上海文坛,并与当时许多重要人物建立了广泛联系。1935年12月,二萧的成名作《生死场》和《八月的乡村》在鲁迅的帮助下作为"奴隶丛书"出版,鲁迅还亲自为两本书写了序。这两本书的出版不仅为二萧打开了上海文坛的大门,也使他们迅速跻身著名的左翼作家之列。

当然,被鲁迅提携的作家远远不止这几位。现代女作家白薇也是经鲁迅提携成名的。其成名作《打出幽灵塔》就发表在鲁迅主编的《奔流》创刊号上,她的独幕剧《革命神受难》也发表在鲁迅编辑的《语丝》杂志上。由此,白薇很快闻名文坛。

这些文学新人在创作上并非完美。鲁迅在推介他们时也是持一种较为客观的态度,并不都是褒誉之词。如在为萧红的《生死场》所作的序中,鲁迅这样说道:

> 这自然还不过是略图,叙事和写景,胜于人物的描写,然而北方人民的对于生的坚强,对于死的挣扎,却往往已经力透纸背;女性作者的细致的观察和越轨的笔致,又增加了不少明丽

---

① 佘丹清:《和谐与龃龉:鲁迅与叶紫之关系》,《四川戏剧》,2007年第1期。

和新鲜。①

　　鲁迅看到了萧红小说独特的风格和价值,但又委婉地指出其不足。对于自己欣赏的文学新人,鲁迅更多是鼓励和宽容。但鲁迅在 20 世纪 30 年代的权威地位和影响使得这种提携和推介本身具有了非同寻常的意义。鲁迅的提携不仅使这些文学新人很快进入当时的文坛并获得较高的声誉,而且深深影响了这些作家在文学史上的评价和定位。

　　（三）参与文艺论争

　　鲁迅在世时虽然受到仰慕和崇拜,但也与不少作家有过分歧。在文学界,作家之间有分歧是正常现象,但由于鲁迅的权威身份,尤其在其逝世后,随着鲁迅的被神化,这种分歧就不再是正常现象了。出于对权威的尊重,再加上鲁迅过世后被拔高的地位,人们很容易按照鲁迅的观点和态度去评价作家。正因此,我们在看待这些与鲁迅有过分歧的作家时,极有可能因为鲁迅而对这些作家做出有失公允的评价。

　　在现代作家中,与鲁迅有过分歧的作家不算少,产生分歧的原因是多方面的,但主要还是因为文艺论争。因为文艺论争与鲁迅产生分歧的作家主要有郭沫若、成仿吾、阿英、陈西滢、梁实秋、沈从文、徐懋庸、苏汶等。其中梁实秋和徐懋庸最具代表性,两位作家都与鲁迅有过尖锐的"交锋"。

　　梁实秋与鲁迅的分歧主要源于其"人性论"与"阶级论"的论争(还有翻译问题的论争),梁实秋的观点受白璧德人文主义思想的影响。在与梁实秋论争时,鲁迅开始接受阶级论。在 20 世纪 30 年代,鲁迅的阶级论似乎获得了更多话语权,但论争的结果仍然是谁也没有说服谁。实际上,我们很难对这段论争下一个孰是孰非的结论。但此后大陆的主流文学史大多采取褒鲁贬梁的态度,以致多年以后的梁实秋说起这段公案时

① 　鲁迅:《萧红作〈生死场〉序》,《鲁迅全集》第 6 卷,北京:人民文学出版社 2005 年版,第 422 页。

还耿耿于怀。① 今天当我们拨开历史的迷雾来看待这段论争时才发现，我们的文学史对于这场论争的表述是不对等的。我们过于看重鲁迅的权威表述，而对梁实秋的观点没有做认真的考量(尽管梁实秋的观点也存在很多问题)。同时，作为作家的梁实秋长时间被文学史所遗忘。仅仅将梁实秋绑在鲁迅身上，对于梁实秋是不公平的，他的小品散文自有不凡之魅力，并且他的名字在中国也会与莎士比亚连在一起。

与许多文学青年一样，徐懋庸在出道时也是鲁迅的追随者和崇拜者。他模仿鲁迅的杂文几乎以假乱真，鲁迅还为其《打杂集》作过序。直到晚年，徐懋庸对鲁迅的崇敬之情并未改变。众所周知，鲁迅与徐懋庸的冲突源于"两个口号"的论争。从表面看，这只是一场文艺论争。实际上，问题远没有这么简单。"左联"存在宗派主义已不是秘密，特别是"左联"后期，鲁迅与周扬的冲突日趋尖锐。"两个口号"的论争实际是"左联"两大权威之间的交锋。在这次交锋中，周扬并没有亲自出面，而是委托当时"左联"的常委书记徐懋庸与鲁迅交涉，让鲁迅停止不配合行为。从某种意义上说，徐懋庸是作为周扬的代言人来与鲁迅交涉的。鲁迅当然不买这个账，不仅把矛头对准周扬，更把怒火指向徐懋庸，那篇著名的万言长文《答徐懋庸关于抗日统一战线问题》就是明证。在这篇"战斗檄文"中，鲁迅公开了与周扬之间的矛盾，并第一次提到了"四条汉子"。应该说，这篇文章对周扬等人进行了强有力的回击，但最受伤的肯定是徐懋庸，这一年他刚刚 26 岁，风华正茂，前途不可估量。鲁迅在文中说徐懋庸是"恶劣的青年"，"只借革命以营私"，"心术的不正常，观念的不正确，方式的蠢笨"，以致"信口胡说，含血喷人，这真可谓横暴恣肆，达于极点"。鲁迅甚至说，"怀疑过他们是否系敌人所派遣"，又说徐懋庸"和小报有关系"②。鲁迅用语之激烈超出了文艺论争的范围，这种强有力的

---

① 高旭东：《论鲁迅与梁实秋的论战及其是非功过》，《鲁迅研究月刊》，2004 年第 12 期。
② 鲁迅：《鲁迅全集》第 6 卷，北京：人民文学出版社 2005 年版，第 548—558 页。

回击重创了徐懋庸。尽管如此,徐懋庸侥幸抱着希望,希望"有朝一日,有些问题是会对鲁迅先生说清楚,得到他的谅解的"①。但鲁迅的去世让他失去了这个唯一的机会。那么我们就不难理解他为何纠结于是否去参加追悼会,也不难理解他写的十六字挽联:"敌乎友乎?余惟自问。知我罪我,公已无言。"事实证明,鲁迅的这篇长文对徐懋庸产生了重要影响。从此,徐懋庸不仅背上了沉重的思想包袱,后来还不得不一再做解释和检讨。而在主流的文学史中,徐懋庸的创作成就常常不被提及,他只是作为鲁迅的对立面出现。正如徐懋庸自己所预言,鲁迅的作品流芳百世,他的名字因而"遗臭万年"②。

结　论

　　中国现代作家评价机制的形成涉及多种因素,其中权威的运作不可小觑。这些权威的形成一方面是由于他们拥有较高的文学鉴赏水准,另一方面更是源于他们的中心地位和所掌控的资源。不可否认,作为现代文学的开创者之一,鲁迅对现代作家及作品的把握水平是一流的,我们并不怀疑他有这个能力。但我们要叩问:仅以鲁迅的标准和评判来评价一个作家,这公正吗?他真的能超越人事的纷争而独树一帜吗?事实上这是不可能的,在强调人情和关系的中国社会,鲁迅不可能免俗。徐懋庸曾在信中指出鲁迅"不看事只看人"③的错误,虽有偏颇之处,但也不无道理。从鲁迅和现代作家的关系来看,这一点也较为明显。鲁迅对作家的评价往往都是由人到文,他对作家的提携和帮助往往是出于喜爱和欣赏,如二萧、叶紫、柔石等作家。而对与自己有过分歧的作家,哪怕他在创作上取得了一定的成就,鲁迅一般也不给情面,如郭沫若、周扬、徐

---

① 徐懋庸:《徐懋庸回忆录》,北京:人民文学出版社1982年版,第93页。
② 陈漱渝:《剪影话沧桑》,上海:远东出版社2008年版,第265页。
③ 鲁迅:《鲁迅全集》第6卷,北京:人民文学出版社2005年版,第547页。

懋庸、沈从文、徐志摩等。非但如此,鲁迅的不留情面有时甚至有扩大化的嫌疑,他和胡适的关系就是一例。鲁迅与胡适有过携手战斗的岁月,只不过后来才分道扬镳。鲁迅显然不满胡适后来的变化,这种不满后来逐渐延伸到胡适派文人,甚至推广到有英美留学背景的作家。对于这一派作家,鲁迅的反感是相当明显的。在其文章中,他也常常不放弃机会进行旁敲侧击。由此观之,鲁迅的爱憎是相当分明的,这一点倒印证了徐懋庸的话:"当他(鲁迅)憎恶一个人的时候,就拒之于千里之外,决不留情的。"①

斯人已逝,精神永存!鲁迅留下来的精神财富永远值得借鉴。中国现代作家评价中的鲁迅因子充分证明了鲁迅对于现代作家评价的意义,为我们评价现代作家提供了重要的参考和依据。鲁迅敏锐的艺术感受力和杰出的语言表达能力都是我们难以企及的。但在借鉴这笔宝贵的财富时,审慎的态度是必需的。鲁迅不是神,他有爱恨情仇,也有亲疏远近的人际关系,他不可能超越世俗人情生活在真空中。正因此,我们在评价现代作家时,须谨慎对待这些鲁迅因子,不能简单照搬。

---

① 徐懋庸:《徐懋庸回忆录》,北京:人民文学出版社 1982 年版,第 89 页。

第二章 对冰心文学地位的重新审视

毫无疑问,在20世纪的文学史上,冰心留下了自己深深的足迹。这位几乎与20世纪同龄的女作家,其创作时间之长、文学声誉之高少有人比。正因此,冰心常常为现代研究界所关注。纵观新时期以来的冰心研究,大多集中在创作思想、艺术成就、创作心理、文本、翻译、女性主义等方面①,而对冰心文学地位的研究相对不足。冰心在现代文学史上一直得到较高的肯定,甚至在其晚年和去世后还获得了文学大师的称号。对于冰心的文学地位,学界似乎没有太多的争议,但事实并非如此。

一、 冰心在主流文学史上的地位

1919年,年仅19岁的冰心在《晨报》上发表了第一篇小说《两个家庭》后正式开始她的文学生涯。从此一发不可收,在小说、诗歌和散文创作方面均成就斐然,成为"五四"时期风行一时的女作家。伴随其作品的发表和流行,关于她本人和作品的评价也接踵而至。从普通读者的层面来看,肯定者显然居多,尤其是当时的青年读者。正如批评家阿英所说:"青年的读者,有不受鲁迅影响的,可是不受冰心文学影响的,那是很少,

---

① 参见李玲:《评新时期的冰心研究》,《中国现代文学研究丛刊》,1996年第4期;唐群:《80年代以来冰心研究述评》,《赣南师范学院学报》,2002年第5期;裴春来:《1994—2003十年冰心研究述评》,《海南师范学院学报》,2005年第5期。

虽然从创作的伟大性及其成功方面来看,鲁迅远超过冰心。"①王统照、叶灵凤、巴金等现代作家都承认自己在走上文学之路前是冰心的忠实读者。但批评者也不乏其人。左翼作家蒋光慈对冰心的评价就极其苛刻,几乎是全盘否定。蒋光慈认为冰心的人生观是"小姐的人生观","所代表的市侩性的女性,是贵族性的女性"②。与蒋光慈观点相似的还有瞿秋白。

无论是普通读者的喜爱,还是左翼作家的否定,都不是对冰心客观全面的评价。真正对冰心文学创作进行评价且产生重要影响的是梁实秋和茅盾等权威批评家。

1923 年,新月派理论权威梁实秋在《创造周报》上发表了《〈繁星〉与〈春水〉》一文。在谈论冰心的小诗前,他首先对冰心的小说进行了较高的评价:

> 冰心女士是一位天才的作家,但是她的天才似乎是限于小说一方面,她的小说时常像一块锦绣,上面缀满了斑斓的彩绘,我们读了可以得到一些零碎的深厚的印象;她的小说又像是一碗八宝粥,里面掺满了各样的干果,我们读了可以得到杂样的甜酸的滋味。质言之,她的小说充满了零星的诗意。③

接着谈到冰心的诗歌,梁实秋笔锋一转:

> 然而她在诗的一方面,截至现在为止,没有成就过什么比较的成功的作品,并且没有显露过什么将要成功朕兆。她的

---

① 阿英:《谢冰心小品序》,范伯群主编《冰心研究资料》,北京:北京出版社 1984 年版,第 401 页。
② 蒋光慈:《现代中国社会与革命文学》,《民国日报副刊》,1925 年 1 月 1 日。
③ 梁实秋:《〈繁星〉与〈春水〉》,《创造周报》第 12 号,1923 年 7 月 29 日。

诗,在量上讲不为不多,专集行世的已有《繁星》与《春水》。她
所出两种,在质上讲比她自己的小说逊色多了,比起当代的诗
家,也不免要退避三舍。①

由此观之,梁实秋对冰心的小说较为推崇,但对冰心的小诗评价较低,甚
至是相当不满:

　　我读冰心诗,最大的失望便是袭受了女流作家之短,而几
无女流作家之长。我从《繁星》与《春水》里认识的冰心女士,是
一位冰冷到零度以下的诗人。②

在梁实秋看来,冰心是散文家和小说家,而不适合写诗。这种观点对后
来的冰心研究影响较大。

　　冰心的文学创作也得到了文学研究会权威批评家茅盾的关注。
1934 年,茅盾的《冰心论》发表,首次对冰心进行较为全面的评价。对于
同是来自文学研究会的冰心,茅盾并没有偏袒,特别是对其"爱的哲学",
他持批评态度,不过说得相当委婉:

　　专一讴歌理想,不愿描写现实,其毛病是"遥想天边的彩
霞,忘记了身旁的棘荆。所谓"理想",结果将成为"空想";所谓
"讴歌",将只是欺诈;所谓"慰安",将只是揶揄了。③

但茅盾对冰心的创作个性及成就给予了一定的肯定:

―――――――――――

① 　梁实秋:《〈繁星〉与〈春水〉》,《创造周报》第 12 号,1923 年 7 月 29 日。
② 　梁实秋:《〈繁星〉与〈春水〉》,《创造周报》第 12 号,1923 年 7 月 29 日。
③ 　茅盾:《冰心论》,《文学》,1934 年第 2 期。

> 在所有五四时期的作家中,只有冰心女士最属于她自己。
> 她的作品中,不反映社会,却反映了她自己,她把自己反映得再
> 清楚也没有。在这一点上,我觉得她的散文的价值比小说高,
> 长些的诗篇比《繁星》和《春水》高。①

茅盾对冰心的肯定是很有限的。对于兼有政治家身份的茅盾来说,
"不反映社会"是一个不可原谅的错误。由于茅盾在现代文学批评界
的权威地位,其《冰心论》中的观点被后来许多批评家和文学史家所
接受。

从早期权威批评家的评价来看,作为"五四"时期的代表性作家,冰
心的文学创作并非完美而是常常暴露一些缺陷。尽管冰心是她那个时
代最受关注的作家之一,但她与文学大师仍存在较大距离。

除了权威的批评家外,权威的文学史也参与了对冰心的评价。真正
意义上的中国现代文学史诞生于 20 世纪 50 年代。从 50 年代至 80 年
代出版的几种权威的文学史来看,它们对冰心的评价都是很有分寸的。
这些文学史一般都是在肯定冰心创作的前提下又指出其不足。显然,它
们也没有把冰心看作文学大师。

作为现代文学史的开山之作,王瑶的《中国新文学史稿》有着非同寻
常的意义。在这部文学史中,除了鲁迅的文学地位得到充分彰显外,其
他文学大师的文学地位尚未得到展现。王瑶分别从小说、散文和诗歌三
个方面来评价冰心的创作。冰心的小说创作放在第三章"成长中的小
说"之"人生的探索"部分。介绍顺序是在叶绍钧、王统照、许地山之后,
庐隐之前。这种次序安排本身就带有评价的意味。对于冰心的"问题小
说",王瑶评价不高,尤其是其"爱的哲学":

---

① 茅盾:《冰心论》,《文学》,1934 年第 2 期。

> 然而她不愿意停留在她最初所留意的"问题"里,现实太丑了,她的中庸主义只能给问题以抽象的解答,她逃入了理想,逃到母亲的怀里。她在温暖的家里感到了"爱",而在社会的现实里感到了"憎",她企图用"爱"来温暖世界,自然就和实际世界隔离了。①

此评价是对茅盾《冰心论》观点的复述,但它的确抓住了冰心早期小说创作中的弱点。

冰心的散文创作放在第五章"收获丰富的散文"之"写景与抒情"部分。王瑶是把冰心放在朱自清、叶绍均、郑振铎、俞平伯后面来介绍的。编者既肯定了冰心散文的"曾经为人传诵和称道",也对其"逃避时代风雨"进行了批评。②

冰心的诗歌创作放在第二章"觉醒了的歌唱"之"正视人生"部分。对于当时风行一时的冰心风格的小诗,王瑶相当不满,他甚至用了"粗制滥造"一词:

> 这种小诗在当时确曾产生过较大的影响,但由于形式本身的局限和一些作者的粗制滥造,小诗的流弊逐渐引起了人们的不满。③

唐弢主编的《中国现代文学史》(共三卷本,其中第三卷由唐弢和严家炎共同主编)出版于 1979 年。由于编写者的权威性再加上正值拨乱反正时期,这部文学史的影响是相当深远的。在这部文学史中,"鲁郭茅巴老曹"的文学大师格局已经形成。六位文学大师中享受专章待遇的作

---

① 王瑶:《中国新文学史稿》,上海:上海文艺出版社 1982 年版,第 109 页。
② 王瑶:《中国新文学史稿》,上海:上海文艺出版社 1982 年版,第 150—151 页。
③ 王瑶:《中国新文学史稿》,上海:上海文艺出版社 1982 年版,第 75 页。

家是"鲁郭茅",其中鲁迅独享两章。"巴老曹"共享一章,各占一节。此外享受专节待遇的作家还有叶绍钧、艾青、沙汀、赵树理。冰心连专节的待遇都没得到。毫无疑问,作为一部权威的文学史,无论是章节的安排,还是先后次序的确定,都具有非同寻常的意义。冰心在这部文学史中被安排在第四章第二节"文学研究会诸作家的创作"。这一节主要介绍了叶绍钧、冰心、朱自清、王统照等作家。其中叶绍钧专节另外介绍,冰心排在第二位。对于冰心的"问题小说",编者批评多于肯定:

> 作者虽然受到五四浪潮的影响,有了一些与时代气氛相适应的民主主义思想,但优裕的生活地位、狭窄的生活圈子、跟下层人民隔离等种种条件限制着她,使她并没有真正产生反抗黑暗现实的强烈要求和变革旧制度的革命激情。到五四高潮过去以后,思想上的矛盾和苦闷有所发展,基督教教义和泰戈尔哲学便对她有了更深的影响。①

同样,对于冰心的小诗,编者评价也不高:

> 作者如此讴歌"爱"的哲学,把母爱和童真几乎当作救世福音,这在她自己固然是想借以躲开"心中的风雨",求得内心的平静,而对读者却或多或少起了导致逃避现实斗争的作用。②

但对于冰心的散文,编者给予了较高的评价:

> 冰心的散文笔调轻倩灵活,文字清新隽丽,感情细腻澄澈;

---

① 唐弢:《中国现代文学史》第一卷,北京:人民文学出版社 1979 年版,第 207 页。
② 唐弢:《中国现代文学史》第一卷,北京:人民文学出版社 1979 年版,第 208 页。

既发挥了白话散文流利晓畅的特点，又吸收了文言文凝练简洁的长处；它们显露了作者较高的文学修养，也表现了一个有才华的女作家独有的风格。①

从王瑶和唐弢的文学史来看，二人评价冰心的主要依据是茅盾的观点。在他们看来，冰心的确是一名富有才华的女作家。其创作个性鲜明，但视野不够开阔，过于理想化，不够关注现实。总之，冰心与文学大师尚有距离。

二、　冰心文学地位的提升

自 20 世纪 90 年代始，冰心的文学地位明显出现上升迹象。1990 年，由著名作家韩素音倡导的冰心文学奖设立。它是我国第一个面向国际华人创作的儿童文学艺术大奖，分为冰心儿童图书奖、冰心儿童文学新作奖、冰心艺术奖、冰心摄影文学奖 4 个奖项。目的在于鼓励儿童文学作品的创作出版，发现、培养新作者，支持和鼓励儿童艺术普及教育的发展。1992 年 12 月，冰心研究会在冰心的故乡福建省福州市正式成立，中国作协主席巴金任首任会长。1997 年，冰心文学馆建成并对外开放，这是全国第一个以个人命名的文学馆，它与中国现代文学馆、鲁迅纪念馆等一样，达到国内同类纪念馆的一流水平。1999 年 3 月，冰心逝世后，党和国家对其做出高度评价："20 世纪中国杰出的文学大师，忠诚的爱国主义者，著名的社会活动家，中国共产党的亲密朋友。"②同年 10 月，中国现代文学馆新馆落成，冰心首次作为文学大师进入 20 世纪文学大师风采展馆，与各位文学大师并驾齐驱。

---

① 唐弢：《中国现代文学史》第一卷，北京：人民文学出版社 1979 年版，第 209 页。
② 《首都各界送别文学大师冰心先生》，《人民日报》，1999 年 3 月 20 日。

冰心何以成为文学大师？这是一个值得深思的问题。

冰心文学大师的地位不能仅仅归功于其创作，而是与现代作家的评价机制息息相关。现代作家的评价机制是现代文学制度的重要组成部分，直接关系到一个作家的名望和文学地位。中国现代作家的评价机制在其形成过程中受到多种权威的影响，其中政治权威和文化权威的作用尤为明显。在冰心文学大师地位的形成过程中，这两种权威都发挥了重要作用。

首先，冰心文学大师地位的形成离不开政治权威的认可。政治权威是指在政治领域内处于核心位置并掌握一定政治资源的人或力量。政治权威往往凭借其核心地位和政治资源，对作家的创作和文学地位产生影响。在现代文学史上，政治权威对作家评价机制的强有力介入已是不争的事实。尤其到 1949 年后的一体化时期，政治权威不仅影响现代作家的创作，同时还决定着他们的文学地位甚至命运。

1949 年前的冰心与政治一直保持一定的距离，其创作很少直接为具体的政治斗争服务。但这一切在 1949 年后发生了变化。1951 年，在周恩来总理的指示安排下，冰心和吴文藻携子女从日本回国。从此，冰心的人生翻开了新的一页。为适应新社会的需求，冰心与广大作家一样，开始反思自我，甚至开始批判自己，特别是用阶级斗争的理论来批判自己"爱的哲学"：

> 我所写的头几篇小说，描写了也暴露了当时社会的黑暗方面，但是我只暴露了黑暗，并没有找到光明，原因是我没有去找光明的勇气！结果我就退缩逃避到狭仄的家庭圈子里，去描写歌颂那些在阶级社会里不可能实行的"人类之爱"。同时我的对象和我的兴趣，主要放在少数小资产阶级知识分子上面，我没有"到工农兵群众中去，到火热的斗争中去，到唯一的最广大最丰富的源泉中去"。脱离群众，生活空虚，因此我写出来的东

西,就越来越贫乏,越空洞,越勉强,终于写不下去!①

　　同许多现代作家一样,冰心一改原来对政治的疏离,主动配合,深刻反思,积极投身社会主义各项事业。在文学创作上,为配合形势,冰心先后创作并出版了《我们把春天吵醒了》《樱花赞》《拾穗小札》等散文集,同时还为《人民日报》写通讯《再寄小读者》。冰心的表现得到了政治权威的认可。1953 年,冰心应邀参加全国政协组织的第一部《中华人民共和国宪法》草案初稿的学习和讨论。1954 年,当选为第一届全国人民代表大会代表。1956 年,当选中国民主促进会第四届中央委员。1978 年,当选第五届全国政协常委。1979 年,当选中国文联副主席。从 1979 年始,长期担任中国民主促进会中央委员会副主席、名誉主席。由于周恩来总理的赏识,她回国不久就被选派出国访问,作为传播友谊的使者。从 1953 年至 1980 年,她曾 12 次出国访问,其中日本 5 次,印度、埃及各 2 次,瑞士、西欧和苏联各 1 次,在国内接待外国各界人士来访的次数难以计数。② 应该说,在当时的作家中能享此殊荣的并不多。此外,冰心、吴文藻夫妇与周恩来总理一家保持着非常亲密的关系。冰心与邓颖超情同姐妹,互视为知己。正因为有周恩来夫妇的关心,"文革"期间冰心虽也遭受一定的冲击,如抄家、下放干校等,但总体还是有惊无险。

　　由于得到政治权威的认可,冰心从新中国成立后到"文革"时期的文学地位较为平稳,不像其他作家那样大起大落。这种影响作家文学地位沉浮的政治权威并未随着"文革"的结束而结束,它在相当长的时期内仍然对作家的评价有着重要影响。从冰心晚年和去世后的情况来看,她获得的各种荣誉和待遇少有人比,这体现了政治权威对她的认可,也是冰心成为文学大师的重要前提。

①　陈恕:《冰心全传》,北京:中国青年出版社 2011 年版,第 272 页。
②　陈恕:《冰心全传》,北京:中国青年出版社 2011 年版,第 284 页。

其次，以巴金为代表的文化权威对冰心的高度推崇也是不可忽视的因素。

文化权威是指在文化思想领域内处于核心地位并掌握一定文化资源的人。文化权威往往凭借其核心地位和文化资源，对作家的文学地位产生影响。"五四"是产生文化权威的黄金时期，陈独秀、胡适、周氏兄弟、郭沫若、李大钊、茅盾等都曾是文化权威。而在20世纪八九十年代，无论从资历还是影响力来看，巴金都是名副其实的文化权威。冰心与巴金的相识是在20世纪30年代，二人维系了将近70年的友情。冰心回国后，二人的交往和书信来往更为频繁。冰心每到上海，巴金必定亲自迎接；巴金每到北京开会，必访问冰心。晚年的冰心和巴金更是以姐弟相称。对于这种情谊，冰心格外看重。1994年1月3日，冰心在巴金画像旁题写赠言："人生得一知己足矣，此际当以同怀视之。"①作为现代著名作家，巴金的文化权威身份是不容怀疑的，尤其在"文革"之后，其"讲真话"的勇气更是赢得了广泛的尊重。而在文学巨匠茅盾去世后，巴金的文学地位日渐上升并毫无争议地当选中国作家协会主席。巴金一直是冰心的推崇者，这种推崇在巴金成为作协主席后具有了不同寻常的意义。无论是公开的评论，还是私下的交往，巴金对冰心的推崇是相当明显的。1988年7月，巴金应邀为卓如的《冰心传》作序，他写道："她这个与本世纪同年龄的老作家的确是我们新文学的最后一位元老，这称号她是受之无愧的。"②1992年8月，巴金为"冰心奖"题词："作为读者，我敬爱她；作为朋友，我为她感到自豪。"③同年12月，冰心研究会在福州成立，巴金出任会长，并为大会发去贺电："冰心大姐是五四新文学运动的最后一位元老，她写作了近一个世纪，把自己全部的爱奉献给一代一代的青年，她以她的一生呕心沥血，为中国的文学事业做出了巨大的贡献，

---

① 陈恕：《冰心全传》，北京：中国青年出版社2011年版，第214页。
② 巴金：《〈冰心传〉序》，《巴金全集》第十七卷，北京：人民文学出版社1991年版，第381—383页。
③ 李朝全、凌玮清：《世纪知交——巴金与冰心》，北京：团结出版社2006年版，第237页。

她是中国知识界的良知。我敬重她的人品文品并以她为榜样。"①1994年5月20日,巴金特为冰心题词:"冰心大姊的存在就是一种巨大的力量。她是一盏明灯,照亮我前面的道路。她比我更乐观。灯亮着,我放心地大步向前。灯亮着,我不会感到孤独。"②除了公开的交往外,巴金和冰心还有私下来往的大量书信,足以证明二人的友情之深。因此,在冰心文学大师地位形成的过程中,巴金的作用不可小觑。

再次,冰心积极参与和支持中国现代文学馆的建设工作,以实际行动赢得了政治权威和文化权威的共同认可。

中国现代文学馆是由文化权威巴金倡导修建的,从其提议开始就得到了冰心在内的文化界人士的赞成和支持。但在具体的筹建和建设方面,它又少不了政治权威的支持。在此过程中,冰心发挥了不可替代的作用,从而也为自己赢得了崇高的文学地位。早在20世纪80年代,冰心就第一个热烈响应巴金建立中国现代文学馆的倡议,率先捐出自己珍藏的大量书籍、手稿、字画,成立了"冰心文库",以实际行动来支持巴金。她还写信给当时的国务院副总理邹家华,寻求支持。在中国现代文学馆的筹建过程中,她的贡献仅次于巴金。弥留之际,她还在遗嘱中要求将所留的稿费及版税的一部分捐给中国现代文学馆。1999年,中国现代文学馆新馆终于建成,而冰心老人也正好走完99岁的人生历程。在这座专门为现代文学而建的纪念馆中,冰心留下了自己的重要印迹。从文学馆墙壁上的题字,到捐献的大量藏书、手稿和字画,再到文学馆园林里的汉白玉冰心雕像,都证明了冰心与这座现代文学丰碑的不解之缘,同时也在提醒世人冰心在现代文学史上的重要地位。在文学馆一楼的20世纪文学大师风采展馆,冰心更是以文学大师的身份与"鲁郭茅巴老曹"并驾齐驱。大师馆的布局采用半圆形,以鲁迅为中心,六位文学大师呈

---

① 李朝全、凌玮清:《世纪知交——巴金与冰心》,北京:团结出版社2006年版,第238页。
② 李朝全、凌玮清:《世纪知交——巴金与冰心》,北京:团结出版社2006年版,第239页。

半圆状环绕。从进门的右边起依次是老舍、曹禺、冰心、郭沫若、茅盾和巴金。鲁迅的中心地位不可动摇，其他几位大师主要通过展台的面积和物品的多少来体现地位的不同。其中老舍、冰心、巴金的展台面积较大且陈列物品较多，而郭沫若、曹禺的展台面积较小且较为简陋。尤其是在冰心隔壁的曹禺，其展台面积最小，里面有一台陈旧的大彩电正在播放曹禺的话剧经典《雷雨》。冰心的展台面积较大且展出的物品丰富。最引人注目的是一个巨大的玻璃箱，里面收藏着她与小读者的通信。此外还有冰心用过的书桌、转椅和一部分家具，冰心的爱人吴文藻的一幅字画也挂在一个玻璃橱里。①

中国现代文学馆是经过精心设计的，其背后隐藏着某种权威的评价机制，这种评价机制体现了政治权威和文化权威的合作。从某种意义上说，冰心文学大师的地位与这两种权威的认可是分不开的。

小　结

一般来说，作家文学地位的形成往往涉及多种因素。这里既有文学创作本身的因素，也有文学创作之外的因素。文学创作理应是其中最值得关注的因素，但事实并非如此。从冰心文学大师地位的形成来看，文学创作之外的因素受到了过高的强调和重视，从而使我们对冰心的文学地位缺乏客观判断和理性思考。冰心文学大师的地位不能仅仅归功于其文学创作，而是与现代作家的评价机制息息相关。然而，无论是政治权威还是文化权威，都不可能对冰心进行客观公正的评价和定位。评价一个作家文学地位的重要依据应该是其作品本身，而非作品之外的所谓权威。遗憾的是，这个看似简单的问题在中国现代文学史上一直未得到足够的重视。这也许正是值得我们反思的地方，因为这不仅仅涉及冰心。

---

① 以上材料均为 2007 年 12 月 27 日笔者参观中国现代文学馆时所记，并有照片资料为证。

第三章　论朱自清文学史地位的变迁

　　作为文学研究会的重要成员,朱自清的研究在当下越来越受到重视。新中国成立后的文学史对朱自清的评价有一个较大的变化,其文学地位也经历了较大的沉浮。在很长一段时间内,由于种种原因,朱自清并未得到公正客观的评价。20世纪80年代以后,随着思想解放在文化领域的进一步深入,政治对文学的介入相对淡化,在此背景下人们对朱自清又有了新的看法,对他的评价明显提高,他作为现代文学史上散文大家的地位开始得到认可。本章主要从新中国成立后的主流文学史来探讨对朱自清评价的变化,并以客观的态度探析造成这种现象的原因,力图给朱自清的文学成就一个恰如其分的评价和定位。

　　新中国成立以后,文学史对朱自清的评价经历了一个跌宕起伏的过程。1949年7月,第一次文代会再次确定了《讲话》的主要精髓:"文学为政治服务,文学为工农兵服务",将文学提升到政治的高度,并要求文学无条件地服务于政治。在这种背景下,文学史对朱自清的评价可想而知。总的看来,新中国成立后的主流文学史对朱自清的评价经历了一个先低后高的变化。从大环境上讲是因为政治对文学介入的程度由紧到松;从接受的角度来看是因为人们对朱自清的文学创作有了全新的认识和理解。特别是改革开放以后,政治对文学的介入相对淡化,人们开始重新审视朱自清,对他文学地位的评价也逐渐升高。这从人们对他的研究和关注的变化就能看出。据中国期刊网统计,研究他的学术论文在近三个十年中呈几何级增长。

在评价朱自清的文学成就时有一个值得注意的现象：人们常常把他与冰心做比较。在现代文学史上，郁达夫最早把朱自清与冰心做比较："文学研究会的散文作家中，除冰心女士外，文章之美，要算他了。"①郁达夫的权威致使这种说法在很长一段时间里影响了我们对朱自清的评价，我们甚至已习惯了这种评价和定位，将朱自清排在冰心之后。但在王瑶编写的《中国新文学史稿》中，朱自清的文学地位又被抬高，全面超越了冰心。这固然是对既有评价的一种反拨，但也不能排除师生情谊的影响。朱自清的文学史地位到底怎样呢？查阅新中国成立以来比较有影响的文学史，看文学史对他的评价在各个阶段发生了怎样的变化，并探究产生这种变化的原因，这对于我们今天的文学史编写和文学评论具有重要意义。

一、 文学史评价的变迁

文学史对朱自清评价的变化及社会文艺思潮的转变大致分为三个阶段。

（一）新中国成立初期至"文革"前

这一时期最有影响、最有代表性的文学史当数王瑶的《中国新文学史稿》。② 作为中国现代文学史的开山之作，其权威性不言而喻。在这部文学史里，专门介绍朱自清是在第五章"收获丰富的散文"。这一章共三节，其中第二节"写景与抒情"涉及朱自清的散文创作（第一节"投枪与匕首"主要介绍鲁迅的杂文，第三节"叛徒与隐士"主要介绍周作人的散

① 刘绶松：《中国新文学史初稿》，北京：人民文学出版社 1979 年版，第 122 页。
② 《中国新文学史稿》上册出版于 1951 年 9 月，由开明书店出版，下册出版于 1953 年 8 月，由新文艺出版社出版，1982 年上海文艺出版社修订出版。它的出版奠定了中国现代文学史写作的基本格局，对后来的现代文学史写作产生了重要影响。

文)。这一节共介绍了四个作家,分别是朱自清、叶绍钧、冰心和郁达夫,朱自清是第一个被介绍的。对于他的散文创作,无论是思想内容,还是艺术特色,王瑶都给予了较高的评价:

> 　　朱自清早期的散文很有一些为人传诵的名篇,如《背影》、《荷塘月色》、《桨声灯影里的秦淮河》等,是尽了对旧文学示威的任务,虽然写的多是个人的经历和感想,但在《旅行杂记》里有对军阀的讽刺,态度诚挚严肃。[1]

　　按理,在这部 20 世纪 50 年代氛围下产生的文学史中,朱自清很难得到较高的评价。但事实并非如此,在《中国新文学史稿》里,王瑶对朱自清的评价是相当高的,不仅超越了以前的文学史家,即便是后来的文学史家和评论家也少有人比。在这本书的第五章第二节,他对叶绍钧、冰心、郁达夫的介绍只是一带而过,并没有做详细的评述,三人所占的篇幅均不超过一页,唯独朱自清占了近两页。我们知道,王瑶早年毕业于清华大学,是朱自清的学生。我们并不否认《中国新文学史稿》的公正性,但师生情谊难免对当时的王瑶产生影响。而在王瑶看来,朱自清在散文方面的成就要高于冰心,这显然不同于郁达夫的评价。

　　(二) 新时期至 20 世纪 90 年代

　　这一时期政治对文学的介入相对宽松,因此出现的现代文学史比较多。比较有影响的有刘绶松的《中国新文学史初稿》[2],唐弢、严家炎主

---

[1]　王瑶:《中国新文学史稿》,北京:开明书店 1951 年版,第 112 页。

[2]　刘绶松的《中国新文学史初稿》1956 年由作家出版社出版,1979 年人民文学出版社修订出版。该书出版后被教育部指定为高校中文专业教材,影响较大。该书运用马克思列宁主义文艺理论全面系统地探讨了中国新文学发展的历程,评析了各个历史时期作家作品的艺术成就,阐述了新文学发展的历史规律,是当时同类著作中颇具特色的一部。

编的《中国现代文学史》(三卷本)①和钱理群等编著的《中国现代文学三十年》②。

在刘绶松的《中国新文学史初稿》中,第五章第二节"散文"专门介绍"五四"时期的散文创作。这一节安排的顺序是瞿秋白、郭沫若、朱自清、叶绍钧和冰心。介绍瞿秋白用了两页,而介绍朱自清只有一页的篇幅,且重点介绍的是朱自清的政治性杂文,如《生命的价格——七毛钱》《白种人——上帝的骄子》《航船中的文明》等,而对朱自清最擅长的叙事散文和写景散文提的很少。即使对于朱自清的散文经典《背影》,编者的评价也是相当苛刻的:"(《背影》)向来是被称为最好的散文,但其中显然存在着比较浓厚的小资产阶级知识分子的感伤情调。"③在那个特殊的政治氛围下,这部文学史对朱自清的评价之低也在意料之中了。尤其是没有认识到朱自清抒情散文和记叙散文的价值。

在唐弢编写的《中国现代文学史》中,介绍朱自清是在第四章的第二节:"文学研究会诸作家的创作",介绍顺序是在冰心之后,编者认为朱自清在诗歌和散文方面都"有特色有成就"。在评价其诗歌时,编者一方面批判了朱自清新诗中透露的"寂寞空虚",另一方面又肯定了他"在失望之后又鼓起勇气来不懈地进取的生活态度"。尤其对其长诗《毁灭》评价很高:"《毁灭》无论在意境上和技巧上都超过当时一般诗歌的水平。"在评价朱自清的散文创作时,编者首先肯定了朱自清是"一个爱国、有正义感的小资产阶级作家",尤其是议论性散文"较多地表现了反帝反封建的

---

① 唐弢、严家炎主编的《中国现代文学史》(三卷本)1979 年由人民文学出版社出版,是 20 世纪 80 年代学习现代文学的重要著作,曾被列为高等院校文科通用教材,产生过广泛影响。

② 《中国现代文学三十年》1987 年由上海文艺出版社出版,由钱理群、温儒敏、吴福辉、王超冰编著;1998 年由北京大学出版社修订出版,由钱理群、温儒敏、吴福辉编著。该书突破了 20 世纪 80 年代前以"新民主主义论"作为指导思想的治史方式,成功引入了"现代性"的文学史撰写观念,体例新颖,内容全面,出版后获得学界极高的评价,并且成为众多高校首选的现代文学史教材,也是"文革"后中国现代文学史编写具有转型意义的代表作。

③ 刘绶松:《中国新文学史初稿》,北京:人民文学出版社 1979 年版,第 122 页。

激情",如《执政府大屠杀记》《白种人——上帝的骄子》《生命的价钱——七毛钱》等。这部文学史对朱自清评价的一个重要突破是对其抒情性散文的高度评价。编者在介绍完议论性散文后,有一段这样的评价:

> 但是,从散文艺术本身来看,代表了朱自清的较高成就的,主要不是这些战斗性较强的文字,而是收入《背影》、《你我》诸集里的《背影》、《荷塘月色》、《给亡妇》等抒情性的散文。①

不得不承认,这部文学史对朱自清散文创作的评价是极为中肯的,也抓住了其创作的精髓,尤其是指出了朱自清散文的经典篇目,对后世的影响是不言而喻的。

钱理群等编写的《中国现代文学三十年》把朱自清的介绍放在第一编第七章散文(一)第三节,题目是"冰心、朱自清和文学研究会作家散文",显然也是把朱自清的介绍放在冰心之后。本节中,介绍冰心用了近一页的篇幅,而朱自清仅有半页,孰轻孰重,不言自明。但对于朱自清的文学地位,编者的评价是较高的:

> 朱自清是极少数能用白话写出脍炙人口名篇(可与古典散文名著相媲美)的散文家。他的重要性如很多评论家所公认,只要学校选讲范文,或编文学史,谈到现代散文的语言、文体之完美,朱自清必被提及。②

对于朱自清的散文,编者也评价较高:

---

① 唐弢主编:《中国现代文学史》第一卷,北京:人民文学出版社 1979 年版,第 211 页。
② 钱理群等:《中国现代文学三十年》(修订版),北京:北京大学出版社 1998 年版,第 153 页。

> 他（朱自清）擅长写一种漂亮精致的抒情散文，无论是朴素
动人如《背影》，或是明净淡雅如《荷塘月色》，委婉真挚如《儿
女》，从中都能感到他的诚挚和正直。……他的散文结构缜密，
脉络清晰，婉转曲折的思绪中保持一种温柔敦厚的气氛。文字
几乎全用口语，清秀、朴素而又精到，在 20 年代就被看做是娴
熟使用白话文字的典范。①

但编者也指出了朱自清散文的不足，认为其散文创作中存在"稍感着意
为文"的现象。

（三）20 世纪 90 年代末至今

20 世纪末，朱栋霖、丁帆、朱晓进主编的《中国现代文学史》由高等
教育出版社出版。由于三位编者在现代文学界的声望和影响，再加上被
列为教育部"面向 21 世纪课程教材"，这部文学史得以被各文科高校广
泛采用。在这部影响较大的文学史中，朱自清的评价有了明显的改变。
首先，朱自清第一次作为专节作家被介绍，这在以前的文学史中是没有
的。其次，在介绍篇幅上有大幅度增加，仅次于周氏兄弟，20 世纪 20 年
代散文这一章主要介绍了三位散文家，即周氏兄弟和朱自清，冰心等散
文家均放入概述中介绍。编者把朱自清和周作人放在同一节，其中用了
四页篇幅介绍周作人的美文，用了两页半的篇幅介绍朱自清的散文。由
此可见这部文学史不同于以前的态度和立场。编者已经跳出以前的文
学史家们评价作家的条条框框，尤其突破了政治权威评价机制，开始用
一种较为客观和学术的立场来评价现代作家，这也是这部文学史的一个
重要亮点。此外，编者还指出朱自清散文"重情""有很重的文人气息"
"长于写景""观察细致，描写精准"等特点，属于"文人学者型"②作品。

---

① 钱理群等：《中国现代文学三十年》（修订版），北京：北京大学出版社 1998 年版，第 154 页。
② 朱栋霖、丁帆、朱晓进：《中国现代文学史》，北京：高等教育出版社 1999 年版，第 124 页。

相对于以前的文学史,这部文学史对朱自清的评价是较为客观公正的,也是比较高的,朱自清的文学地位也开始上升。

在周成华主编的《现代文学观止》①中,介绍朱自清是在第三编中的"第一个十年"。其中重点介绍了"周作人与美文""朱自清与冰心"以及"鲁迅的杂文与散文"。在介绍朱自清时,一个非常明显的变化是将朱自清放在冰心前面,这种排序的变化是意味深长的。在以前的大多数文学史中,同是作为文学研究会的作家,冰心一般被放在朱自清前面,而且在评价方面也要高于朱自清。但在这本书中,二人的排序发生了逆转。不仅如此,编者还引用杨振声的话对朱自清的散文进行了独到的评价:"纯正朴实,又至情至性,风华从朴素中来,幽默从忠厚中来,丰腴从平淡中来。"②作为一部向广大读者普及现代文学的作品,本书除了介绍作家外,还选录各作家的作品,并加以赏析。在第一个十年散文的选录中,鲁迅散文录入 3 篇,朱自清散文录入 2 篇,其他作家的散文均录入 1 篇(包括冰心)。朱自清的两篇散文经典《背影》和《荷塘月色》被选入,编者还加以详细的解读。同时在作品欣赏中录入的还有周作人的《故乡的野菜》、废名的《五祖寺》、许地山的《落花生》、叶圣陶的《没有秋虫的地方》。对于朱自清的散文名篇《背影》和《桨声灯影里的秦淮河》,编者还分别进行了独到的点评。从这本书来看,编者对朱自清的评价已远远超过了同时代的冰心、叶圣陶等现代散文名家。

二、 评价变迁的原因

朱自清在现代文学史上评价的变化涉及多种因素,下面我们就来具体探讨一下,究竟是哪些因素造成了朱自清在文学史上地位的沉浮。

---

① 周成华主编:《现代文学观止》,吉林:吉林大学出版社 2010 年版。

② 杨振声:《朱自清先生与现代散文》,《中建》(北平版)第 1 卷第 4 期,1948 年 9 月。

（一）政治因素

我们知道,在中国现代文学史上,中国现代作家文学地位的变迁涉及多种因素,其中政治因素往往是最值得注意的,这当然与现代中国的特殊情境息息相关。1942年,毛泽东在《讲话》中明确强调了"文艺为工农兵服务""政治标准第一""文学标准第二"等一系列文艺方针,这些方针和要求在新中国成立后得到进一步强化。1949年第一次文代会明确指出新中国的文艺事业必须服从中国共产党的领导,必须表现工农兵生活,为工农兵服务。在这样的大背景下,现代作家没有第三条道路可走,不革命就成了反革命。按照此标准,朱自清很难说是一个革命作家。事实也是如此,在现代文学史上,朱自清绝不属于那种跟风派作家。除了早年漂泊江南,朱自清主要生活在"京派"的大本营北平。朱自清虽不能说是正宗的"京派"作家,但其价值取向和立场都接近"京派"作家。其作品也大多抒写一己之悲欢,哪怕写杂文,也非鲁迅式的投枪匕首,而只是强调现代知识分子的正义和良知,他与政治总是保持一定的距离。也正因此,鲁迅在世时,二人虽有过几次交集,但遗憾的是均未擦出我们所希望的那种火花。在解放战争时期,闻一多、李公朴可以拍案而起,向国民党的反动统治勇敢地发出挑战,而朱自清却选择了沉默,这也是他一贯游离于主流之外的作风,这与时代的要求是有距离的。王瑶的《中国新文学史稿》对朱自清的评价没有太受此影响,认为朱自清的可贵之处"在于顺应主流意识之外,也有其内在的价值,他努力在政治话语中为学术话语争得一席之地,力图保持自身的学术独立"①。《中国新文学史稿》对朱自清的评价是很高的,散文成就方面的评价要高于冰心。这主要得益于新中国成立初期相对自由的学术氛围,文学史评价的政治色彩相对较淡,使得这部文学史的写作保留了一定的学术独立性。另外一个原因也为大家所熟知:朱自清与王瑶是师生关系,这多少影响了《中国新文学

---

① 周扬:《我国现实主义文学艺术的道路》,《长江日报》,1960年9月6日。

史稿》对其评价的客观性。朱自清在政治上最大的亮点当属毛泽东对他的评价。在《别了，司徒雷登》一文中，毛泽东对晚年的朱自清予以高度的评价，说他有"骨气"，"宁死不领美国的救济粮"，表现了我们民族的英雄气概。在当时的社会背景下，这个评价对朱自清来说是很重要的，因为他终于和政治沾上关系，这也是政治权威对他极为珍贵的一次正面评价，无疑有助于提升他在文学史上的地位。

但总体来看，在新中国成立后相当长的一段时间内，朱自清在文学史上的地位是偏低的。其中原因不难理解，那就是朱自清的文学创作与新中国成立后特殊时期的文艺政策的要求还存在较大距离。1960 年 7 月，第三次文代会期间，周扬做了《我国现实主义文学艺术的道路》的工作报告，在报告中他指出："每个作家都应当有自己的理想。在今天，人类的最高革命理想，就是实现共产主义。我们的作家、艺术家应当站在共产主义这一时代最高理想的峰顶来观察生活、描写生活。和解放全人类的伟大目标相比，一切其他的个人愿望都是渺小而不足道的。共产主义理想应当是我们文艺创作的灵魂。"①针对当时所谓的"指导思想上的混乱和盲目"，大会从强调意识形态领域的阶级斗争出发，把与资产阶级思想做斗争当作文学艺术的首要任务，把提倡表现工农兵强调到绝对化的程度，为文艺创作设了禁区。这种以政治为主导的文艺政策一直从新中国成立延续到"文革"时期，到了"文革"更是登峰造极。实际上，直到 1979 年第四次文代会的召开，政治对文艺创作的干涉仍然是相当严格的。从"歌德"与"缺德"的论争，到对电影《苦恋》的封杀，都能看出政治评价的权威性。这样我们就不难理解，在新中国成立后的诸多主流文学史中，朱自清的文学地位为何偏低。正如王瑶多次讲到的："人的思想和认识总是深深地刻着时代的烙印。"②因此，每个阶段的文学史都会深深

---

① 周扬:《我国现实主义文学艺术的道路》,《长江日报》,1960 年 9 月 6 日。
② 王瑶:《现代文学史论集》,北京:北京大学出版社 1998 年版,第 166 页。

地烙着那个时代的烙印。"文化大革命"期间,在那个以阶级斗争为纲的年代,一切都要为政治服务,文学当然不能例外。文学创作只有唯一的"革命"标准,而朱自清显然算不上一个合格的"革命者"。从王瑶的《中国新文学史稿》到钱理群等人的《中国现代文学三十年》,可以说自现代文学史建立以来,就背上了"文学服务于政治"的重担,所以在进行具体的评读时,我们更应采取一种历史的眼光来看待这些论述。

　　对朱自清评价的明显提升是在 20 世纪 80 年代后,也就是我们常说的新时期以后。随着政治对文学创作介入的相对淡化,政治标准不再是评价作家文学地位的主导标准。在此情况下,客观全面地评价现代作家才成为可能。1979 年召开的第四次文代会是一个重要的里程碑。其最重要的意义就是不再沿用原来的"文艺从属于政治"的提法,提出文艺的"双百"方针、"二为"方向(文艺为社会主义服务,为人民服务)和"三个贴近"(文艺贴近实际、贴近生活、贴近群众)。随着此后进行的改革开放在经济、政治和思想文化领域的不断推进,中国社会开始发生巨大的变化。人们的思想解放不断深入,开始崇尚自由、民主,追求独立的个性生活。人们对文学创作的评价和审美标准也开始转变了。在此大背景下,朱自清,这位现代著名的散文大家越来越受到人们的关注。尽管他在文学史中的评价仍具有一定的滞后性,但是查阅这一时期发表的期刊论文数量可以看出明显的变化。根据中国期刊网的文献数据库,有关朱自清的学术论文和相关文章收录数量具体如下:1949—1966 年 12 篇,1966—1990 年 593 篇,而 1990—2000 年增至 1241 篇,2001—2012 年又增至2696 篇,在后两个十年中,文献数量大幅增长。而恰恰是后两个十年,对朱自清的研究评价开始发生较大的变化,朱自清的文学地位明显上升。这种变化在朱栋霖、丁帆、朱晓进主编的《中国现代文学史》(高等教育出版社 1999 年版)中表现得更为明显。该文学史把朱自清列为现代散文"三大家"之一。而这部文学史又是当下各高校广泛使用的文学史教材,故影响较大。

（二）传统文人气质的因素

中国传统的思想文化较为庞杂，但其主导体系主要包括儒、道、佛三家，其中儒家主张入世，道家鼓励人们清净无为，佛教则是提倡消极避世的哲学。在几千年的中国封建社会里，儒家、道家和佛教的思想共同影响着中国文人。倪婷婷认为："五四"一些作家"名士气"的存在是不容忽视的事实。无论是"放达"还是"隐逸"，其风范气度和心理指向都说明"五四"作家与传统文化之间仍然保持着密切的精神联系。① 朱自清出生于传统的士大夫之家，祖父和父亲都在江浙一带做过官，他少年时代接受过系统的封建私塾教育，其一生深受中国传统思想的影响，传统思想在其思想体系中占据主导地位。因此，朱自清身上带有很浓厚的旧文人气息就不足为奇了。他对传统文人那种诗酒风流的生活充满向往。但由于时代的因素，再加上新道德的束缚，他又很难做到郁达夫那样的放达和尽情挥洒。朱自清的性格是偏拘谨的，但其身上传统文人的气息却是相当浓郁的，尽管有时他的内心是复杂的、矛盾的。如他在《桨声灯影里的秦淮河》中所说：

> 我们这时模模糊糊的谈着明末的秦淮河的艳迹，如《桃花扇》及《板桥杂记》里所载的。我们真神往了。……我说我受了道德律的压迫，拒绝了她们。……我于是憧憬着贴耳的妙音了。朦胧里却温寻着适才的繁华的余味。我那不安的心在静里愈显活跃了！②

他把自己当时那种想听歌，却又碍于道德律的束缚，一心想超越现

---

① 倪婷婷：《名士气：传统文人气度在五四的投影》，《文学评论》，1999 年第 6 期。

② 朱自清：《桨声灯影里的秦淮河》，《荷塘月色——朱自清散文全集》，贵阳：贵州人民出版社 2002 年版，第 7—12 页。

实,但又不能忘却现实的矛盾心情剖析得淋漓尽致。哪怕是《荷塘月色》这样一篇与时代结合较为紧密的作品,其传统文人的情怀仍是相当明显。尤其是其中大段描写江南采莲少男少女的诗词,更能体现这一点,这恐怕不能仅仅解释为作者怀念家乡、关心南方革命吧。《阿河》一文中,朱自清通过和一个女佣的交往来抒发自己独在异乡的闲愁:

> 她的影子真好。她那几步路走得又敏捷,又匀称,又苗条,正如一只可爱的小猫。她两手各提着一只水壶,又令我想到在一条细细的索儿上抖擞精神走着的女子。这全由于她的腰;她的腰真太软了,用白水的话说,真是软到使我如吃苏州的牛皮糖一样。不止她的腰,我的日记里说得好:"她有一套和云霞比美,水月争灵的曲线,织成大大的一张迷惑的网!"而那两颊的曲线,尤其甜蜜可人。她两颊是白中透着微红,润泽如玉。她的皮肤,嫩得可以掐出水来;我的日记里说,"我很想去掐她一下呀!"她的眼像一双小燕子,老是在滟滟的春水上打着圈儿。她的笑最使我记住,像一朵花漂浮在我的脑海里。我不是说过,她的小圆脸像正开的桃花么?那么,她微笑的时候,便是盛开的时候了:花房里充满了蜜,真如要流出来的样子。她的发不甚厚,但黑而有光,柔软而滑,如纯丝一般。只可惜我不曾闻着一些儿香。唉!从前我在窗前看她好多次,所得的真太少了;若不是昨晚一见,——虽只几分钟——我真太对不起这样一个人儿了。[1]

这一段文字乍一看,有点让人惊讶,甚至对朱自清的人品产生疑问。

---

[1] 朱自清:《阿河》,《荷塘月色——朱自清散文全集》,贵阳:贵州人民出版社2002年版,第42—43页。

但若从传统文人的气度来看,这又在情理之中,最正常不过了。而在《女人》中,朱自清更是不加掩饰自己对女人的喜爱:

> 老实说,我是个欢喜女人的人;从国民学校时代直到现在,我总一贯地欢喜着女人。虽然不曾受着什么"女难",而女人的力量,我确是常常领略到的。女人就是磁石,我就是一块软铁;为了一个虚构的或实际的女人,呆呆的想了一两点钟,乃至想了一两个星期,真有不知肉味光景。①

尽管朱自清在文中解释他只是把女人当作艺术品来欣赏,但他对传统文人生活的向往依然是一览无余的。面对坎坷的现实,朱自清深感苦闷、寂寞,同时很想填补空虚,排解烦恼,或躲进书斋,或寄情山水,或寄情于传统的诗酒风流。然而他又不能真正做到超然。这一点他与同时代的冰心截然不同,冰心出生于开明的海军军官家庭,自幼接受的是西方现代教育和基督教的博爱思想。同时又由于生活经历的关系(一生都很顺利),冰心的思想很单纯,她的作品也只是单纯展现自己"爱的哲学"。相对于冰心单纯的个性,朱自清要丰富得多,而丰富就不免有一点杂质。在现代中国的特殊时期,这种传统文人的气度常常遭到贬斥,甚至被批判。这无疑也是造成朱自清在现代文学史上地位偏低的一个重要因素。而在今天追求独立个性的社会里,这可能恰恰是他的魅力所在。

(三)人际关系的因素

中国是一个讲究人际关系的社会,一个作家的人际交往对其文学地位的影响不可小觑。现代著名作家的交际大都相当广泛。像鲁迅、郭沫若、茅盾、巴金、冰心、徐志摩、胡适等现代名家,他们不仅在创作上负有

---

① 朱自清:《女人》,《荷塘月色——朱自清散文全集》,贵阳:贵州人民出版社 2002 年版,第 30 页。

盛名,在人际交往上也是极为广泛的。单看鲁迅日记中的记载,就能发现与鲁迅来往的人极多,九流三教,几乎无所不包。其他几位也是如此,这些作家的交际圈及活动能量绝对让今天的文人们为之汗颜。而相对来说,在现代作家中,朱自清是较为低调的,也不太善于交际。他和鲁迅的交往就足以说明这点。据史料记载:朱自清与鲁迅一共见过三次面。第一次是在1926年的夏天,朱自清刚从浙江上虞的白马湖回清华。在上海稍作停留,恰好遇到郑振铎、周建人在清闲别墅请鲁迅吃饭,受邀作陪。由是匆匆一见,彼此并未留下太深的印象。第二、第三次均在北平,时间是1932年11月,鲁迅最后一次到北平探望母亲的时候。而这两次朱自清的主要任务是代表清华大学中国文学系邀请鲁迅讲演。尽管朱自清认真负责,两次登门邀请,但均遭鲁迅拒绝。鲁迅1932年在北平探母期间,先后在北京大学、辅仁大学、女子文理学院、北京女子师范大学、中国大学做了五场讲演,这就是鲁迅著名的北平五讲。如果朱自清邀请成功,就会变成北平六讲了。可惜这个如果最终没有成为现实。我们知道,鲁迅对"京派"是相当有看法的,而当时的清华大学是"京派"的大本营,他不接受邀请也在情理之中。但从另一个方面看,朱自清的不善交际和拙于言辞也是不能不考虑的。朱自清生前在文坛声望最高的时期应该是20世纪30年代中期。一方面,他自1930年开始担任清华大学国文系主任。另一方面,他于1935年主编《中国新文学大系·诗歌卷》。尤其是后者提升了朱自清在现代文学史上的知名度和地位。朱自清的入选一方面固然是他在创作上的成就,但更多的却是朋友的提携。诗歌卷的编写人原来安排的是郭沫若,由于郭沫若不在国内,后在郑振铎的推荐下,朱自清才抓住了这个难得的机遇。实际上,朱自清的朋友并不多,只局限于俞平伯、叶圣陶、郑振铎、丰子恺、闻一多等人。同为现代著名的美文家,冰心交际广泛,朋友圈"权威人士"众多,如茅盾、邓颖超等。文学史都是由人来写的,这就不可避免地掺杂着编著者的个人情感,一些评价难免有失公允。例如,郁达夫认为在文学研究会的作家中,论文字之美,冰心是在朱自清之上的。① 这种说法在很长一段时间里影响了我们对朱自清的评价。郁达夫之所以会这样说,一个重要的原因是他与冰心私交甚密,有着共同的"寿山石情结",他们对彼此的评价都很高。沈从文和茅盾对冰心的评价也很高,这些都对冰心文学地位的提升起到很大的作用。相反,朱自清的交际圈却相对狭小,除了好友叶圣陶、郑振铎等人外,很难找到其他人对朱自清做出比较正面的评价。

结　论

　　"五四"运动中朱自清初登文坛,曾以积极的心态来迎接这一文化革新运动。这时的朱自清主要是以诗人的身份出现的。作为一名追求光明的青年歌者,他喊出了"你要光明,你自己去创造"的时代最强音。但真正奠定朱自清文学地位的不是他的诗歌,而是他的散文创作。"中国现代散文以五四时期成就最多,影响最大。而朱自清又是这一时期成就最高的。"② 作为散文圣手,他的名字永远和中国现代散文的历史联系在一起。朱自清的散文抒写了他的情思、灵感以及他的文人气度。善用平实的语言表达真实的感情,完全以情取胜。叶圣陶对朱自清的散文是极为推崇的,他在《朱佩弦先生》一文中这样说道:"论到文体的完美,文字的全写口语,朱先生应该是首先被提及的。"③ 杨振声在《朱自清先生与现代散文》中说:"朱先生的性情造成他散文的风格……对人对事对文章,他一切处理的那么公允、恰当、恰到好处。他文如其人,风华是从朴

---

① 郁达夫在《中国新文学大系·散文二集》导言中说:"朱自清虽则是一个诗人,可是他的散文,仍能够满贮着那一种诗意,文学研究会的散文作家中,除冰心女士外,文字之美,要算他了。以江北人的坚忍的头脑,能写出江南风景似的秀丽的文章来者,大约是因为他在浙江各地住久了的缘故。"郁达夫:《散文二集·导言》,赵家璧主编《中国新文学大系》,上海:上海人民出版社 1980 年影印本,第 18 页。

② 王强:《论朱自清散文的审美特征》,《扬州大学学报》,2006 年第 5 期。

③ 刘绶松:《中国新文学史初稿》,北京:人民文学出版社 1979 年版,第 182 页。

素中来……"①可以说朱自清的确算得上现代文学史上的一位散文大家,因此不难理解他的文学地位上升的原因。尽管朱自清创作的时间算不上长久,生命对他来说吝啬了一点,但他留给现代文学的精品并不少。尽管生活有诸多不如意,他一生坎坷,其思想也不那么"单纯",偶尔还有点"蠢蠢欲动",但这丝毫没有影响他在现代文学史上美文大家的地位。其短暂的人生,有经历过挫折与幻灭后的沉默与避世,也有经历了重新入世后的全面超越。有起伏的人生,才是丰富的人生。而朱自清的作品也如他的人生一样经历了起伏与考验。1998 年 11 月,为纪念朱自清诞辰 100 周年,江泽民不仅为"朱自清故居"题名,还激情满怀地挥笔写下诗句,高度赞扬了朱自清:"晨鸣共北门,谈笑少年情。背影秦淮绿,荷塘月色明。高风凝铁骨,正气养德行。清淡传香远,文章百代名。"此外,江苏连云港还专门邀请国内外著名专家学者在海州隆重举办朱自清作品研讨暨纪念活动。朱自清越来越受到文学界的重视,对朱自清的研究也不断增多。岁月流逝,经典永存,朱自清的价值终于得到了证明。在中国,只要是读书人,没有人不知道朱自清的美文。而在当下的人教版初高中语文教材里,《背影》和《荷塘月色》仍是我们教学和学习的散文经典。

---

① 陈蕾:《传承与超越》,《湘潭师范学院院报》,2004 年第 6 期。

第四章　论萧红文学地位的变迁

萧红是中国现代文学史上的著名女作家,但是在不同的历史时期,人们对她的评价则不尽相同。20世纪80年代之前,在一些主流的文学史中,萧红的文学地位并不高,仅仅被放置在"东北作家群"中并被稍稍提及,当时学界对其评价也不高。而在80年代之后,其文学地位却呈不断上升的趋势,甚至出现了"萧红热",萧红开始成为众多学者(包括硕士、博士)研究的对象,学界也有人以"伟大""一流作家""大师"等溢美之词来评价萧红。然而,也有学者著文批判这种过于拔高萧红文学地位的现象。本章主要以20世纪80年代为分水岭,阐述在不同时期萧红的文学地位是怎样变迁的,并从对主流的背离疏远、女性意识、萧红作品的魅力、萧红的个人原因四个方面来分析其文学地位沉浮的原因,希望给予萧红一个客观公正的评价。

萧红(1911—1942)英年早逝,仅仅活了三十一岁,而其创作时间更为短暂,前后不到十年。1933年她以悄吟为笔名发表了第一篇小说《弃儿》,随后写作的《王阿嫂的死》开始获得好评,但真正为萧红奠定文坛地位的是1935年出版的《生死场》。萧红是一个文学创造力比较突出的女作家,不足十年的创作时间却产生了异常丰富的作品,除以上所提作品之外,还有长篇小说《呼兰河传》、短篇小说集《牛车上》和《旷野的呼喊》、讽刺长篇小说《马伯乐》等。在2009年黑龙江省的龙江讲坛上,黑龙江大学文学院副教授叶君在演讲中探讨了萧红的文学史地位及其对中国当代文学的影响,他指出,萧红是中国 20 世纪的一流作家,是一个少有的文学天才,按他的判断,萧红可以与沈从文、老舍、张爱玲等相提并论而毫无愧色,虽然她存世的时间是那么短。叶君强调,萧红的真正悲剧就是活得太短,她的悲剧,某种意义上是上天对其旷世才华的嫉妒。①著名学者林贤治也对萧红无比赞赏,认为她是一个伟大的作家。然而,也有学者对此提出质疑。南京大学的王彬彬在《关于萧红的评价问题》②一文中,驳斥了有人用"伟大"这样的字眼来评价萧红,他认为把萧红称为"大师、巨匠般的作家"实在是有几分荒谬的,因为在文学创作上,她始终没有真正成熟。那么,萧红的文学地位到底如何呢?

一、 文学地位的沉浮

在不同的时期,人们对萧红的评价有所不同,萧红的文学地位随着时代的发展发生着变化。20 世纪 80 年代之前,萧红的文学地位并不高,而 80 年代之后其文学地位不断上升,甚至出现"萧红热",萧红成为众多学者研究的对象。下面就从这两个时间段来具体分析萧红文学地位的沉浮。

(一)20 世纪 80 年代以前

这一时期总的来说,对萧红的评价都不太高,甚至还出现了对她的批评。萧红逝世后,一些友人在撰文怀念她的同时开始评价她的人和文,如石怀池、骆宾基、柳无垢等人的文章。石怀池在《论萧红》中,对萧红的人品和文品进行了较为全面的评价,但总体来看,这种评价是偏低的。对于萧红晚期创作的长篇小说《呼兰河传》,他几乎是带着批判的口

---

① 2009 年 4 月 11 日上午,叶君在黑龙江省龙江讲坛上发言,题为"萧红的文学史地位及其对中国当代文学的影响",未公开发表。转引自:生为徭役的新浪博客 http://blog.sina.com.cn/memoryoftimes
② 王彬彬:《关于萧红的评价问题》,《中国现代文学研究丛刊》,2011 年第 10 期。

吻:"从《呼兰河传》里,我们可以看出作家底两个无可奈何的走向支离破碎的特征:首先,她已经与现实脱了节,这个惊天动地的民族解放战争事业对她已经是陌生的了,她底现实的创作源泉已经枯竭,甚至连智识分子对于时代的心灵的搏动也无法捉摸,她堕落在灰白的和空虚的生活泥淖里。"①从石怀池的评价来看,萧红的文学成就是有限的,其文学地位也不高。这种评价在很长一段时间内影响了我们对萧红的评价。

20世纪80年代之前,在一些著名的文学史中,萧红也只是被放在"东北作家群"中稍加介绍,文学地位并不突出。萧红与萧军是东北作家群中比较引人注目的两位作家,他们既是文学爱好者,也是一对恋人。同为"奴隶丛书"系列的《生死场》与《八月的乡村》让他们名声大震,从此在上海文坛站稳了脚跟。在此,以萧军为参照,可以很清楚地看到萧红文学地位的变迁。在20世纪80年代之前出版的几本有影响的中国现代文学史著作中,叙述萧军的部分基本上多于叙述萧红的部分,并且萧军总是排在萧红的前面。如王瑶的《中国新文学史稿》,出版于20世纪50年代初,1982年修订重版,在第八章第六节"东北作家群"中,王瑶首先谈了萧军,并且用了一页半左右的篇幅,评价了萧军的《八月的乡村》并引用了鲁迅所作的序。接着又介绍了萧军的第二部长篇《第三代》及其短篇小说集《羊》和《江上》。谈到萧红却只有半页左右的篇幅,主要是浅谈《生死场》,认为"和萧军小说的背景一样,生活经历也差不多,因而作品的感人性也相似"。接着客观地评价了《生死场》的优点与不足,最后说"除《生死场》外,她尚有短篇集《牛车上》,收小说五篇,大半是写农村的"②,仅此而已。唐弢主编上册、唐弢与严家炎主编下册的《中国现代文学史》,出版于1979年11月,谈到萧红是在全书第十一章"第二次国内革命战争时期的文学创作(二)"的第二节"叶紫和'左联'后期的新

---

① 石怀池:《论萧红》,《石怀池文学论文集》,上海:上海耕耘出版社1945年版,第92页。
② 王瑶:《中国新文学史稿》,上海:上海文艺出版社1982年版,第293页。

人新作"中,依然是放在"东北作家群"中,介绍的次序依然是先萧军后萧
红,在篇幅长短上二萧大体相当。在介绍萧红时主要谈论了《生死场》,
也只是延续了鲁迅和胡风的部分观点,然后又提及《旷野的呼喊》《马伯
乐》《呼兰河传》等其他作品。在这一节中,萧红是倒数第二个单独谈论
的作家。可见 20 世纪 80 年代之前萧军比较受重视,而萧红则相对寂
寞,并且萧红总是被放置在"东北作家群"中来介绍,其文学地位并不
突出。

(二)20 世纪 80 年代之后

从 20 世纪 80 年代初开始,在一些文学史的叙述中,萧红与萧军的
文学地位发生了微妙的变化。林志浩的《中国现代文学史》出版于 1980
年 5 月,在第十一章第三节"小说领域的新人新作"中,作者用 29 行的文
字来谈萧军,而用 40 行文字谈萧红。此书虽然把萧军放在萧红前面叙
述,但明显增加了萧红在文学史中的叙述内容。再如黄修己所著的《中
国现代文学简史》,出版于 1984 年 6 月,在第十六章"多方面的新的收
获"中,作者也用了差不多的篇幅叙述了萧军与萧红。在这几本文学史
中,著者在对萧军肯定的同时都指出,其《第三代》等已不如《八月的乡
村》那样受欢迎,而对萧红叙述内容的增加说明了萧红文学地位的上升。
到 20 世纪 90 年代,在一些文学史中,萧红则被放到萧军的前面来加以
叙述。如由苏光文和胡国强主编的《20 世纪中国文学发展史》,出版于
1996 年 8 月,其第三编第二章第二节的标题是"萧红·萧军·端木蕻
良",作者用了两页半左右的篇幅谈论萧红,接着用大约一页半的篇幅叙
述萧军。这里的萧红不再被局限在"东北作家群"里。除了谈论《生死
场》,文中还比较详细地介绍了《呼兰河传》《马伯乐》等小说。再看钱理
群、温儒敏、吴福辉所著的《中国现代文学三十年》,这部文学史在各大高
校广泛使用,影响也较大。其修订版出版于 1998 年 7 月,其中作者用了
一页篇幅叙述萧红,之后叙述萧军的内容还不到半页。可以看出萧红在
文学史上的地位已经超越了萧军,文学地位明显上升。

在萧红研究方面,20 世纪 80 年代之前,国内致力于萧红研究的学者并不是很多。80 年代之后,国内外研究萧红的学者逐年增多,研究范围也有所扩大,视野更加开阔。目前,国内外学者撰写的萧红传记、传记小说、评传已达二十余部。国外的主要有美国葛浩文的《萧红评传》《萧红新传》、日本作家尾坂德司的《萧红传》、中村龙夫的《火烧云——萧红小传》,国内的主要有台湾作家谢霜天的《梦回呼兰河》、肖凤的《萧红传》、刘慧心和松鹰的《落红萧萧》、王观泉的《怀念萧红》、丁言昭的《萧红》、陈堤的《萧红评传》、铁峰的《萧红文学之路》、李重华的《只有香如故——萧红大特写》、钟儒霖的《萧红的创作道路》、刘乃翘和王雅如的《走出黑土地的女作家——萧红评传》、黄晓娟的《雪中芭蕉——萧红创作论》,等等。

据中国学术文献网络出版总库显示,从 1978 年至 2012 年这 30 多年间,以"萧红"为检索词,有关萧红研究的文章总数为 1492 篇。[①] 20 世纪 80 年代之前仅有 6 篇文献论及萧红,主要是萧军所著的《萧红书简辑存注释录》;1980 年到 1989 年这十年,发表的文章数为 52 篇;1990 年到 1999 年这十年为 112 篇;而 2000 年到 2009 年这十年则陡增为 852 篇。可见,这 30 多年间萧红研究经历了较大的起伏,总的趋势是先冷后热。第一个十年萧红研究显得较为平淡,到第三个十年形成了一个高潮,发表的文章竟是前两个十年总和的 5 倍多。显而易见,萧红研究在经历了长期的沉寂之后,开始成为新的热点。

此外,进入新世纪以后,萧红作品的影响力也在进一步扩大。香港《亚洲周刊》对 20 世纪整个 100 年的中文小说进行了评选,最后列出了100 强排行,《呼兰河传》排第九位。这个结果公布在 2000 年 6 月 14 日的《亚洲周刊》上。前九位分别是鲁迅的《呐喊》、沈从文的《边城》、老舍的《骆驼祥子》、张爱玲的《传奇》、钱钟书的《围城》、茅盾的《子夜》、白先

---

① 笔者搜索文献的截止时间为 2012 年 3 月 29 日。

勇的《台北人》、巴金的《家》、萧红的《呼兰河传》。这足以说明萧红的文学地位不可小觑。

二、 文学地位沉浮的原因

萧红先是被冷落,后又出现所谓的"萧红热",成为众多学者研究的对象。萧红的文学地位经历了这样一冷一热的变化,其中原因又是什么呢?下面从四个方面来加以分析。

(一) 对主流的背离疏远

抗战时期,重庆与延安的对比反差,使知识分子产生了对延安政治生活的强烈认同。重庆作为国民政府战时的陪都,呈现出腐败无能之态。政治上,国民党压制民主,打击进步力量,实行特务统治,政府办事效率低下,官场贪污腐化严重;经济上,国统区经济凋敝,民族工业举步维艰,四大家族控制着经济命脉,大发国难财;军事上,国民党军队军纪废弛,战斗力弱,正面战场上接连丧失国土。这一切使大批知识分子对国民党政府的信心骤降。

与此形成鲜明对比的是,革命圣地延安是平等自由民主的"乐园"。政治上,延安是"民主中国的模型",中国共产党努力建设抗日民主模范特区,大力吸收知识分子,尤其是知识青年,鼓励学术研究,提倡言论自由。物质生活上,实行以平均主义为特征的军事供给制生活。在延安,社会旧俗被革新,男女一律平等,并提倡革命道德,普及大众文化,人们反对封建礼教,废除封建陋习,建立了一种平等、团结、互助、友爱的新型人际关系。此外,党还加强了对外宣传工作的力度,许多中外记者、民主人士和外国友人也来延安,他们以第三者的眼光,在延安参观访问,观察思考,并撰写了相关文章,从而进一步扩大了延安的影响。所有这些使知识分子对延安产生了强烈的认同感,延安成了知识分子追求进步的圣地。

　　许多知识分子都看到了"延安"与"重庆"的差异,他们的认知也就发生了变化:中国共产党的形象变得伟大起来,而国民党及其政权的合法性遭受空前严重的质疑。在广大知识分子眼里,只有延安中国共产党的抗日声音是最真诚、最高亢、最打动人心的。1938 年,随着日军入侵的深入,萧红和许多进步作家一起为躲避战乱辗转内地,曾与丁玲、聂绀弩等同行至临汾。当其他人准备北上延安时,萧红却决定南下,同时决定与萧军彻底分手。延安是革命圣地,萧军是一个激进的左翼作家,萧红与萧军的分手引起了朋友们的不解,有人就以"革命"与"不革命"划线,认为萧红害怕艰苦、害怕革命,所以没有去延安。

　　在当时抗战的大环境下,一切为了抗战,文学为抗战服务已成为当时绝大多数作家的选择与共识。从当时主流文学的要求来看,萧红的创作是存在问题的,甚至与当时的抗战是相脱节的。在萧红的作品中,只有《生死场》勉强被贴上"抗战文学"的标签。因此在主流的文学史中,也只有这部小说常常被人们所提及,并得到一定的认可,但也只是有所保留的肯定。而她后期的文学创作,如《呼兰河传》《小城三月》等作品,就没有这般幸运了。这些作品大多以乡土回忆为主,与抗战联系不紧密,而这在左翼阵营的评论家看来,显然是不能容忍的:"被自己的狭小的私生活圈子所束缚(而这圈子尽管是她诅咒的,却又拘于惰性,不能毅然决然自拔),和广阔的进行着生死搏斗的大天地完全隔绝了,这结果是,一方面陈义太高,不满于她这阶层的知识分子们的各种活动,觉得那全是扯淡,是无聊,另一方面却又不能投身到工农劳苦大众的群中,把生活彻底改变一下。"①

　　(二)女性意识

　　在中国几千年的历史上,女性始终是一个被奴役被轻视的群体,她们中的大多数都处于一种沉默无言的状态,不能也不会表达自己内心的

---

① 　茅盾:《呼兰河传序》,哈尔滨:黑龙江人民出版社 1979 年版,第 10 页。

情感和愿望。萧红是一位女性意识很强的作家,她的小说通过对北方农村妇女平淡的日常生活的描写,表现了她们的生活遭遇和生存状态,批判了男权对女性的破坏以及封建制度对女性的摧残,从生与死、灵与肉等方面写出女性生存的真实面貌,思考着女性的命运。那么,何谓女性意识呢?乐黛云认为应从三个层次来理解:"第一是社会层面,从社会阶级结构看女性所受的压迫及其反抗压迫的觉醒;第二是自然层面,以女性生理特点研究女性自我,如生理周期、生育、受孕等特殊经验;第三是文化层面,以男性为参照,了解女性在精神文化方面的独特处境。"[1]

在萧红的小说中,对女性生活的描写表现为女性求生的艰难、悲惨的命运以及生育过程的痛苦与无奈。《王阿嫂的死》中的王阿嫂成天累月为地主干活,吃的却是喂猪的烂蚕豆,在丈夫被地主活活烧死后,她把丈夫的骨头包在衣襟下,拖着临产的身子继续劳作,当她累到不行停在地边喘气时,又被地主狠狠地踢了一脚而母子双亡。《生死场》里的王婆为了生存先后三次嫁人,年轻时死了女儿,年老时又失去了儿子,悲惨的生活使她绝望到自杀。《手》中的王亚明因为出身卑微,两手黑污,受到歧视凌辱,最终只好放弃受教育的权利。《桥》中的黄良子,迫于生活去给别人当保姆,对自己的孩子却不能给予母爱的温情,亲生孩子在没人呵护的情况下掉进水里活活淹死。此外,萧红小说中对女性生育的描写也是触目惊心。

萧红笔下的女性,一切都被男性所主宰,在男权社会,女性只有性别,毫无自我。《生死场》中,金枝怀着少女的柔情爱着成业,但成业对金枝却没有高层次的情感交流,只有动物般毫无人性的占有。金枝未婚先孕,屈辱地嫁给了成业,她带着身孕却还要干活,从早忙到晚,还常常被丈夫打骂。甚至在她快要临产时丈夫还要在她身上泄欲,致使金枝早产,差点丧命。成业从外面做生意回来,就拿金枝当出气筒,甚至不惜摔

---

[1] 徐珊:《娜拉:何处是归程》,《文艺评论》,1999年第23期。

死才一个月大的婴儿。金枝后来进城求生,也饱受男人的欺辱,她恨男人,恨日本人,更恨中国人。萧红小说中男人的意象常常是"石块""太阳""老虎""禽兽"和"猫",女人则是"老鼠""猪狗""稻草人""罪人",这些词汇象征了男权社会里女性卑微的社会地位以及她们对于男性的从属关系。小说中,封建制度也是扼杀女性生命的刽子手。《小城三月》里的翠姨,衣食无忧,却被封建礼教束缚得丧失了生命的活力,她虽然渴望爱情,但是不敢也不能说出自己的心里话,只能默默地压抑着内心的情感,在无望的沉默中抑郁而死。《呼兰河传》中的小团圆媳妇,12岁来到婆家,因不知羞耻,又长得高大,一顿能吃三碗饭而被邻居们说长道短,认为她不懂规矩,不像个团圆媳妇,婆婆便用严厉的打骂来教训她,还用开水烫,结果被活活整死。

学者指出:"萧红就是20世纪最杰出的女性代言人,她始终坚持以女性的眼光来观察和审视世界与社会人生,她用自己的笔写下了她所看到、听到和想到的东西,是真正自觉的独立的清醒的女性的声音,是与男性的主流的中心的话语有所不同或是有着尖锐冲突的,因而在20世纪中国文学中具有不同寻常的意义与价值。"①

女性意识对于萧红而言是一把双刃剑。一方面萧红强烈的女性意识使她在那个特殊的年代进入不了主流评论界的视野,从而成为另类而被排斥;另一方面,其创作中独特的女性视角与女性意识又使她成为一个不可替代的存在,从而最终被认可,这无疑也是其后来文学地位上升的一个重要原因。

（三）萧红作品的魅力

萧红是一个文学创造力突出的女作家,不足十年的创作时间却产生了异常丰富的文学作品,除了早期的小说《王阿嫂的死》和《生死场》,还有长篇小说《呼兰河传》、短篇小说集《牛车上》和《旷野的呼喊》、讽刺长

---

① 单元:《论萧红文学创作的女性视角与女性意识》,《咸宁学院学报》,2003年第5期。

篇《马伯乐》以及散文《商市街》等。萧红作品以其独特的魅力吸引着大量的学者对其进行探究,这是萧红文学地位上升的一个重要因素。

1. 作品内涵

萧红总是站在人道主义的立场上,她的作品表现出对弱者的关怀,正如林贤治所言:"萧红的文学是'弱势文学',一个社会,只要存在强权,缺乏正义,只要有被压迫、被侮辱、被损害的人群存在,萧红的作品就有阅读价值。"①在《温厚宽广的人伦关怀——试论萧红小说的审美价值取向》中,何莲芳把萧红小说中弱势群体的悲哀概括为四个方面:第一是老来失子无所依持的寂寞、孤寒;第二是少年失怙的孤零和漂泊;第三是人生独行者的苦寒、孤寂;第四是失情、失家、失国者的漂泊流离。② 纵览萧红的小说,这样的悲哀比比皆是:《王阿嫂的死》中王阿嫂的孤苦与失去双亲的小环的可怜,《莲花池》中小豆和年迈的祖父相依为命的凄苦,《小城三月》里翠姨的伤痛……萧红始终关注生活在社会最底层的广大劳动人民的命运,她本人就是被压迫的弱势群体中的一员,她总是以一个普通人的眼光去观察去体验生存的痛苦与不幸,她在题材选择与人物塑造上,都体现了对底层人民的关注与同情。因此,她的作品常常使普通人产生共鸣,她是站在大多数人的立场上,表达对人类的爱,她的作品也就很容易得到人们的认同。

2. 文体创新

萧红曾说:"有一种小说学,小说有一定的写法,一定要具备某几种东西,一定学得像巴尔扎克或契诃夫的作品那样。我不相信这一套,有各式各样的作者,有各式各样的小说。"③在创作中,萧红建立了一种介于散文、小说以及诗歌之间的新的小说样式,在小说中呈现出鲜明的散

---

① 王樽:《萧红为人为文不可复制》,《深圳特区报》,2011年第6期。
② 何莲芳:《温厚宽广的人伦关怀——试论萧红小说的审美价值取向》,《新疆师范大学学报》(哲学社会科学版),2002年第1期。
③ 聂绀弩:《回忆我和萧红的一次谈话》,《新文学史料》,1981年第9期。

文化、诗化的特征,将中国现代抒情小说创作推向了新的阶段。最典型的例子就是她的长篇小说《呼兰河传》。《呼兰河传》共分为七章,第一章写呼兰县城的风俗习惯以及人们的日常生活;第二章描写人们跳大神、唱秧歌、放河灯等民俗风情;第三、四章叙述了"我"和祖父在花园里的快乐生活;第五章写了小团圆媳妇在封建礼教的摧残下被虐待致死的故事;第六章写的是有二伯的故事;第七章描写了冯歪嘴子的凄惨人生。从小说的整体来看,《呼兰河传》没有严谨的逻辑结构,也没有贯穿始终的情节和人物,但并没有给人凌乱之感。正如茅盾在序中所说:"要点不在于《呼兰河传》不像是一部严格意义上的小说,而在它于这不像之外,还有些别的东西——一些比'像'一部小说更为'诱人'的东西:它是一篇叙事诗,一幅多彩的风土画,一串凄婉的歌谣。有讽刺,也有幽默,开始读时有轻松之感,然而愈读下去心头就会一点一点沉重起来。可是,仍然有美,即使这美有点病态,也仍然不能不使你眩惑。"①

　　3. 民俗风情的描写

　　萧红的小说有着浓郁的东北地域的文化色彩,常常会写故乡风土习俗的画面。如《小城三月》的第三、四节提到了正月十五看花灯:"满路花灯。人山人海。又加上狮子、旱船、龙灯、秧歌,闹得眼也花起来,一时也数不清多少玩艺。"②《牛车上》也提到了七月十五看河灯,《呼兰河传》的第二章比较详细地描写了萧红故乡呼兰小城的民情风俗:跳大神、唱秧歌、放河灯、野台子戏、四月十八娘娘庙大会。在古老的中国,这些民俗是人们生活的重要组成部分。萧红小说中民俗风情的描写具有很高的审美价值和文化价值,这也吸引了大量学者对萧红作品的研究,如王秀珍的《萧红作品的民俗特色与 20 世纪初的乡土文学》③,张云、桂芝的《论

---

① 　茅盾:《呼兰河传序》,哈尔滨:黑龙江人民出版社 1979 年版,第 10 页。

② 　萧红:《萧红经典小说》,北京:京华出版社 2005 年版,第 162 页。

③ 　王秀珍:《萧红作品的民俗特色与 20 世纪初的乡土文学》,《学术交流》,1991 年第 5 期。

萧红后期小说的乡情民俗描写》①,包天亮的《论萧红小说〈呼兰河传〉中的民俗描写》②,姚向奎的《生与死的沉重演绎——试析〈呼兰河传〉中的民俗事象》③,等等。可以肯定,这些民俗风情的精彩描绘构成了萧红小说一道独特的景观,这也是其作品具有独特魅力的地方。

（四）萧红的个人原因

萧红于哈尔滨的东省特别区区立第一女子中学初中三年毕业后回到家时,发现父亲已经将她许配给大军阀的儿子汪恩甲,更不幸的是最疼自己的祖父已经离开了这个世界。对于萧红来说,这个家已经没有什么值得留恋的了。于是她毅然选择了逃婚,离家出走。据说她离开家乡后马上回到哈尔滨,和她以前认识的一位曾在女中教过书的李姓青年同居,结果发现李姓青年有妻室。遭受打击后,军阀的儿子汪氏又来到哈尔滨向她求婚,逼她同居,于是二人住进了东兴顺旅馆,最后汪氏又抛弃了已怀身孕的萧红。这段经历让人很难理出头绪,但有一点是确定的:遇到萧军时,萧红已经是个孕妇了。

"人生若只如初见,何事秋风悲画扇?"萧军的出现对于萧红来说无疑是个巨大的转机,从此萧红走上了文学道路,二萧同甘共苦地过了四五年。1938年随着日军侵略的深入,当萧军和许多知识分子准备奔向革命圣地延安的时候,萧红却选择南下,与萧军彻底分手,并与端木蕻良走到了一起。这在当时是不被理解的,甚至连他们的朋友都不赞成这个决定,萧红的老友高原曾说:"对她与萧军兄的离婚,我是有怨言的,我批评她在处理自己的生活问题上,太轻率了,不注意政治影响,不考虑后果,犯下了不可挽回的错误。"④萧红的个人情感一直受到人们的关注,

---

① 张云、桂芝:《论萧红后期小说的乡情民俗描写》,《绥化学院学报》,1996年第3期。

② 包天亮:《论萧红小说〈呼兰河传〉中的民俗描写》,《安徽文学》,2006年第11期。

③ 姚向奎:《生与死的沉重演绎——试析〈呼兰河传〉中的民俗事象》,《湖南工业职业技术学院学报》,2006年第4期。

④ 秋石:《萧红为什么不去延安》,《粤海风》,2008年第54期。

从中国传统伦理道德的观念来看,萧红先后与多个男人纠结,不符合中国传统女性的贞洁观。王春荣在《新世纪十年萧红研究状况分析》①一文中指出萧红的私生活依然是很多人关注的热点。甚至有文章认为:萧红是一个放荡不羁的"坏女人"、一个愿意做"情人"的女人、一个暗恋着"某某"的女人等。这些言论已经远离了文学批评,显然带有人身攻击之嫌的纯粹道德评判。人们对萧红私生活过于关注,导致其创作才华没有得到应有的重视,从而也造成了对萧红的评价偏低。

　　但萧红独特的个性魅力仍吸引了众多研究者的关注。萧红一生经历坎坷,她的整个人生就是一部悲剧小说,但她并没有屈服于命运的安排。其执着于个性的不懈追求、不屈不挠的抗争精神使她一次又一次挣脱了封建制度和男权主义的束缚,走出了一条属于自己的独立之路。萧红初中毕业回到家,当得知自己被许配给汪恩甲,她并没有向命运低头,而是像娜拉那样离家出走。她要冲出封建家庭的牢笼,向着温暖和爱的方向奋斗,这在当时的社会中是很少见的。离开家后,萧红的生活很窘迫,但她并没有伸手向家里索取半分,她倔强坚韧,独立自尊。在爱情婚姻的道路上,萧红执着地追求女性的独立人格与独立地位,不做男人的附庸。与萧军、端木蕻良的感情纠葛都体现出她追求婚姻自由、追求男女平等的斗争精神。作家叶广芩十分赞赏萧红果断、倔强、不屈的精神和性格;《南方周末》主编张燕玲认为,写作是萧红的天性,孤绝是她的品质,颠沛流离是她的生活,爱与自由是她一生的追求;沈阳师范大学教授季红真认为,萧红的伟大之处恰恰在于能完好地保持自我,不被意识形态所异化,具有一种独立精神。② 作为一个女子,萧红敢于坚持自我,寻找自己的生活,她的一生都有着自己的目标,很清晰地追求着自己的理想,真正践行了"走自己的路,让别人去说吧"。

---

① 王春荣:《新世纪十年萧红研究状况分析》,《辽宁大学学报》(哲学社会科学版),2011 年第 5 期。
② 徐健:《坚守文学创作的本真　探寻萧红的当代价值》,《文艺报》,2011 年 6 月 8 日。

结　论

　　学者指出："'文学价值'与'文学史价值',并不是同一种价值。一部有着突出的'文学史价值'的作品,也许在'文学价值'上乏善可陈。"①萧红这样一位在文学史上地位有所沉浮的作家,她的文学价值是无可取代的。当然,萧红并不是一位十全十美的作家,她的作品也并非篇篇佳构。因此,在研究萧红的过程中,我们不能以主观情感代替客观分析,既不能光看到她的不足之处,也不能以溢美之词过度赞赏。无论历史上是如何评价的,时间都会证明一切,我们应该客观公正地给予评判。评价萧红是如此,对待其他作家也应遵循同样的方法。我们要破除既有的思维定势,摒弃庸俗的情趣化、猎奇化心态,站在文化建设、审美建构、哲学反思的高度来评价一个作家及其创作。

---

　　①　王彬彬:《关于萧红的评价问题》,《中国现代文学研究丛刊》,2011 年第 10 期。

第五章 孙犁文学史地位的变迁

　　翻阅新中国成立以来的主要文学史,不难发现一些作家在文学史上的地位存在较大程度的变化,孙犁就属于这样一位变化较大的作家。从最初只能与其他作家一起列为一节,且叙述字数有限,到后来能够单独列为一节,甚至单独列为一章叙述。孙犁的文学地位经历了一个明显的上升过程,其被关注度也经历了从低到高的变化。研究这种变化及原因对我们正确认识孙犁的文学地位及其作品的价值有着重要的意义。

　　孙犁的创作以"文革"为界大致可分为前后两个时期。从其创作的风格来看,孙犁前期的作品主要表现的是人的真善美,文章清新隽永,对生活充满了美好的憧憬和向往。同样是写战争题材,不同于同时代其他作家,他很少描写正面战场,也没有复杂的情节,而是在文字中展现出人物的心灵美。其诗情画意般的文字有一种吸引读者的神奇力量。他笔下的白洋淀风光,清新疏朗,散发着潮湿的水气,像一幅淡淡的水墨画,弥漫着浓郁的诗意。而孙犁后期的作品多体现出老辣讽刺,对社会和世事有较多的鞭挞和批评。其创作风格的转变当然与其生活经历是息息相关的。

　　现代文学界在谈及孙犁的时候,常常把他与赵树理相提并论,这当然不是没有来由的。孙赵二位作家不仅出身相似(均为农民家庭)、学历相似(孙是高中毕业,赵是师范毕业),而且都是解放区出名的作家。但有一点明显不同:孙犁的文学史地位与同一时期的赵树理相比常常是比较低的。早在 1943 年,赵树理就以《小二黑结婚》一炮打响,成为实践毛主席《讲话》的一面光辉旗帜,当时就被誉为"赵树理方向"。同为解放区作家,孙犁则表现得较为内敛和低调。他不温不火,默默耕耘,直到 1945 年才拿出他的成名作《荷花淀》,但也只是在小范围内小有名气。新中国成立后的一段时期内,赵树理仍能延续早期的辉煌,其创作的《三里湾》等作品也一直获得比较高的评价。而此时的孙犁在创作上也小有收获,如《风云初记》《铁木前传》等小说,可惜没有被那个时代所认可,在主流的文学史中,也只是被稍稍提及。这种评价上的悬殊与当时的文艺路线、文学思潮有着很大的关系。"文革"结束后不久出版的文学史著作均对 20 世纪五六十年代的孙犁创作给予较为客观的评价,但与赵树理相比,其文学地位依然没有发生实质性的变化。但进入 20 世纪 90 年代之后,大多数文学史对孙犁的评价有了显著的变化。日本的渡边晴夫认为:"新中国成立初期与 20 世纪 90 年代这一前一后的两个时期,大陆学者对于孙犁写作的评价之所以出现这样一个大'逆转'主要与这两个时期的中国大陆的思想文化环境以及人们文艺观念的调整有关,往大的方面说,从 20 世纪 40—90 年代大陆的文化思潮格局发生了很大的变化,由一味强调文化的激进主义发展到 20 世纪 90 年代文化保守主义的回潮有关,因此,孙犁越来越被看重。"[1]

一、 文学史上的沉浮

就文学史的撰写和孙犁创作的发展变化而言,我们可以分四个时期来描述和分析其在文学史上地位的沉浮。

---

[1] 渡边晴夫:《中国文学史上对孙犁评价的变迁——与赵树理比较》,《信阳师范学院学报》,2007年第 1 期。

（一）新中国成立初期到"文革"前

新中国成立初期对于现当代文学史的撰写并不是很多,其中王瑶的《中国新文学史稿》和刘绶松的《中国新文学史初稿》最为权威。下面我们就看一下这两部文学史对孙犁的评价。

王瑶的《中国新文学史稿》(上海文艺出版社 1982 年版)中对孙犁的叙述有一页半,其中有这样一段评价:"在他这些作品中,关于农村女性活动的描绘往往占有很重要的地位,其中有勇敢矫健的革命行为,但也有一些委婉细腻的男女爱情;有时这种细致的感触写得太'生动'了,就和整个作品的那种战斗气氛不太相称,因而也就多少损害了作品所应有的成就。笔调是含蓄凝练的,常常于单纯的素绘中暗示出比较丰富的意义,语言单纯自然,也与文中的抒情气氛相协调。"①在王瑶的这段评价中,孙犁作品的主要特征基本上都被抓住了。但应该注意的是,王瑶对孙犁创作风格的评价是有所保留的。

刘绶松的《中国新文学史初稿》(人民文学出版社 1983 年版)介绍解放区小说的一章中,关于孙犁仅提到《荷花淀》并简短总结道:"写在1945 年的孙犁的短篇小说《荷花淀》,以一种清新朴素的笔调描绘出了冀中平原游击区人民的爽朗、无畏的英雄性格和美丽愉快的战斗生活,充溢着一种革命的浪漫主义气息。"②这段论述与王瑶的文学史相比更为简略,但对孙犁的创作风格主要是肯定的。

而同一时期的赵树理在文学史中的地位相对比较高。在王瑶的《中国新文学史稿》中赵树理的篇幅占 4 页,是孙犁的两倍还多。在刘绶松的《中国新文学史初稿》中,赵树理也占 4 页,而且评价也远远高于孙犁。

从上面的两部主流文学史我们就能看出,这一时期赵树理和孙犁在文学史上的地位不是一个等级。总体来看,这一阶段孙犁在文学史上的

---

① 王瑶:《中国新文学史稿》(下册),上海:上海文艺出版社 1982 年版,第 657—658 页。
② 刘绶松:《中国新文学史初稿》,北京:人民文学出版社 1983 年版,第 517 页。

地位是偏低的。

(二)"文革"结束以后到 20 世纪 90 年代前

1979 年出版的九院校编写组主编的《中国现代文学史》第十四章题为"赵树理等的解放区小说",共分为五节:赵树理(第一节)、丁玲的《太阳照在桑干河上》(第二节)、周立波的《暴风骤雨》(第三节)、其他长篇小说(第四节)、其他短篇小说(第五节)。孙犁虽然还没有获得专节介绍的待遇,但在第五节"其他短篇小说"中他是第一位被提出的,介绍内容约占 2 页(第 489—491 页)。如果仅仅从这本文学史来看,孙犁的文学地位并不突出,但如果与先前王瑶和刘绶松所撰写的文学史相比,对孙犁的评价还是有进步的。这不仅体现在介绍篇幅有所增加,更体现在对其评价的改变。在 20 世纪四五十年代的作家评论中,周扬曾高度评价赵树理,而对孙犁的评价仅仅用了"印象"两个字,并且带有明显的主观臆断。而在九院校编的《中国现代文学史》中,这种评价有了显著的变化:"孙犁的小说,在描写美和丑的斗争时,着力歌颂美的胜利。熔叙事、写景和抒情于一炉,洋溢着浓郁的诗情画意。作者擅长于以散文的手法来写小说,不讲究故事的头尾完整,但在截取生活的某一片断来展示主题时,又注意这一局部的完整性;不追求情节的曲折离奇,而在情节的自然展开中又能于平淡中见波澜;对人物极少作静态的描绘,而在行动过程中寥寥几笔又勾勒出人物的性格特征。作品还有着浓烈的乡土气息。这就构成了作者的清新俊逸的艺术风格。"①这些文字,特别是对孙犁创作特征的叙述,更多的是用肯定的语气,是过去的文学史中从未有过的。

唐弢主编的《中国现代文学史》(第三卷)(人民文学出版社 1983 年版)中,对孙犁的介绍篇幅接近 2 页。其中对孙犁的创作,他是这样评价的:"因此,他的作品看来似乎平淡,但从平淡中显出新鲜;表现简朴,而于简朴中含着隽永;近乎轻柔,却从轻柔中透出刚强。他的作品没有离

---

① 九院校编写组:《中国现代文学史》,南京:江苏人民出版社 1979 年版,第 491 页。

奇,不觉紧张,然而主人公的遭遇和命运却紧紧扣人心弦。可以说,他的白描手法做到既绘形又传神……"①与以前的评价相比,这种评价做到了少有的准确和到位,体现了唐弢对孙犁创作高超的概括和把握能力。

在颜雄、程凯华、毛代胜主编的《简明中国现代文学史》(湖南大学出版社 1988 年版)中,第九章"解放区小说"的内容安排如下:第一节赵树理、第二节丁玲的《太阳照在桑干河上》、第三节周立波的《暴风骤雨》、第四节孙犁等的小说。和前文提到的文学史安排基本相似,但值得注意的是,孙犁第一次在文学史中作为某一节的代表作家来介绍,这不能不说是一个进步。在具体论述解放区小说创作时,孙犁是被安排在赵树理、丁玲、周立波之后来介绍的。在所占篇幅的安排上,赵树理占 5 页多,孙犁约占 3 页,从篇幅来看与以往的文学史相比有一定的提高。这本文学史对孙犁的评价还出现了一个前所未有的亮点,它首次把孙犁与"荷花淀派"的关系做了一个较为准确的表述:"'讲话'后解放区的短篇小说,除赵树理以他独特的风格饮誉文坛外,影响最大的要数后来'荷花淀派'的轴心作家孙犁。"②

从这一时期的文学史来看,尽管孙犁在文学史上所占的篇幅有所提升,但其在文学史章节次序的排列上,仍在赵树理之后,而且没有享受专节的待遇。这些都表明,孙犁的文学地位虽然有所提升,但与赵树理等解放区作家相比,仍存在较大距离。

(三)20 世纪 90 年代到 2002 年以前

由于受"重写文学史"思潮的影响,20 世纪 90 年代文学史的编写出现了近乎"百花齐放"的局面。下面我们选取几部比较典型的文学史做一下分析。

首先应被提及的是朱栋霖、丁帆、朱晓进主编的《中国现代文学史》

---

① 唐弢、严家炎:《中国现代文学史》(第三卷),北京:人民文学出版社 1983 年版,第 335 页。
② 颜雄、程凯华、毛代胜:《简明中国现代文学史》,长沙:湖南大学出版社 1988 年版,第 332 页。

（高等教育出版社 1999 年版）。这套文学史影响较大，这不仅是因为众位编者在文学界享有较高的知名度，同时，这套文学史作为规划教材在各文科高校广泛使用，因此也产生了较为广泛的影响。值得注意的是，这部文学史对孙犁有这样一段评价："他笔下的人物，总是在民族解放的环境中成长、斗争、生活着的。这些人没有文化，但他们的个人选择总是和民族的选择保持着高度的一致。孙犁用清新俊丽的语言，勾勒生活的诗意，探寻心灵的奥秘。他在继承五四以来新小说传统的基础上，融合中外及民间艺术精华，在解放区文学中形成了与赵树理迥然不同的艺术风格。"①这段文字从表面看并没有惊人之处，但稍加分析便不难看出，这种评价是对以前评价的突破。以前的文学史，尽管也常常把孙犁和赵树理作为解放区作家来介绍，但是没有将二人放在一个重量级上进行比较，更不用说是相提并论。在此前的主流文学史中，赵树理常常是最受关注的解放区作家，而孙犁更多是被稍加提及而已。相对于赵树理在文学史上的辉煌，孙犁则暗淡得多。正因此，这段评价不可小觑。它第一次把孙犁和赵树理放在同一水平上进行比较，不但没有褒赵贬孙，而且认为孙犁的文学贡献不亚于赵树理，并且"在解放区文学中形成了与赵树理迥然不同的艺术风格"。这种相提并论式的评价是以前的文学史中绝无仅有的，也从一个侧面说明了孙犁文学地位的提升和现代文学界对孙犁的重视。

张炯主编的《中华文学通史》出版于 1997 年，其中的《当代文学编》（第九卷）也谈到了孙犁，篇幅占 5 页。该书是这样评价孙犁的：

> 从新中国成立后他小说创作经历的三个发展阶段看，他所坚持的现实主义，则是随着时代生活的变化，个人阅历和艺术

---

① 朱栋霖、丁帆、朱晓进主编：《中国现代文学史》（上册），北京：高等教育出版社 1999 年版，第333 页。

修养的丰富,在不断地深化、不断地完善着。他的艺术风格深受读者喜爱,同时对新中国成立初期出现的一些青年作家如刘绍棠、从维熙、韩映山、方树民等的创作也产生过积极的影响。①

此书还引用了著名评论家黄秋耘对《风云初记》的评价:

> 尽管《风云初记》还有一些美中不足的地方,但是我们无意对它求全责备,甚至也不希望作者对它作太多的修改。让这部像诗一般的长篇小说,带着它本来朴素的面貌和动人的风格流传下去罢,它一定能够流传下去的。今天我们大家还都饥渴于真正具有艺术魅力、真正能够丰富人们的内心世界和提高人们的精神品质的文学作品,有那么一部作品出现,难道还不值得我们欣幸和感激么?②

《中华文学通史》(第十卷)第七章就新时期孙犁的散文创作进行专节介绍,标题为"抒真情、写真象的孙犁散文"。其中对孙犁有这样一段评价:"孙犁的散文是和中国散文的深厚传统相连接的。就文字而言,他已经达到炉火纯青的地步;就精神而言,他虽酷肖古人却仍然是属于他的时代的。"③此评价虽是从孙犁的散文创作出发,但对提升孙犁的文学地位具有不可忽视的作用。这些对孙犁的正面评价也是以前的文学的史中不多见的。

　　总之,从20世纪90年代的几部文学史来看,孙犁在文学史上的评价及地位有了很大的提升。这种提升不仅仅体现在数量上,即文学史中

---

① 张炯:《中华文学通史·当代文学编》(第九卷),北京:华艺出版社1997年版,第42页。

② 张炯:《中华文学通史·当代文学编》(第九卷),北京:华艺出版社1997年版,第45页。

③ 张炯:《中华文学通史·当代文学编》(第十卷),北京:华艺出版社1997年版,第215页。

孙犁所占的篇幅逐渐增加，更体现为众多文学史对孙犁文学成就的直接肯定，甚至把他与赵树理相提并论，是赵树理之外解放区文学创作中的另一面旗帜。

（四）2002 年以后

之所以选择这个时间作为一个节点是跟中国的传统相关。中国传统文化中所说的"盖棺定论"被广泛接受。孙犁是 2002 年去世的，在这之后，学界对孙犁的评价也相应发生了新的变化。下面我们来浏览一下2002 年后的文学史是如何评价孙犁的，当然这一时期对其的评价还包括大量学术论文，在下面的分析中，我们也将一并谈到。

吴秀明的《中国当代文学史写真》出版于 2003 年，其中对孙犁的叙述大概有 17 页，所占篇幅之多前所未有，而对孙犁的正面评价比比皆是：

> 总之，孙犁重视在创作中挖掘人物的内心感情，他把时代风貌的真实画面同人物的真挚情感交融在一起，突出主人公丰富、复杂的感情世界；致力从主人公命运的变化和内心波澜中，反映阶级和民族的历史内容，跳动着时代的脉搏。所以，他的小说充满了人情味，体现了人间的真情，处处使读者感觉到人情的美妙。
>
> 到了新时期，孙犁本人主要从事散文创作，作品宏深高远，情思幽渺，但仍不失其明净清澈。[①]

这些评价对于全面认识孙犁有着重要意义。

孙犁这一时期的评价不仅体现在文学史中，还体现在这一时期关于孙犁的研究性文章中。代表性文章有：杨联芬的《孙犁：革命文学中的"多余人"》、郜元宝的《孙犁"抗战小说"的"三不主义"》、王彬彬的《孙犁

---

① 吴秀明：《中国当代文学史写真》，杭州：浙江大学出版社 2003 年版，第 290—291 页。

的意义》等。其中王彬彬的文章更具有代表性。这篇发表在《文学评论》上的长文把对孙犁的评价推到了一个新的高度：

> 孙犁最值得我们珍视的文学遗产，是语言上的追求和成就。在这方面，他的确与后他七年出生而先他五年辞世的汪曾祺有可比之处。……对汪曾祺的推崇，是可以理解的。我本人也对汪曾祺在语言上的经营十分敬佩。但是，当我们在热情地歌颂汪曾祺时，显然忽略了孙犁的存在。①

从语言角度来研究孙犁，的确是一个全新的视角。但王彬彬所关注的不仅仅是语言，在谈到孙犁创作的《风云初记》时，他是这样说的：

> 尽管俗儿死有余辜，但是老常还是不忍其活活淹死。与其说是小说人物老常宅心仁厚，毋宁说是作者孙犁心有不忍。这样一种人道主义精神，在同时期的同类作品中，不说是绝无仅有，也是极为罕见的。②

这种评价对孙犁来说不能说是不高了。

由此观之，2002 年之后，孙犁在文学史上的地位又有明显的提升。这种提升不仅体现在文学史的叙述上，还体现在这一时期的学术研究中，尤其是学术论文，对孙犁的研究逐渐成为热点。与此相反，赵树理的文学地位发生了微妙的变化。从 20 世纪 80 年代兴起的"重写文学史"开始，赵树理及其创作就成为一个常常被谈及的对象，其中"赵树理方向"也一再为学界所诟病，而与此相适应，在此后的许多文学史中，赵树

---

① 王彬彬:《孙犁的意义》,《文学评论》,2008 年第 1 期。
② 王彬彬:《孙犁的意义》,《文学评论》,2008 年第 1 期。

理的文学评价和文学地位有明显的下滑现象。赵树理文学地位的沉浮也正好印证了孙犁文学史地位的沉浮，二者实际上存在着内在的联系。

二、 文学史上地位沉浮的原因

孙犁在各个文学史阶段的地位时有沉浮，造成这种沉浮的原因多种多样，但是从总体上来看，主要可以分为以下几个方面。

（一）政治因素

政治因素对中国现当代作家评价的影响是显而易见的。这也是孙犁在文学史上地位沉浮最主要的原因，我们大致可以从以下两点来进行分析。

1. 对政治的游离

孙犁对政治的游离在近年的学术研究中常常被提及。相对于赵树理的主动迎合，孙犁更多是一种不太主动的参与。而在政治为主旋律的时代，孙犁更多地表现为一种"多余人"的状态。他很少主动迎合"主流文学"的要求来表现时代的政治主题，他更擅长表现自己理想的一种精神世界。孙犁的这种创作常常与当时主流文学的要求"貌合神离"，甚至产生不协调，这种不协调主要表现在两个方面。一方面是他的文人气息比较浓。孙犁在"革命文学"的浪潮中没能表现出应有的正面的革命热情，而是选择去描写很少有人涉笔的"女性美"。在"文革"中造反派评价他是："生活上，花鸟虫鱼；作品里，风花雪月。"①在那个革命战争的年代，他身上这种知识分子"非功利的、人情味十足的情调"（小资情调）表现尤为突出。这与孙犁深受"五四"启蒙主义的影响有关。他一生坚持人道主义的文学主张，抗日战争的特殊环境虽然使他轻易实现了人道主义与革命的统一，然而在漫长的岁月里这两种信仰并不能兼得，这又使他经常痛苦和忧闷。另一方面，就是政治态度不明朗。他没能像赵树理

---

① 程光炜：《孙犁"复活"所牵涉的文学史问题》，《文艺争鸣》，2008年第7期。

那样紧跟毛主席的号召,不折不扣地响应《讲话》精神,去反映解放区的时代风云变幻。即使到新中国成立后,孙犁也没有对政治表现出明显的热情。孙犁对政治的游离不仅表现在其创作和思想观念上,在其日常生活中也与政治保持一定的距离,这在孙犁的散文中得到了印证。

2. 评价机制的影响

在对孙犁的研究和评价中,无论是在解放区还是新中国成立后的文坛,代表主流意识形态的权威人物基本上都没有参与。即使偶有参与,也都是提出某些批评意见。像曾经高度评价过赵树理的周扬,在 20 世纪 50 年代就对孙犁写的有关白洋淀生活的一个电影剧本写下批语,认为孙犁写的只是"印象",而且有许多想象的印象。

孙犁的作品之所以在特定的年代得不到很高的评价,在很大程度上是因为他没能够跟上政治的步伐。按《讲话》的要求,文艺工作者应该把思想、感情和立场转移到人民大众这边来。然而,孙犁的作品描写的却是些理想化的、比较美好的人性,用今天的话来说就是政治敏感性比较低,没能很好地看清时代的发展和需要。正如王瑶在《中国新文学史稿》中所说:

> 他的作品大都以抗日时期的冀中农村为背景,能够生动地描绘出农村男女勤劳明朗的性格和英勇斗争的精神,有着浓厚的生活气息和抒情的风格,尤其着重于表现农村青年妇女在战争中的心理变化和她们的伟大贡献。……在他这些作品中,关于农村女性活动的描绘往往占很重要的地位,其中有勇敢矫健的革命行为,但也有一些委婉细腻的男女爱情,有时这种细致的感触写得太"生动"了,就和整个作品的那种战斗气氛不太相称,因而也就多少损害了作品应有的成就。[①]

---

① 王瑶:《中国新文学史稿》(下卷),上海:上海文艺出版社 1953 年版,第 302—304 页。

在以政治为主导的年代,就孙犁作品的风格来看,得不到很高的评价也在情理之中。有人认为,孙犁"在创作上明显地看出一种不健康的倾向——即'表现小资产阶级的观点、趣味,来观察生活、表现生活'"①。试想,在那样一个年代,这种表现"小资产阶级"生活的作家又怎能得到公正的评价?

(二) 作品的魅力

孙犁作品的魅力在笔者看来主要表现在三个方面。一是在创作中能够真正地坚持从生活实际出发。在那个政治压倒一切的年代,一切作品为政治服务的年代,要想坚持一切从实际出发,反映生活的点点滴滴,需要多大的勇气! 在孙犁看来,文艺作品就是反映现实生活的,所以必须坚持一切从实际出发。一切从实际出发就是表现生活的真实面,而不是去表现一些假大空的东西,创作出来的作品是要自己从生活中观察出来的,只有这样的作品才会有生命力。在孙犁的作品中,有反映抗日战争的,有反映解放战争的,有反映解放区土地改革的。但在这些写战争、写运动的作品中,他所着力展示的,是极具时代特色和地域色彩的具体的生活风貌,是战争环境下人们具体的生存状态,具体的人物,具体的场景,具体的矛盾纠葛,而不是对具体政策及其贯彻过程的演绎和诠释。《荷花淀》是这样,《铁木前传》也是这样。

二是对美的诗意的表达。孙犁的作品一般篇幅不长,许多作品都是三五千字左右,但是短短的几千字总能描绘出美丽的画面,给人以美的享受。他的这种诗意并不是虚构出来的,而是作者在那个战争年代用心去观察的结果。他的文章总是反映生活中的小事,没有宏大的场面。然而总能在这琐碎的生活小事中绽放出人性美丽的光芒。这种人性美之所以表现得那么富有诗意,是源于作者的真诚,对生活态度的真诚,对作

---

① 林志浩、张炳炎:《对孙犁创作的意见》,刘金镛、房福贤编《孙犁研究专集》,南京:江苏人民出版社 1983 年版,第 281—287 页。

品创作的真诚。如果作品中缺乏这种真诚，就会给人一种空泛的美，虚假的美，就更谈不上什么作品的魅力了。

三是对语言的运用。孙犁在语言运用上有着独特的个性，不仅语言优美，而且渗透着独特的感情体验。他将口语提纯到非常优美的程度，他的作品总是用清新、质朴而又简洁的语言描绘最淳朴的人物和生活。他的语言既没有大量新文学作家欧化而又冗长的语言的生涩感，也没有大多数解放区作家语言的粗糙感。读他的作品总是给人一种美的享受和陶冶。

（三）时代背景的变迁

从 20 世纪 80 年代改革开放开始，中国由计划经济过渡到市场经济，中国进入一个复杂的变革期，在文学上表现特别明显。进入 20 世纪 90 年代，评论家们开始对孙犁进行高调评价，这与 90 年代特定的文化思潮有关。90 年代传统文化开始强劲"复苏"，而孙犁作品中的"平淡""文章骨气""古人古文"的高贵品质，正好契合了这种特定的文化思潮。于是，他们就把孙犁从文学史中挑出来，让孙犁这样有价值的作家来支持他们当下的文化精神重建。贾平凹曾充满激情地写道："我不是现当代中国文学的研究者，以一个作家的眼光，长期以来，我是把孙犁敬为大师的。我几乎读过他的全部作品。在当代的作家里，对我产生过极大影响的，起码其中有两个人，一个是沈从文，一个就是孙犁。我不善走动和交际，专程登门拜见过的作家只有孙犁。""如果还有人再写现当代文学史，我相信，孙犁这个名字是灿烂的，神当归其位。"[①]在传统文化"复苏"的 20 世纪 90 年代，孙犁这样一位极具传统文化内涵的作家，被关注也在情理之中。90 年代复杂的变革环境使得文学的发展有了更加自由的空间。其作品本身的风格魅力，也使孙犁在这种环境下容易受到更多作

---

① 贾平凹：《孙犁的意义》，《朋友：贾平凹写人散文选》，重庆：重庆出版社 2005 年版，第 214—215 页。

家及研究者的关注。这种变化都与时代背景的变迁相吻合和相适应。

结　论

我们从上面文学史的沉浮及其沉浮原因的分析，可以大致了解到，孙犁的文学地位大致呈现一种上升的趋势，且在后期上升的势头更加明显。当然，这种上升具有一定的合理性，让孙犁的文学成就及地位在文学史中得到恰如其分的评价，这也是当下评论者应该做的事情。然而，我们不得不思考另外一些问题，孙犁的文学地位得到肯定和提升，这种提升是不是合理？有没有夸大的成分？尤其是后期对他的评价，一些相关的研究文献把孙犁尊称为"文学大师"，孙犁有没有资格成为真正的"文学大师"？这种现象很值得我们思考。究竟怎样去评价一个作家？是依据作品之外的权威还是作品本身的权威？

笔者认为合理地评价一个作家不能不考虑以下两个方面。一是作品本身的因素。一个作家最终是活在他（她）的作品中的，无论这个作家生前是辉煌还是默默无闻。作品是评价一个作家创作成就及文学地位的出发点和归结点，这也是其他任何因素不可替代的。中国几千年的文学发展也充分证明了这一点。那些生前凭借其他因素而红极一时的作家却最终被时间这个公正的法官所淘汰，而那些具备创作才华但生前并没有得到真正认可的作家则最终被时间所认可。一个作家的文学成就与地位最终取决于他（她）的作品，而非其他因素。笔者始终坚信，只有作品是不朽的，作家的不朽是因为其作品的不朽，抛开作品去评价一个作家是绝对不可能的。

二是作品之外的因素。作品之外的因素较多，其中最有代表性的是政治因素和市场因素。虽然评价一个作家不应该过多地考虑这些作品之外的因素，但事实上这些因素都很难被真正排除在外，尤其在现代中国。这与现代中国的特殊情境有关，也与人们的思想观念有很大的关系。在现代中国,人们往往习惯了一种来自权威的评价。一旦政治因素和市场因素成为主导,就有可能对文学的审美因素造成不同程度的压抑和扼杀,也有可能左右评论者的客观评价。因此,对于那些作品之外的因素,我们要正确看待,冷静分析,不应该过分夸大,要时刻保持一种理性的清醒。唯有如此,我们才能拨开迷雾,去真正评价一个作家的文学成就及地位。

参考文献

一、 文学史类

[1] 唐弢.中国现代文学史.北京:人民文学出版社,1979.

[2] 刘绶松.中国新文学史初稿.北京:人民文学出版社,1979.

[3] 九院校编写组.中国现代文学史.南京:江苏人民出版社,1979.

[4] 司马长风.中国新文学史.香港:昭明出版社,1980.

[5] 陈瘦竹.左翼文艺运动史料.南京:南京大学学报编辑部,1980.

[6] 王瑶.中国新文学史稿.上海:上海文艺出版社,1982.

[7] 温儒敏.中国现代文学批评史.北京:北京大学出版社,1993.

[8] 黄修已.中国新文学史编纂史.北京:北京大学出版社,1995.

[9] 张炯.中华文学通史:当代文学编(第九卷).北京:华艺出版社,1997.

[10] 钱理群,温儒敏,吴福辉.中国现代文学三十年.北京:北京大学出版社,1998.

[11] 陈思和.中国当代文学史教程.上海:复旦大学出版社,1999.

[12] 朱栋霖,丁帆,朱晓进.中国现代文学史.北京:高等教育出版社,1999.

[13] 钱理群.反观与重构——文学史的研究与写作.上海:上海教育出版社,2000.

[14] 程章灿.魏晋南北朝赋史.南京:江苏古籍出版社,2001.

[15] 游国恩,等.中国文学史(修订本).北京:人民文学出版社,2002.

[16] 戴燕.文学史的权力.北京:北京大学出版社,2002.

[17] 任天石.中国现代文学史学发展史.南京:江苏文艺出版社,2002.

[18] 吴秀明.中国当代文学史写真.杭州:浙江大学出版社,2003.

[19] 夏志清.中国现代小说史.上海:复旦大学出版社,2005.

[20] 洪子诚.中国当代文学史.武汉:长江文艺出版社,2002.

[21] 范伯群.中国近现代通俗文学史.南京:江苏教育出版社,2010.

[22] 孟繁华,程光炜.中国当代文学发展史(修订版).北京:北京大学出版社,2011.

二、 文集类

[1] 郁达夫.达夫代表作.上海:现代书局,1932.

[2] 石怀池.石怀池文集.桂林:耕耘出版社,1945.

[3] 茅盾.茅盾文集.北京:人民文学出版社,1961.

[4] 赵家璧.中国新文学大系(十卷本).上海:上海人民出版社,1980.

[5] 周恩来.周恩来选集.北京:人民出版社,1980.

[6] 鲁迅.鲁迅全集(18 卷).北京:人民文学出版社,2005.

[7] 冯雪峰.冯雪峰论文集.北京:人民文学出版社,1981.

[8] 孙犁.孙犁文集.北京:百花文艺出版社,1982.

[9] 恽代英.恽代英文集.北京:人民出版社,1983.

[10] 李健吾.李健吾文学评论选.银川:宁夏人民出版社,1983.

[11] 刘金镛,房福贤.孙犁研究专集.南京:江苏人民出版社,1983.

[12] 胡风.胡风评论集.北京:人民文学出版社,1984.

[13] 周扬.周扬文集.北京:人民文学出版社,1984.

[14] 瞿秋白.瞿秋白选集.北京:人民出版社,1985.

［15］朱光潜.朱光潜全集.合肥：安徽教育出版社，1987.

［16］周作人.自己的园地.长沙：岳麓书社，1987.

［17］毛泽东.毛泽东选集.北京：人民出版社，1991.

［18］巴金.巴金全集.北京：人民文学出版社，1991.

［19］张爱玲.张爱玲文集.合肥：安徽文艺出版社，1992.

［20］毛泽东.毛泽东文集.北京：人民出版社，1993.

［21］朱自清.朱自清全集.南京：江苏教育出版社，1997.

［22］钟叔河.周作人文类编(10 卷).长沙：湖南文艺出版社，1998.

［23］沈从文.沈从文批评文集.珠海：珠海出版社，1998.

［24］沈从文.沈从文全集(32 卷).太原：北岳文艺出版社，2002.

［25］梁宗岱.梁宗岱文集.北京：中央编译出版社，2003.

［26］李健吾.咀华集.上海：复旦大学出版社，2005 .

三、 传记类

［1］萧乾.一代才女林徽因.北京：人民文学出版社，1992.

［2］王晓明.无法直面的人生——鲁迅传.台湾：台湾业强出版社，1992.

［3］郭志刚，章无忌.孙犁传.北京：北京十月文艺出版社，1995.

［4］王观泉.被绑的普罗米修斯——陈独秀传.台湾：台湾业强出版社，1996.

［5］季红真.中国现代作家传记丛书——萧红传.北京：北京十月文艺出版社，2000.

［6］韩石山.中国现代作家传记丛书——徐志摩传.北京：北京十月文艺出版社，2001.

［7］凌宇.中国现代作家传记丛书——沈从文传.北京：北京十月文艺出版社，2004.

［8］傅国涌.中国现代作家传记丛书——金庸传.北京：北京十月文艺出

版社,2004.

［9］林贤治.鲁迅的最后十年.北京:中国社会科学出版社,2003.

［10］钱理群.中国现代作家传记丛书——周作人传.北京:北京十月文艺出版社,2005.

［11］卓如.冰心全传(上下).石家庄:河北教育出版社,2007.

［12］王科,徐塞,张英伟.萧军评传.北京:中国社会出版社,2008.

［13］陈孝全.朱自清传.北京:北京航空航天大学出版社,2008.

［14］山西省史志研究院.赵树理传.北京:当代中国出版社,2009.

［15］罗银胜.周扬传.北京:文化艺术出版社,2009.

［16］曹禺.曹禺自述:纪念曹禺先生诞辰百年.北京:新华出版社,2010.

［17］盛夏.毛泽东与周扬.北京:人民出版社,2011.

［18］陈恕.冰心全传.北京:中国青年出版社,2011.

［19］陈漱渝.民族魂——鲁迅传.桂林:漓江出版社,2012.

［20］孙晓玲.逝不去的彩云——我与父亲孙犁.北京:百花文艺出版社,2013.

［21］钟桂松.茅盾评传.南京:南京大学出版社,2013.

［22］许寿裳.鲁迅传.北京:北京时代华文书局,2015.

［23］张晓风.胡风传.北京:人民出版社,2015.

四、 书信、日记、年谱、回忆录

［1］鲁迅.鲁迅书信集.北京:人民文学出版社,1976.

［2］夏中义.九谒先哲书.上海:上海文化出版社,2000.

［3］鲁迅.鲁迅日记(上下册).北京:人民文学出版社,1959.

［4］周作人.周作人日记(全三册).郑州:大象出版社,1996.

［5］吴学昭.吴宓日记(十册).北京:三联书店,1998.

［6］陈福康.郑振铎日记全编.太原:山西古籍出版社,2006.

[7] 郁达夫.日记九种.北京:外文出版社,2013.

[8] 李何林.鲁迅年谱.北京:人民文学出版社,1981.

[9] 郭良夫.完美的人格——朱自清先生的治学和为人.北京:三联书店,1987.

[10] 萧乾.未带地图的旅人——萧乾回忆录.北京:中国文联出版公司,1991.

[11] 张菊香,张铁荣.周作人年谱.天津:天津人民出版社,2000.

[12] 曹伯言.胡适日记全编(八卷).合肥:安徽教育出版社,2001.

[13] 吴世勇.沈从文年谱.天津:天津人民出版社,2006.

[14] 耿云志.胡适年谱(修订本).福州:福建教育出版社,2012.

五、 其他专著

[1] 沈从文.沫沫集.上海:上海大东书局,1934.

[2] 张静庐.中国现代出版史料:丁编(下册).北京:中华书局,1959.

[3] 徐懋庸.徐懋庸回忆录.北京:人民文学出版社,1982.

[4] 中国社会科学院文学研究所.左联回忆录.北京:中国社会科学出版社,1982.

[5] 葛兰西.狱中札记.葆煦译.北京:人民出版社,1983.

[6] 纳托尔·法朗士.文艺生活.上海:上海文艺出版社,1983.

[7] 李健吾.李健吾文学评论选.银川:宁夏人民出版社,1983.

[8] 赵家璧.编辑忆旧.北京:三联书店,1984.

[9] 范伯群.冰心研究资料.北京:北京出版社,1984.

[10] 陈思和.中国新文学整体观.上海:上海文艺出版社,1987.

[11] 李泽厚.中国现代思想史论.北京:东方出版社,1987.

[12] 瞿世镜.伍尔夫研究.上海:上海文艺出版社,1988.

[13] 沈从文.现代中国作家评论选.广州:花城出版社,1988.

［14］陈平原.中国小说叙事模式的转变.上海：上海人民出版社,1988.

［15］中共中央宣传部文艺局.邓小平论文艺.北京：人民文学出版社,1989.

［16］史和,等.中国近代报刊名录.福州：福建人民出版社,1991.

［17］余秋雨.文化苦旅.上海：东方出版中心,1992.

［18］葛兰西.葛兰西文选.北京：人民出版社,1992.

［19］商金林.朱光潜与中国现代文学.合肥：安徽教育出版社,1995.

［20］中央文献研究室.十四大以来重要文献汇编.北京：人民出版社,1995.

［21］总政治部文化部.毛泽东邓小平江泽民论文学艺术.北京：解放军文艺出版社,1995.

［22］中共中央宣传部办公厅,中央档案馆编研部.中国共产党宣传工作文献选编(1915—1937).北京：学习出版社,1996.

［23］袁进.中国文学观念的近代变革.上海：上海社会科学出版社,1996.

［24］王晓明.20世纪中国文学史论(三卷).上海：东方出版中心,1997.

［25］王晓明.批评空间的开创——20世纪中国文学研究.上海：东方出版中心,1997.

［26］李辉.风雨中的雕像.济南：山东画报出版社,1997.

［27］谢冕.百年中国文学总系(十一卷),济南：山东教育出版社,1998.

［28］废名.论新诗及其他.沈阳：辽宁教育出版社,1998.

［29］詹姆斯·S.科尔曼.社会理论的基础.邓方,译.北京：社会科学文献出版社,1999.

［30］吴廷俊.中国新闻传播史稿.武汉：华中理工大学出版社,1999.

［31］温儒敏,等.中国现当代文学专题研究.北京：北京大学出版社,2002.

［32］李辉.胡风集团冤案始末.武汉：湖北人民出版社,2003.

［33］李长之.鲁迅批判.北京：北京出版社,2003.

［34］刘俊,等.中国现当代文学研究导引.南京：南京大学出版社,2006.

[35] 李朝全,凌玮清.世纪知交——巴金与冰心.北京:团结出版社,2006.

[36] 朱晓进.政治文化与中国二十世纪 30 年代文学.北京:人民出版社,2006.

[37] 陈树萍.北新书局与中国现代文学.上海:华东师范大学人文社会科学学院,2006.

[38] 钟嵘.诗品.曹旭,整.上海:上海古籍出版社,2007.

[39] 王本朝.中国当代文学制度研究.北京:新星出版社,2007.

[40] 徐鹏绪,李广.《中国新文学大系》研究.北京:社会科学文献出版社,2007.

[41] 陈漱渝.剪影话沧桑.上海:上海远东出版社,2008.

[42] 黄修己.赵树理研究资料.北京:知识产权出版社,2010.

[43] 李秀萍.文学研究会与中国现代文学制度.北京:中国传媒大学出版社,2010.

[44] 范国英.新时期以来文学制度研究:以茅盾文学奖为中心的考察.成都:巴蜀书社,2010.

[45] 陈平原.中国小说叙事模式的转变.北京:北京大学出版社,2010.

[46] 周成华.现代文学观止.吉林:吉林大学出版社,2010.

[47] 郭延礼.中国前现代文学的转型.济南:山东大学出版社,2011.

[48] 张均.中国当代文学制度研究(1949—1976).北京:北京大学出版社,2011.

[49] 张恨水.写作生涯回忆.南京:江苏文艺出版社,2012.

[50] 夏衍.懒寻旧梦录.北京:三联书店,1985.

[51] 刘小云.学术风气与现代转型.北京:三联书店,2013.

[52] 吴义勤.文学制度改革与中国新时期文学.北京:文化艺术出版社,2013.

[53] 王秀涛.中国当代文学生产与传播制度研究.北京:文化艺术出版社,2013.

［54］李辉.绝响.北京:三联书店,2013.

［55］巴金.随想录.北京:人民文学出版社,2014.

［56］张高杰.中国现代作家日记研究——以鲁迅、胡适、吴宓、郁达夫为中心.北京:中国社会科学出版社,2014.

［57］王文正,沈国凡.我所亲历的胡风案(修订本).北京:当代中国出版社,2015.

六、 报纸期刊类文献

［1］梁启超.本馆第一百册祝辞并论报馆之责任及本馆之经历.清议报,1901 - 1 - 21.

［2］梁启超.论小说与群治之关系.新小说,1902(1).

［3］李大钊.什么是新文学.星期日周刊,1920 - 1 - 4.

［4］沈雁冰.现在文学家的责任是什么.东方杂志,1920 - 1 - 10.

［5］沈雁冰.新旧文学之评议.小说月报,1920 - 1 - 25.

［6］周作人.文学研究会成立宣言.小说月报,1921 - 1 - 10.

［7］郑振铎.血与泪的文学.文学旬刊,1921 - 6 - 30.

［8］沈雁冰.自然主义与中国现代小说.小说月报,1922 - 7 - 10.

［9］郭沫若.我们的文学新运动.创造周报,1923 - 05 - 27.

［10］梁实秋.《繁星》与《春水》.创造周报,1923 - 7 - 29.

［11］周作人.《语丝》发刊词.语丝,1924 - 11 - 7.

［12］蒋光慈.现代中国社会与革命文学.民国日报副刊,1925 - 1 - 1.

［13］茅盾.鲁迅论.小说月报,1927(11).

［14］周作人.《骆驼草》发刊词.骆驼草,1930(1).

［15］茅盾.冰心论.文学,1934(2).

［16］鲁迅.京派与海派.申报(自由谈),1934 - 2 - 3.

［17］朱光潜.我对本刊的希望.文学杂志,1937(1).

[18] 朱光潜.桥.文学杂志,1937(3).

[19] 朱光潜.论自然画与人物画.天下周刊,1946(1).

[20] 周扬.我国现实主义文学艺术的道路.长江日报,1960-9-6.

[21] 朱光潜.从沈从文的人格看沈从文的文艺风格.花城,1980(5).

[22] 聂绀弩.回忆我和萧红的一次谈话.新文学史料,1981(9).

[23] 张大明.坚持舆论一律,保留个人风格——编《周扬文集》札记.文学评论,1985(5).

[24] 王秀珍.萧红作品的民俗特色与20世纪初的乡土文学.学术交流,1991(5).

[25] 陈晓明.废墟上的狂欢节——评《废都》及其他.天津社会科学,1994(2).

[26] 栾保俊.不值得评价的评价——《废都》读后感.文艺理论与批评,1994(2).

[27] 户晓辉.裸体的《废都》.新疆艺术,1994(2).

[28] 李井发.略论作家作品的评价标准.内蒙古民族师院学报,1994(2).

[29] 江泽民.全国宣传思想工作会议上的讲话.人民日报,1994-3-7.

[30] 王彬彬.过于聪明的中国作家.文艺争鸣,1994(6).

[31] 李振声.京派文学的世界.读书,1995(7).

[32] 刘流.鲁迅与叶紫.春秋,1995(3).

[33] 张云,桂芝.论萧红后期小说的乡情民俗描写.绥化学院学报,1996(3).

[34] 李玲.评新时期的冰心研究.中国现代文学研究丛刊,1996(4).

[35] 杨义.新文学开创史的自我证明.文艺研究,1999(5).

[36] 袁良骏.关于鲁迅的历史评价.鲁迅研究月刊,1999(6).

[37] 倪婷婷.名士气:传统文人气度在五四的投影.文学评论,1999(6).

[38] 徐珊.娜拉:何处是归程.文艺评论,1999(23).

[39] 张泉.关于沦陷区作家的评价问题——张爱玲个案分析.江苏行政学院学报,2001(2).

[40] 温儒敏.论《中国新文学大系》的学科史价值.文学评论,2001(3).

［41］许志英.当代文学前瞻.文学评论,2001(4).

［42］罗岗.解释历史的力量——现代"文学"的确立与《中国新文学大系(1917—1927)》出版.开放时代,2001(5).

［43］黎辛.关于"胡风反革命集团"案件.新文学史料,2001(2).

［44］何莲芳.温厚宽广的人伦关怀——试论萧红小说的审美价值取向.新疆师范大学学报,2002(1).

［45］唐群.80年代以来冰心研究述评.赣南师范学院学报,2002(5).

［46］顾关元.鲁迅与北新书局.人民日报(海外版),2003-6-23.

［47］单元.论萧红文学创作的女性视角与女性意识.咸宁学院学报,2003(5).

［48］张保华.文代会对当代文学走向的影响.太原城市职业技术学院学报,2004(1).

［49］邓友梅.重温邓小平同志在第四次文代会上的祝词.光明日报,2004-8-18.

［50］陈蕾.传承与超越,湘潭师范学院院报,2004(6).

［51］高旭东.论鲁迅与梁实秋的论战及其是非功过.鲁迅研究月刊,2004(12).

［52］周兴华.茅盾作家论的盲视之域.南方文坛,2005(1).

［53］裴春来.1994—2003十年冰心研究述评.海南师范学院学报,2005(5).

［54］史世辉.鲁迅编辑过的刊物.语文知识,2005(9).

［55］王强.论朱自清散文的审美特征.扬州大学学报,2006(5).

［56］姚向奎.生与死的沉重演绎——试析《呼兰河传》中的民俗事象.湖南工业职业技术学院学报,2006(4).

［57］谢有顺.对人心和智慧的警觉——论李静的写作.南方文坛,2006(5).

［58］孙国林.毛泽东与"党的文艺总管"周扬.党史博采,2006(6).

［59］包天亮.论萧红小说《呼兰河传》中的民俗描写.安徽文学,2006(11).

［60］渡边晴夫.中国文学史上对孙犁评价的变迁——与赵树理比较.信阳师范学院学报,2007(1).

［61］佘丹清.和谐与皲裂:鲁迅与叶紫之关系.四川戏剧,2007(1).

[62] 王彬彬.孙犁的意义.文学评论,2008(1).

[63] 邓政.政治理性和审美意识的共生和失衡——湖南左翼作家群创作的整体透视和评价.湖南工业大学学报,2008(4).

[64] 程光炜.孙犁"复活"所牵涉的文学史问题.文艺争鸣,2008(7).

[65] 秋石.萧红为什么不去延安.粤海风,2008(54).

[66] 舒坦.金庸获2008影响世界华人终身成就奖.文学教育,2009(5).

[67] 钱少武.创作和评价之"真"——论京派批评的潜在价值取向.江汉论坛,2010(4).

[68] 王春荣.新世纪十年萧红研究状况分析.辽宁大学学报,2011年(5).

[69] 王樽.萧红为人为文不可复制.深圳特区报,2011-6-2.

[70] 徐健.坚守文学创作的本真 探寻萧红的当代价值.文艺报,2011-6-8.

[71] 王彬彬.关于萧红的评价问题.中国现代文学研究丛刊,2011(10).

[72] 泓峻.文学批评要有正确的批评态度.文艺报,2012-3-28.

[73] 孙桂荣.新时期期刊出版制度研究.小说评论,2012(5).

[74] 钱理群.毛泽东与胡风事件.炎黄春秋,2013(4).

后　记

当我即将完成这本书时，我好像并没有预想中的快乐和满足。相反，有些诚惶诚恐。因为，一件事的结束永远是另外一件事的开始。

如果这本书有生命，它又将以何种面目出现在可能的读者面前？而那些可能的读者又将如何看待这个新生命？

对此，我心里是没底的。

古人认为一个人想不朽有三种途径：建不朽之功，立不朽之德，作不朽之文。

看来写不朽之文是可以不朽的，对于这一点我也深信不疑。但这又岂是我辈所能企及？

身处读屏时代，文字好像离我们越来越远了。很多情况下，图画的吸引力常常超越文字。如今，面对那些曾经孕育了中华文化的方块字时，我们是否还能常怀敬畏之心？

这使我想起了一个故事，应该是来自龙应台的一篇文章：

在台湾南部乡下，我曾经在一个庙前的荷花池畔坐下。为了不把裙子弄脏，便将报纸垫在下面。一个戴着斗笠的老人家马上递过来自己肩上的毛巾，说："小姐，那个纸有字，不要坐啦，我毛巾给你坐。"字，代表知识的价值，斗笠老伯坚持自己对知识的敬重。①

农民老伯虽没有什么文化知识,却有一种对文字对知识的敬畏。

我不禁要问:我们还有这种对文字对知识的敬畏吗?

在物欲横流的浮躁时代,敬畏是多么奢侈的字眼!更何况,我们缺失的敬畏何止是在文字方面?

每一天这个世界都会增加一些所谓的能出版的文字,但每一天又有一大批文字会被无情地淹没。只有极少数文字随着岁月的流逝沉淀在历史的河床上。因此,对于大多数人来说,想在这个世界留下自己的文字注定是一种奢望,无论你情愿还是不情愿。

尽管如此,我还是对这本小书充满一种莫名的期待。对于我来说,它仍是无可替代的。因为它给了我许多不可磨灭的记忆,因为它所遇到的人和事,都值得我永远珍藏。

照例,应该感谢一下。

感谢教育部人文社科项目的评审专家们,虽未曾当面聆听教诲,但你们的一次决定促使懒散的我下决心去完成这个项目,因而才有了这本小书。

安徽省原社科院副院长唐先田先生以满腔热情关注这个项目的研究进展,提出过许多宝贵意见,甚至还亲自为我修改过稿件。

安徽大学中文系的汪成法教授,是我读研时的同学,也是这个项目的第一参与人。老汪在中国现代史料学方面颇有建树,在许多方面给了我有益的启示。

武汉大学的陈国恩教授是我 2012 年在武大访学时的导师。想当年,为完成这本书我只身去武大访学。但万事开头难,陈先生的一番点拨对我有拨云见日之功。

---

① 龙应台:《什么叫做文化?》,《南方周末》,2005 年 2 月 24 日。

　　南京大学出版社的编辑们为这本书的顺利出版付出了辛劳和努力，其敬业与严谨令我感动。

　　我的学生陈雷、瞿慧慧、陆景飞、陈稳在我有计划的安排和指导下，分别以孙犁、沈从文、朱自清、萧红的文学史地位及评价为选题，完成了毕业论文的写作和答辩。这些论文经我的修改后成为该书第四编的组成部分，这部分是我们师生合作的结果。

　　家庭是一个人永远的港湾。从项目立项到这本书的完成，不经意间已几易寒暑。为了项目的顺利完成，我曾在武汉大学访学一年。即便访学归来，我也常常因项目的缘故缺失了我应尽的责任和义务。我深知，平静的生活背后凝聚着家人默默的奉献和支持。

　　前行的路上，我不仅收获了这本小书，而且收获了这么多的幸福与感动。学术研究并非一个人的孤独之旅，其间师长亲友的默默支持，坦诚切磋中智慧的碰撞……都值得我慢慢去体味。

2015 年 10 月 16 日于合肥南园新村